帝王燕

제왕연 16

ⓒ지에모 2021

초판1쇄 인쇄	2021년 4월 26일
초판1쇄 발행	2021년 5월 11일

지은이	지에모芥沫
옮긴이	이소정

펴낸이	박대일
편집	이문영 · 박지해 · 임유리 · 신지연 · 이지영
마케팅	임유미 · 손태석
일러스트	흑요석
디자인	박현주
교정	김미영

펴낸곳	파란미디어
출판등록	2004년 9월 14일 제313−2004−00214호

주소	03992 서울시 마포구 동교로23길 14 국제빌딩 6층
전화	02.3141.5589 영업부 070.4616.2012 편집부
팩스	02.6499.5589
전자우편	paranbook@gmail.com
카페	http://cafe.naver.com/paranmedia
인스타그램	@paranmedia

ISBN	978−89−6371−892−7(04820)
	978−89−6371−821−7(전21권)

제
왕
연

16

帝
王
燕

지
에
모 芥
沫 지
음
━
이
소
정 옮
김

파란

차례

그는 진지하다

어젯밤 왜 잠을 제대로 자지 못했냐고?

전다다는 아예 잠을 자지 못했다. 그러나 그녀는 진지하게 대답했다.

"난 괜찮아."

목연이 무표정한 얼굴로 계속 물었다.

"하룻밤 내내 자지 못했는데, 괜찮다고?"

전다다가 재빨리 변명하듯 말했다.

"내가 뭘 하룻밤 내내 자지 못했다고 그래?"

목연이 차가운 목소리로 일깨워 주었다.

"당정이 방금 그렇게 말했잖아."

그는 방금 고개조차 들지 않았지만, 그녀들이 했던 말을 한 마디도 빠짐없이 듣고 있었다.

전다다가 눈빛을 피하며 입술을 비죽거리더니 탓하듯이 말했다.

"다 네가 시끄럽게 굴어서 그런 거잖아. 한밤중에 누가 피리를 불라고 했어?"

목연은 여전히 무표정한 얼굴로 평온하게 답했다.

"어제 술자리에서 네가 피리를 불어 달라고 했어."

뭐라고?

전다다는 아무것도 기억나지 않아 그저 멍한 표정으로 중얼거렸다.

"또 날 속이고 있어!"

비록 그녀의 목소리는 아주 작았지만 목연은 알아들을 수 있었다.

"믿지 못하겠으면 언니들한테 가서 물어보든가."

전다다가 갑자기 그를 바라보며 물었다.

"내가 너에게 피리를 불어 달라고 했다고 해서 불었단 말이야? 언제부터 그렇게 내 말을 잘 들었다고?"

그 말을 듣는 순간 목연은 멈칫했다. 그리고 한참을 대답하지 못하고 있다가, 다시 조용히 고개를 숙이고 죽을 마시기 시작했다.

전다다는 속으로 안도의 한숨을 쉬고, 자신도 고개를 숙인 채 반찬을 집어 먹었다.

두 사람은 그렇게 조용히 식사했다. 고요한 분위기 속에서 두 사람은 정말 잘 어울리는 것 같았다. 그러나 사실 전다다는 채소 반찬 하나를 입에 넣고 한참 동안 씹기만 할 뿐 삼키지 못하고 있었다. 목연은 계속 죽만 마실 뿐 반찬에는 손을 대지 않았다.

곧 목연이 죽을 다 마셔 버렸다. 그는 조용히 몸을 일으켜 문밖으로 나갔다. 전다다는 겨우 안도의 한숨을 내쉬었다.

그러나 누가 알았을까, 목연은 멀리 가지 않고 문가에 팔짱을 낀 채 서 있었다.

전다다는 눈썹을 치켜세우고 재빨리 몸을 일으켜 밖으로 나왔다. 그녀는 그를 공기처럼 취급하며 성큼성큼 앞으로 걸어갔다. 그러나 목연이 손을 뻗더니 그녀를 막아선 후 담담하게 말했다.

"방에 가서 자도록 해."

전다다가 그를 돌아보는 순간, 마치 물고기라도 된 것처럼 두 볼이 점차 부풀었다.

목연이 덧붙였다.

"네 언니가 그러라고 한 거야."

전다다가 물었다.

"우리 언니가 그러란다고 그러겠다니. 우리 언니 말을 그렇게 잘 들어서 뭐 하게?"

목연은 대답 없이 그녀의 거처 쪽으로 가자는 듯 손짓했다. 전다다는 고개를 외로 꼰 채 그를 상대하지 않고 다른 방향으로 걷기 시작했다.

목연은 그런 전다다의 모습을 보고 아무 말도 하지 않았지만, 곧 그녀의 등 뒤로 위치를 옮겼다. 그리고 여전히 아무 말도 없이 전다다를 안아 들어 어깨에 떠멨다. 전다다는 제대로 반응하지 못하고 그대로 목연의 등에 거꾸로 매달린 셈이 되었다. 그녀는 놀랍기도 하고 부끄럽기도 해서 노한 목소리로 외쳤다.

"내려놓지 못해? 내려놓으라고! 내 말 안 들려? 남녀칠세부동석, 몰라?"

"……."

"날 내려놓지 않으면 나도 가만있지만은 않을 거야!"

목연은 전다다가 발로 차고 때려도 미동도 하지 않았다. 그는 전다다의 허리를 꽉 안은 채 그녀의 방으로 빠르게 발걸음을 옮겼다.

그러나 전다다의 방으로 가는 갈림길에 도착했을 때, 진묵이 걸어오는 것이 보였다.

목연은 진묵을 제대로 보지도 않았고, 진묵 역시 목연을 공기처럼 취급했다. 두 사람 모두 안색 하나 변하지 않고 앞만을 바라보며 발걸음을 멈추지 않았다. 그러나 두 사람이 스쳐 가는 그 순간, 전다다가 진묵의 옷자락을 잡았다!

진묵은 바로 발걸음을 멈추고 전다다를 내려다보았다. 목연도 바로 멈춰 서서 내려다보았다. 전다다는 말없이 진묵의 옷자락을 잡아당기고 있었다. 눈까지 감고 있는 모습이 마치 절대로 손을 놓지 않기로 강하게 마음먹은 것 같았다!

진묵이 고개를 들었고, 거의 동시에 목연도 고개를 들었다. 두 사람의 눈에는 모두 아무 감정도 보이지 않았다. 그들은 곧 약속이나 한 듯 다시 고개를 숙였다.

진묵은 시험하듯 옷자락을 잡아당겼지만 끌려오지 않았다. 목연이 비수를 꺼내 진묵에게 건넸다.

진묵은 흘깃 비수를 보더니 받지 않고, 옷자락을 직접 찢어 낸 후 무표정한 얼굴로 계속 걸어갔다. 마치 아무 일도 없었다는 태도였다.

목연은 비수를 잘 챙긴 다음 역시 무표정한 얼굴로 계속 걸어갔다.

전다다는 손에 남은 찢어진 옷자락을 바라보았다. 그야말로 절망 그 자체였다!

목연은 전다다를 떠멘 채 방 안으로 들어가 침상 위에 내려놓더니 바로 몸을 돌려 나가려 했다. 전다다가 그대로 몸을 일으키려 하자, 목연이 아무 예고도 없이 바로 몸을 돌리더니 다가왔다.

전다다는 놀란 나머지 뒤로 물러나다 결국 침상에 눕게 되었다. 그러자 목연은 더 이상 다가오지 않았다. 그는 여전히 무표정한 얼굴로, 그러나 어느 정도 진지해진 어조로 물었다.

"예전에는 바로 잠들 수 있었잖아? 어젯밤에는 대체 왜 자지 못한 거야?"

전다다는 목연이 피리와 관련된 일을 아직도 생각하고 있을 줄 몰랐기에 순간적으로 대답할 말을 찾을 수 없었다. 그렇게 두 사람은 조용히 서로를 바라보았다.

한참 후, 목연은 더 묻지 않고 몸을 돌렸다. 전다다도 다급하게 몸을 일으켰다. 목연은 이번에는 다시 돌아보지 않고 문가까지 걸어간 다음 담담하게 한마디 했다.

"자도록 해."

전다다는 별다른 이유 없이 실망하고 말았다. 그녀는 목연이 나가는 것을 보고 다급하게 외쳤다.

"잠이 안 온단 말이야!"

목연이 발걸음을 멈추는가 싶더니 곧 다시 걸어 나가 방문을 닫아 주었다.

전다다는 미간을 찌푸리며 천천히 침상에 누워 천장을 바라보았다. 그녀는 낙담한 표정으로 한참 있다가 다시 중얼거렸다.

"정말 잠을 잘 수 없단 말이야!"

그녀의 말이 끝나는 순간, 문밖에서 갑자기 피리 소리가 들려왔다. 최근 그녀가 몇 번이나 들었는지 셀 수도 없는 칠률목적의 소리였다.

단단히 찌푸려져 있던 전다다의 미간이 점차 펴지더니, 입술도 살며시 벌어졌다. 그녀는 비할 데 없이 찬란하게 웃고 있었다.

전다다는 피리 소리를 들으며 눈을 감았다. 온몸이 편안해지고 있었다. 그녀는 피리 소리를 따라 살며시 흥얼거리다가 자신도 모르게 잠이 들었다.

목연은 문가의 돌계단에 앉아 세 번 연주한 다음 피리를 내려놓았다. 그 후에도 바로 자리를 떠나지 않고, 방 안에서 인기척이 들리지 않는 것을 확인한 다음에야 떠났다.

목연은 곧 진묵과 망중, 그리고 각 가문에서 파견한 사람들에게 합류하여 함께 불길을 열기 시작했다.

비연과 군구신, 당정과 정역비는 두 무리로 나뉘어, 불길을 낸 숲속에서 불바다로 들어갈 입구를 찾기 시작했다. 그러나 안타깝게도 종일 찾아도 적당한 곳은 보이지 않았다. 불길은 너무나 거대했고, 검은 연기도 끊임없이 피어오르고 있었다.

다음 날 저녁 무렵, 목연 일행이 마침내 임무를 완성했다. 그들은 산을 둘러 만나는 불길을 만들어, 불길이 번지는 것을 막아 남은 숲을 보호했다. 하지만 비연은 여전히 적합한 입구를 찾지 못해 그저 불길이 줄어들기만을 기다리고 있었다.

닷새가 지나갔다.

닷새라는 시간은 능씨 가문의 두 장로가 어떤 처벌을 받았는지, 그리고 적씨와 하씨 가문의 가주들이 지금 어떤 상황인지 온 흑삼림이 알게 되기에 충분했다.

비록 능씨 가문의 가주가 돌아오지 않았으나, 타 가문의 가주들이 잇달아 찾아와 신하가 되겠노라 맹세했다.

전다다는 이런 일에 익숙하지 않지만, 다행히도 목연이 곁에서 도와주었다. 비연 일행은 주객이 전도되지 않도록 참견하지 않고, 검을 연습하거나 수양을 쌓는 등 자기 일을 했다.

그리고 바로 이 닷새 동안 비연과 군구신의 신분, 빙해가 독에 감염된 진상이 온 현공대륙에 두루 퍼져 나가 한바탕 소란이 일었다.

비연이 원한 것이 바로 이것이었다. 그녀는 망중에게 계속 소문을 퍼뜨리게 했다. 현공대륙의 사람이라면 누구나 알 수밖에 없도록.

엿새째 되는 날 진묵이 좋은 소식을 가져왔다. 불길이 작은 곳을 하나 발견했다는 소식이었다. 이제 그들은 팔괘림에 들어갈 수 있었다!

마침내 축운궁에 도착하다

진묵이 찾아낸 곳은 흑삼림의 서부 지역에 있었다.

비연 일행이 도착했을 때, 불길은 진묵이 이야기한 것보다도 더 작아져 있었다. 군구신은 근처에서 가장 높은 나무 위로 직접 뛰어올라 조망해 본 다음, 이 구역의 불이 정말 심하지 않다는 것을 확인한 뒤 모두를 이끌고 숲으로 들어갔다.

비연은 자연스럽게 군구신과 함께였고, 당정은 한참 전부터 정역비 곁에 있었다. 자연히 전다다와 목연 역시 함께 걷게 되었다. 두 사람은 서로를 슬쩍 바라보고는 바로 시선을 피했다.

숲속의 불길이 약하다 해도 주변의 불은 아직 거셌다. 목연이 영술을 할 수 있으니 군구신은 무척 마음이 놓였다.

군구신이 정역비를 바라보며 물었다.

"두 사람은 일단 기다리는 것이 어떨까?"

정역비는 당정의 어깨를 끌어안고 자신만만하게 웃으며 말했다.

"전하, 안심하십시오. 저는 머리카락 한 올 다치지 않고 통과할 수 있습니다."

군구신이 당정을 바라보자 그녀 역시 고개를 끄덕였다.

군구신은 진묵과 망중으로 하여금 파수를 보게 하고, 자신은 비연을 안은 채 먼저 불 속으로 뛰어들었다. 정역비와 당정이 그 뒤를 따랐다. 마침내 전다다와 목연이 서로를 다시 바라보았다.

전다다가 입술을 비죽이며 한마디 하려 했을 때, 목연이 먼저 말했다.

"나도 네 머리카락 한 올 다치지 않게 할 수 있어."

전다다는 그를 믿지 못하는 것이 아니었다. 그러나 그의 이 말을 들은 그녀는 원래 하려던 말을 삼키고 말았다.

목연은 전다다가 아무 말도 하지 않는 것을 보고 한 걸음 더 가까이 다가갔다. 그는 잠시 멈칫했으나 곧 손을 뻗어 전다다의 허리를 안았다. 전다다는 몸을 살짝 굳히며 다른 곳을 바라볼 뿐 아무 말도 하지 않았다.

목연은 말없이 눈을 내리깔더니 갑자기 전다다의 허리를 더욱 꽉 끌어안아 품에 안고는 거대한 불길 속으로 날듯이 달려갔다.

거대한 불길로 뛰어드는 그 순간, 전다다는 목연의 허리를 끌어안았다. 그와 동시에 목연의 다른 손이 그녀의 뒤통수를 감쌌고, 그녀의 머리는 그대로 그의 가슴에 파묻히게 되었다.

아무리 거센 불길이라 해도 그것을 뛰어넘는 것은 목연에게는 아주 쉬운 일이었다. 그러나 그는 이번 생에서 가장 큰 재난을 겪고 있는 것처럼 온 힘을 다해 그녀를 보호했다. 그리고 전다다는 모든 경계심을 버리고 스스로를 그에게 맡겼다.

군구신은 비연을 데리고 순조롭게, 이미 다 타서 빈터가 된 곳에 도착했다. 정역비와 당정도 그 뒤를 따라왔다. 정역비가 말한 대로, 그들은 머리카락 한 올 다치지 않은 상태였다.

목연이 전다다를 데리고 그들 앞에 착지했다. 그가 전다다를 놓아주었을 때 전다다 역시 손에서 힘을 풀었다. 두 사람은 마치 약속이나 한 듯 아무 일도 없었던 것처럼 굴고 있었다.

이때 비연은 지도를 꺼내 군구신과 함께 살펴보고 있었다. 모두가 온 것을 보고 비연이 물었다.

"이곳은 축운궁에서 가까우니, 우리 일단 축운궁에 갔다가 다시 팔괘림으로 들어가면 어떨까 싶은데. 네 생각은 어때?"

이곳은 흑삼림의 서부 지역으로 축운궁에서 매우 가까웠다. 축운궁은 흑삼림 서부의 거대한 호수인 천호 가까이에 있었고, 반쯤은 팔괘림에 걸쳐 있었다.

목연은 축운궁에서 여러 해 지냈지만 팔괘림에는 익숙하지 않았다. 그는 예전에 아금, 전다다와 함께 몇 번이나 팔괘림 안으로 들어가려고 시도했으나 결국은 성공하지 못했다. 그 후 그들은 감시당하고 있다는 것을 눈치채고 철수했다.

팔괘림과 그 주변의 숲은 분명한 경계선이 없었다. 팔괘림의 초목이 하늘을 가릴 정도로 무성하여 숲 전체가 어둡다는 구별법뿐이었다. 하지만 지금 거대한 불길이 나무들을 전부 태워, 두 숲을 구분하는 것은 더욱 힘들어졌다. 몇 번이나 이 근처에 왔던 목연과 전다다도 원래의 경계선이 어디쯤일지 확신할 수 없을 정도였다.

그러나 지금은 경계선이 중요하지 않았다. 중요한 것은 불타버린 축운궁에 어떤 실마리가 남아 있을까 하는 것이었다.

목연이 진지하게 고개를 끄덕였다.

"예, 모두 따라오시지요."

비연 일행이 목연을 따라 축운궁으로 향했다. 가는 내내 보이는 풍경은 참담했다. 바닥 가득한 잿더미며 반쯤 타다 남은 나무까지, 온통 검게만 보이는 세상이었다. 하늘은 파랗고 햇빛은 찬란한데 이 숲은 어둠의 세계로 변해 버린 것만 같았다.

유일하게 변화가 없는 곳은 천호뿐이었다. 호수는 무척이나 거대했다. 요 며칠 계속 거대한 불길을 겪으면서도 천호는 거울처럼 맑고 평화로워, 화재의 흔적은 보이지 않았다.

비연 일행은 점심 무렵 천호에 도착했고, 천호를 돌아 축운궁에 도착했을 때는 이미 하늘이 어두워져 있었다.

눈앞을 가려 줄 나무들이 모두 타 버렸으니, 축운궁 전체가 마침내 그들 앞에 나타났다. 그러나 그들이 볼 수 있는 것은 그저 폐허뿐이었다. 거대한 궁전은 골조만 남아 있었고, 그나마도 무너져 내린 곳이 많았다. 그 외의 모든 것은 전부 재로 돌아간 상태였다.

비연 일행은 매우 유감스러운 표정으로 멀지 않은 곳에서 지켜보았다. 그들은 아주 잘 알 수 있었다. 이 폐허 안에서 뭔가를 찾는 일은 아주 힘들 것이다.

목연이 소매 속에 감추고 있던 주먹을 꽉 쥐었다. 아주 꽉.

이곳이 잿더미로 변했다 해도 과거의 모든 것은 결코 변할 수 없었다. 가문이 무너지고, 가족들이 죽은 고통과 굴욕을 겪은 원한은 결코 사라질 수 없었다. 그는 이곳을 처절하게 원망하고 있었다!

목연은 보면 볼수록 분노가 치밀어 올라, 자신도 모르게 앞으로 나가려 했다. 군구신이 재빨리 막아서더니 눈썹을 치켜세우고 물었다.

"무엇 하려는 거지?"

목연은 그제야 정신을 차린 듯, 아무 말 없이 다시 뒤로 물러났다.

군구신은 그 이상 묻지 않고 모두에게 말했다.

"날이 어두워진 다음에 가도록 하자. 매복이 있을지 모르니 조심하고!"

이 불은 축운궁주가 놓은 것이니, 축운궁에 그 많던 제자들은 분명 이미 피신했을 것이다. 지금 불길이 작아졌으니, 그 제자들이 주변에 매복하고 있을 가능성도 있었다. 군구신은 그 제자들이 두렵지는 않았으나, 일단 내막을 알아본 후 다시 상대를 잡을 생각이었다.

모두 군구신의 뜻을 알아차리고 잇달아 고개를 끄덕였다. 그러고는 적당한 자리를 찾아 휴식을 취하며, 밤이 다가오는 것을 지켜보았다.

이미 초겨울이었기에 산바람은 얼음처럼 차가웠다. 군구신이 바람막이를 벗더니 비연을 잘 감싸 주고는, 그러고도 마음이 놓이지 않는다는 듯 그녀의 손을 잡았다. 그러자 비연이 피식 웃으며 속삭였다.

"나에겐 약왕정이 있잖아. 추울 리가 없지!"

말을 마친 그녀는 바람막이를 벗으려 했지만 군구신이 승낙하지 않았다. 어쨌든 비연이 약왕정을 발동시키려면 정신을 집중해야 했다.

정역비는 한옆에 가부좌를 틀고 앉고는 다리 위에 당정을 앉혔다. 그리고 뒤에서 감싸 안아 당정을 따뜻하게 해 주는 동시에 자신의 체온도 유지시켰다.

전다다는 그 곁에 혼자 앉아 있었다. 그녀는 바람막이로 몸을 꽁꽁 싸맨 채 웅크리고 있었다.

비연과 당정을 흘깃 본 그녀는 곧 시선을 멀지 않은 곳의 목연에게로 돌렸다. 그러다 무슨 생각을 했는지 갑자기 다급하게 시선을 돌리고 고개를 숙였다. 그리고 다시 바람막이를 꼭꼭 여민 다음, 손가락으로 바닥에 동그라미를 그렸다.

날이 어두워지자 차가운 바람이 불어왔다. 전다다는 몸을 웅크리며 다시 한번 비연과 당정을 바라보았다. 그리고 조금 전에 그랬던 것처럼 다시 목연 쪽으로 시선을 돌렸다. 그러나 목연이 보이지 않았다.

어디 간 거지?

전다다가 재빨리 고개를 들었다. 그리고 바로 그 순간, 따뜻한 바람막이가 등 뒤에서 그녀를 덮어 왔다. 전다다가 다급하게 돌아보니 목연이 뒤에 서서 그녀를 내려다보고 있었다.

전다다는 바람막이를 꽉 쥐었다. 원래는 돌려줄 생각이었지만, 어째서일까? 그녀는 바람막이를 돌려주지 않았을 뿐 아니라 오히려 제 몸을 더 꽁꽁 싸맸다. 그녀는 목연에게 미소 지으며 말했다.

"고마워!"

목연이 대답 없이 그녀의 등 뒤에 앉았다.

비연은 군구신에게 안겨 있었고, 당정은 정역비에게 안긴 채 서로 따뜻하게 해 주고 있었다. 전다다는 다시 한번 그들을 바라본 후 저도 모르게 입술을 비죽였다. 이 순간, 그녀는 평생 처음으로 강렬한 소망을 품었다. 바로 남자가 있었으면 하는 소망!

그녀는 바람막이를 꽉 잡다가, 갑자기 뭔가 깨달은 듯 천천히 목연을 돌아보았다. 그러나 전다다가 목연을 제대로 보기도 전에 군구신이 몸을 일으키며 말했다.

"때가 되었다. 가자!"

축운궁 안 이상한 점

밤이 깊었다. 원래도 참담하던 숲이 더욱 황량해 보였다. 찬 바람이 불어오는 가운데 멀리 아직 타오르고 있는 화염이 마치 도깨비불처럼 보였다.

비연 일행은 어둠을 틈타 조심스럽게 축운궁 가까이 다가갔다. 목연과 정역비가 먼저 들어가고, 다른 이들은 매복을 경계하기 위해 밖에서 기다리기로 했다.

얼마 지나지 않아 정역비 혼자 걸어 나왔다. 그는 미간을 찌푸린 채 좋지 않은 안색으로 말했다.

"상황이……."

그의 말이 끝나기도 전에 전다다가 갑자기 당정 곁에서 달려 나가더니, 정역비의 옷자락을 잡고 물었다.

"목연은요?"

정역비는 말할 것도 없고 그 자리의 모두가 전다다의 반응에 깜짝 놀랐다.

정역비의 안색을 보면 축운궁에 분명 무슨 일이 있는 것이 확실했다. 그러나 목연에게는 아무 일도 없을 수밖에 없었다! 그에게 무슨 일이 생겼다면 정역비가 이미 고함을 쳤을 테고, 아마 돌아오지도 않았을 테니까.

정역비가 제 옷자락을 살짝 잡아끌며 대답했다.

"안에 있어. 그런데 안에⋯⋯."

정역비가 말을 끝내기 전에 전다다가 다시 다급하게 말했다.

"목연이 어떻게 된 건가요?"

정역비가 대답하려 했을 때 전다다는 견딜 수 없는지 달음박질하기 시작했다!

정역비가 당황하여 중얼거렸다.

"이건⋯⋯."

당정이 두말없이 전다다를 쫓아갔고, 비연과 군구신도 서둘러 그 뒤를 쫓았다. 정역비가 따라가며 군구신에게 말했다.

"전하, 안에는 온통 시신입니다!"

이 말을 들은 군구신이 발걸음을 멈췄다. 정역비가 서둘러 덧붙였다.

"전부 남자 시체였습니다. 분명 축운궁 제자들일 것입니다!"

이 말을 들은 비연과 당정은 정역비를 돌아보았다.

그들은 축운궁의 매복을 경계하고 있었는데, 축운궁의 제자들이 모두 불에 타 죽었다고? 이건 대체 어찌 된 일인가?

모두 이 화재가 축운궁주의 소행이 아닌지 고민하기 시작했다.

의문투성이 속에서 모두 의아한 표정으로 서로를 바라보다가 재빨리 축운궁 안으로 들어갔다.

이미 상황을 알고 들어갔지만, 축운궁에 들어서는 순간 비연과 당정은 눈앞에 펼쳐진 장면에 경악했다. 넓은 대청 안에 불에 탄 시신이 아주 가지런한 형태로 가득 누워 있었다!

전다다는 미친 듯이 구역질을 했고, 목연이 그런 그녀를 보살펴 주었다.

곧 당정도 구역질을 시작했다. 비연은 재빨리 약왕정에서 구역질을 멈추는 단약을 꺼내 당정과 전다다에게 건넸다. 군구신을 포함한 세 남자에게도 단약을 나눠 주려 했지만 남자들은 받지 않았다.

비연 자신은 박하 향이 나는 감초 사탕을 입에 문 다음에야 겨우 속이 편안해졌다.

모두 축운궁주의 제자들이 무엇 때문에 도망가지 않았는지 궁금해했다. 그리고 시신들이 가지런히 누워 있는 것으로 보아 분명 누군가가 옮겨 와 배열해 놓은 것이 틀림없었다. 바꿔 말하자면, 누군가가 그들보다 한 걸음 먼저 온 것이다.

목연이 말했다.

"이미 다 살펴봤습니다. 시신은 모두 이 대청에 있습니다."

비연이 말했다.

"인어족이 왔었던 거야!"

불길이 너무 거세 군구신과 목연처럼 영술을 익힌 사람도 감히 들어올 수 없을 정도였다. 그런데 대체 누가 이곳까지 들어올 수 있었을까? 그들보다 먼저 축운궁에 올 수 있었던 이들은 수로를 이용할 수 있는 인어족밖에 없었다!

군구신이 곧 고개를 끄덕이며 말했다.

"아마도 이 시신들을 없앨 생각이었던 거야! 모두 여기서 기다려. 내가 따라가 볼 테니까!"

시신들을 한곳에 모아 둔 것은, 이 시신들을 없애기 위함이 아니면 또 무엇 때문일까? 인어족은 하려던 일을 하기 전에 그들을 발견하고 도망친 것이 분명했다!

군구신은 말을 마치자마자 환영처럼 움직여 문가로 가더니 곧 멀어졌다. 목연도 무척 따라가고 싶은 모양이었지만 인내하며 비연 일행과 함께 뒤에서 쫓았다. 어쨌든 그들의 상황이 안전하다고 할 수 없으니 함부로 행동할 수 없었다.

군구신이 천호에 다다르기도 전에 멀리서 사람들이 물에 뛰어드는 것이 보였다. 그가 도착했을 때는 호수에 그저 물결만이 일고 있었다.

군구신은 매우 유감스러워하며 주변을 한 바퀴 돌아보았으나 아무 흔적도 찾지 못했다. 이때 비연 일행이 도착했다.

비연이 서둘러 물었다.

"뭔가 찾았어?"

"네 추측이 맞았어. 확실히 인어족이야! 하지만 안타깝게도 모두 도망쳤어!"

군구신의 대답에 비연도 매우 안타까워하며 말했다.

"간발의 차로 놓쳤네! 우리가 너무 방심했어."

당정이 말했다.

"연아, 우리가 방심한 것이 아니라 이 일이 너무 이상한 거야! 저들은 대체 무엇 때문에 불에 타 죽은 거지? 축운궁주가 제자들을 죽이려 했던 거라면, 굳이 지금 시신을 없애러 올 이유는 없잖아?"

정역비도 말했다.

"설마…… 불길을 제대로 통제하지 못해서?"

비연과 군구신은 서로의 얼굴만 바라보았다. 그때 목연이 말했다.

"시신들을 모두 살펴보았습니다. 계강란을 제외하고, 축운궁주의 제자들 전부가 저기 있습니다. 축운궁주와 저 제자들은 축운궁에서 함께 살았지만, 인어족은 축운궁에 머물지 않았습니다."

이 말을 들은 비연이 답답해하며 말했다.

"그렇다면 축운궁은 사고로 불에 타 버린 것일 가능성이 크네. 축운궁주가 방화를 지시했지만, 축운궁을 태울 생각은 없었던 거지!"

군구신이 축운궁을 돌아보며 말했다.

"이상하군! 당시 팔괘림 중심에서 불이 일어났다고 하지 않았나? 그 불이 어떻게 이렇게 빨리 축운궁을 태웠을까?"

군구신의 이 말에, 모두 놓치고 있던 중요한 점을 깨달았다.

전다다가 팔괘림에 있을 때 팔괘림 중심에서 큰불이 일어나는 것을 보았다. 후에 불길과 목격자의 이야기 등으로 보아 이 화재는 한 곳에서 시작된 것이 아니라 여러 곳에서 시작된 것이 분명했다! 축운궁주가 팔괘림 각기 다른 곳에서 동시에 불을 지르게 한 것이라는 의미였다.

축운궁주 자신이 축운궁에 불을 지른 것이 아니라면, 축운궁주의 그 많은 제자가 단 한 명도 도망치지 못했을 리 없었다.

만약 축운궁주 자신이 제자들을 전부 도망치지 못하게 했다면, 그녀는 일단 제자들을 모두 가둔 다음 축운궁에 불을 질러야 했을 것이다.

축운궁주로서는 자신의 소굴을 불태울 이유가 없었고, 이렇게 중요한 시기에 쓸데없이 힘을 들여 제자들을 학살할 이유도 없었다. 이 화재에는 비연 일행이 상상했던 것보다 이상한 점이 훨씬 많았다.

모두 고민에 빠졌다. 얼마 지나지 않아 비연이 고개를 들어 모두를 바라보며 중얼거렸다.

"혹시 화재가 팔괘림에 무슨 일을 만들어 낸 건 아닐까? 축운궁주가 궁을 불태우고 시신들을 없애려 한 것도 뭔가를 숨기기 위해서일까?"

이 말을 들은 모두 잇달아 고개를 끄덕였다.

군구신이 말했다.

"어서 팔괘림 중심으로 가자!"

팔괘림의 특이한 점은, 이 숲에 진법이 설치되어 있다는 것보다는 팔괘림 중심의 비밀에 있었다. 전설에 따르면 팔괘림 중심에는 용의 뼈가 있어 짐승들이 두려워한다고 했다.

그러나 비연 일행이 구려족 고묘에서 알게 된 바로는, 용의 뼈는 이미 건명보검으로 주조되었다. 그들은 용의 뼈가 이미 검이 되었고, 검이 숲에 있지도 않은데 짐승들이 이 숲을 두려워하며 들어가지 못하는 이유가 궁금했다.

이 일도 화재와 관련한 수수께끼와 무슨 관계가 있는 것은 아닐까?

　비연 일행은 이 이상 다른 이들이 선수를 치게 내버려 둘 수 없었다. 모두 두말없이 밤을 틈타 팔괘림 중심으로 향했다.

　깊은 밤, 흑삼림은 고요했다. 그리고 이 순간, 멀리 진양성의 황궁은 평온하지 않았다……

황제라는 것을 또 잊고

밤이 깊었지만, 진양성 황궁은 여전히 등불을 환하게 밝히고 있었다.

열 명이 넘는 신하들이 두 줄로 어서방 문 앞에서 무릎을 꿇고 있었다. 그들은 벌써 사흘째 그러고 있었다.

군구신과 비연의 신분이 밝혀진 후 천염국 조정에서는 한바탕 소란이 일었다. 처음에는 모두 경악했을 뿐이었지만, 시간이 흐를수록 꽤 많은 이들이 군구신이 군씨의 적장자가 아니라고 의심하기 시작했다.

그리고 그제부터는 열 명이 넘는 신하들이 어서방 앞에 무릎을 꿇고 간언했다. 그들은 정왕이 지닌 모든 특권을 빼앗고, 정왕을 진양성으로 불러들여 연금시킨 후 조사하라고 간언했다.

군구신에게 흐르는 피가 군씨 가문의 것이라는 사실은 택이 가장 잘 알고 있었다. 그는 이 신하들을 모함죄로 전부 변경으로 유배 보내려 했다. 그러나 그가 명령을 내리려던 찰나에 진민이 그 사실을 알고 막았다.

진민은 택에게, 일단 이 신하들을 며칠 살펴보라고 권했다.

비연이 군구신의 신분을 공포했지만, 군구신이 유괴당해 운공대륙에 노예로 팔렸던 이야기까지 한 것은 아니었다. 그녀는 그저 군구신이 어린 시절 운공대륙으로 가서 영술을 배웠다는 이야기만 했을 뿐이었다.

군구신과 택 사이의 정이 무척 깊다는 사실은 조정 사람들이라면 모두 다 아는 이야기였다. 그런데 이 신하들은 대체 무슨 배짱으로 택에게 군구신의 신분을 묻는 것일까? 배후에 이 사태를 조종하는 누군가가 분명히 있을 것이다.

그 누군가는 조정의 권세 있는 이일 수도 있고, 백리명천일 수도 있었으며, 실종된 지 오래인 기욱일 수도 있었다.

조정의 권세 있는 신하가 벌이는 짓이라면 마침 이 기회에 손을 봐줄 수 있으니 좋았다. 그러나 만약 백리명천이나 기욱이라면 더더욱 신중하게 대비해야만 했다.

진민이 택에게 인내할 것을 권한 것은 물론 배후에 누가 있는지, 또 무슨 수작을 벌이는지 알아보기 위함이었다.

비록 어서방에 불이 환히 켜져 있었지만, 택은 어서방에 있지 않았다. 택은 금빛 찬란한 용상에 커다란 베개를 놔두었다. 그리고 그 곁에서는 태감들이 공손하게 베개의 시중을 들고 있었다.

그렇다. 택은 어서방을 빠져나오면서 태감들에게 베개를 자신으로 생각하라 한 것이다. 베개를 떨어뜨려도 안 되고, 등불을 꺼서도 안 되며, 그들이 어서방을 떠나서도 안 된다고 하며.

이때 택은 진민의 방에서 염신과 함께 시간을 보내고 있었다. 진민은 정교한 칼로 열심히 수선화 구근을 조각하고 있었다.

수선화 구근을 조각하는 일은 간단해 보였지만, 제대로 조각하기는 매우 어려운 일이었다. 교묘한 기교에 우아함을 겸비해야 했기 때문이다.

　물론 천성적으로 화초를 사랑하는 진민에게는 그다지 어려운 일이 아니었다. 그녀가 원하기만 하면 한 달 열심히 공부하는 것만으로도 정통해질 수 있었다.

　지금은 이미 입동이었기 때문에, 구근을 잘 조각한 다음 물에 담가 따뜻한 방 안에 두어야 했다. 그 구근에서 여린 싹이 나고, 그 싹에서 줄기가 나와 어느 순간 수선화가 피어나는 것이다. 따뜻한 방에서 꽃을 피우는 것은 겨울날의 작지만 즐거운 일이라고 할 수 있다.

　진민은 긴 의자에 앉아 있었다. 그녀 오른쪽에는 택이 엎드린 채 손으로 턱을 받치고 있었고, 왼쪽에는 염진은 가부좌를 틀고 앉아 두 손으로 턱을 받치고 있었다. 두 아이는 잠시 서로에게 눈짓하다가 함께 진민의 손에 들린 구근을 바라보았다.

　잠시 후, 진민이 조각을 끝냈다. 그녀는 구근을 한번 살펴보더니 매우 만족스러운 듯 탁자 위에 내려놓았다. 택과 염진이 거의 동시에 몸을 일으키더니 기세등등하게 서로에게로 달려갔다. 그리고…… 가위바위보를 했다.

　택이 이겼다. 택은 무척 기뻐하며 탁자 위의 구근을 잡고 까르르 웃었다.

　"내 거!"

　그렇다. 이 두 아이는 구근을 쟁취하기 위해 여기 있었다!

　택이 기뻐하는 모습을 보고 염진이 고개를 갸우뚱하더니 점차 미간을 찌푸리기 시작했다.

"택, 네가 황제라는 사실을 또 잊었구나."

택의 웃는 얼굴이 굳는가 싶더니, 바로 염진을 노려보며 말했다.

"계속 황제로 있으면 얼마나 피곤한데! 나를 좀 쉬게 해 달란 말이야."

말을 마친 그는 진민을 바라보며 말했다.

"어머니, 그렇죠?"

진민은 웃기만 할 뿐 대답하지 않았다. 그녀는 다시 구근을 하나 집어 들고 자세히 살펴본 후 칼을 들었다.

염진은 진지한 표정으로 택의 말을 생각하다가 마침내 대답했다.

"자기 자신이 아닌 상태로 있으면 몹시 피곤하지."

택이 생각도 하지 않고 바로 물었다.

"염진, 승려 노릇은 즐거워?"

염진이 잠시 멈칫했으나 곧 웃으며 고개를 끄덕였다. 대자사의 주지는 그에게 불가에 인연이 있다고 했고, 그는 승려로 있는 것이 좋았다. 최근 그는 아버지를 그리워하는 것 외에는 즐거운 마음으로 보내고 있었다.

택이 미간을 찌푸린 채 염진에게 무시하는 듯한 눈빛을 보냈다.

"너도 너 자신이 아닌 상태로 있는 것 아니야? 가짜로 승려 노릇을 하는데, 마음이 즐겁지 않아야 하는 거 아냐?"

염진은 고개를 젓다가, 택이 계속 이야기하려는 것을 보고 재빨리 손을 들어 그를 멈추게 했다. 그리고 미간을 찌푸리며 한참 생각한 끝에 말했다.

"아냐, 달라."

택은 조금 귀찮다는 듯 손을 내저었다.

"됐어. 나는 황제가 되는 것만으로도 이미 충분히 피곤하다고. 제발 다시는 나에게 그런 세상의 이치니 불법이니 하는 이야기는 하지 말아 줘."

진민은 아이들의 이야기에 끼어들지는 않았지만 계속 듣고 있었다. 그녀는 슬며시 입가를 올리며 웃었다.

염진은 잠시 생각하더니, 스스로 이해했는지 아니면 다른 생각이 났는지 다투려 하지 않고 고개를 끄덕였다. 그는 사월의 봄바람이 얼굴에 닿는 것처럼 따뜻하게 미소 지었다.

이때 문밖에서 궁녀의 목소리가 들렸다.

"황상, 기다리시던 사람이 왔습니다."

"마침내 왔구나!"

택은 무척 기뻐하며 진민을 바라보고는, 재빨리 긴 의자에서 뛰어내려 신발을 신었다. 그는 옷차림을 정리한 다음 궁녀에게 사람을 들이라 명했다.

택에게는 아직 어린아이 같은 구석이 남아 있었으나, 자신의 사람 앞에서가 아니면 그 모습을 드러내지 않았다. 택은 밖에서는 그 누구를 만나건 자신이 천염의 황제며, 천염국의 위엄에 손상을 입혀서는 안 된다는 사실을 언제나 마음에 새기고 있었다.

아마도 염진의 말이 맞을 것이다. 그는 너무나 피곤했다. 그러나 그는 곧 자랄 것이고, 자라고 나면 피곤하지 않을 것이다.

곧 궁녀가 늙은 여인을 부축해 들어왔다.

이 늙은 여인은 이미 고희[1]에 이르렀고, 걸을 때 지팡이를 짚는 것으로도 모자라 누군가의 부축을 받아야 했다. 입고 있는 옷은 몹시 낡았고, 머리에는 장식 하나 달고 있지 않아 얼핏 보기에도 가난한 것 같았다.

그러나 택이 유심히 보고 있는 것은 여인의 꾸밈새가 아니라 그녀의 표정이었다. 여인의 눈빛은 어딘가 멍해 보였다. 치매가 아닌가 의심이 갈 정도였다.

궁녀가 그녀에게 무릎을 꿇으라 했지만, 여인은 여전히 멍한 표정으로 서 있기만 했다. 진민이 손에 들고 있던 물건을 내려놓고, 직접 여인을 부축하며 말했다.

"예를 행할 것 없다. 어서 앉거라."

늙은 여인이 멍하니 진민을 바라보더니 자리에 앉았다.

택이 물었다.

"어찌 된 일이지?"

궁녀가 재빨리 대답했다.

"황상께 보고드립니다. 이 여인은 전형 전매가 보내온 사람으로, 우연히도 같은 선씨였기에 망정이지 그렇지 않았으면 아직도 이 여인을 찾지 못했을 거라고 합니다. 이 여인은 진가촌

---

1 70세.

의 유일한 생존자로 치매가 온 상태지만, 아직 의사소통은 된다고 합니다. 전형 전매가 전가촌의 복원도를 보여 주었더니 바로 알아보았다고 합니다."

비연은 택이 전형 전매에게 명령을 내릴 수 있도록 해 주었다. 진민은 택에게 부탁해 전 어멈의 신상을 조사하기 시작했다.

지금까지는 전 어멈이 고씨 가문에서 수십 년 일했다는 것 때문에 비연이건 택이건 전 어멈의 과거를 조사해 볼 생각을 한 적이 없었다. 그러나 진민은 이 일을 맡자마자 바로 전 어멈의 출신부터 조사하기 시작한 것이다!

바꾼 이름

궁녀가 의자를 가져오자 진민이 직접 늙은 여인을 부축해 앉혔다.

이 짧은 동안에도 택과 염진은 이미 여인을 위아래로 세 번은 훑어본 참이었다.

택이 속삭이듯 물었다.

"염진. 저 여인이 정말로 바보인 것 같아, 아니면 바보인 척하는 것 같아?"

염진이 진지하게 대답했다.

"정말로 바보인 것도 아니고. 바보인 척하는 것도 아니야. 그저 늙었을 뿐이지. 사람은 너무 늙으면 저렇게 변하기도 하는 거야."

택이 입꼬리를 비죽거렸다.

"허튼소리!"

염진은 여전히 진지했다.

"어머니가 그랬는걸. 노인들이 걸리는 병이라고 했어."

택이 깜짝 놀라 물었다.

"정말이야?"

염진이 택의 어깨를 두드리며 미소 지었다.

"택, 무서워할 필요 없어. 어머니가 모든 사람이 이런 병에 걸리는 건 아니라고도 하셨으니까."

택이 물었다.

"그럼 어떤 사람들이 걸리는 병이야?"

"외로운 사람들이 걸리기 쉽대. 그래서 고독병이라고도 부른 다던데. 바보가 되면 외로움을 느끼지 않는다나 봐."

염진의 말에 택이 호기심 어린 목소리로 물었다.

"그럼 외로워지지 않으면 회복될 수 있는 거야?"

염진이 고개를 저었다.

"아니. 사람이 바보가 되면 외롭다는 느낌을 받지 않을 뿐 아 니라 즐거움도 알 수 없게 된대. 이 병은 좋아질 수 없다고 했어."

택이 재빨리 염진의 손을 잡고 말했다.

"염진, 앞으로도 계속 나랑 있어 줄 거지?"

그러자 염진이 택을 돌아보며 이해할 수 없다는 듯 반문했다.

"너는 아내를 맞아 아이를 낳을 거잖아. 자손들이 잔뜩 생길 텐데, 왜 내가 너와 있어 주길 바라?"

택이 입술을 비죽이며 잠시 머뭇거리더니 염진의 귀에 대고 속삭였다.

"나는 아내도 맞지 않고, 아이도 낳지 않을 거니까. 어쨌든 난 생각을 끝냈단 말이야. 평생 아내를 맞지 않고 아이를 낳지 않기로. 형수가 아이를 낳으면 천염국 황위를 조카에게 물려줄 거야."

염진이 멍하니 택을 바라보았다. 그러나 그는 곧 입 끝을 올 리며 해맑게 웃었다.

"택, 무서워할 것 없어. 너도 출가하면 되니까! 대자사의 주지 스님을 봐. 그렇게 연세를 많이 드셨는데도 치매가 오지 않았을 뿐 아니라 오히려 아주 지혜로우시잖아!"

택의 표정이 굳었다. 그러나 염진은 여전히 따뜻하게 미소 지으며 계속 말했다.

"부처를 모시는 사람들은 절대로 바보가 되지 않아."

택은 이미 염진과 대화하고 싶은 생각이 없어진 다음이었다. 그는 한옆으로 걸어가 자리에 앉았다.

진민이 막 늙은 여인의 맥을 짚어 본 참이었다. 그녀는 미간을 살짝 찌푸리며 인내심 있게 궁녀에게 물었다.

"전가촌에 왜 이 여인 하나만 남았지? 전형 전매는 어디서 이 여인을 찾은 거야? 그리고 이 여인의 치매 증상은 언제부터 시작된 거지?"

궁녀가 대답했다.

"수십 년 전 전가촌에서 화재가 발생했습니다. 하룻밤 사이에 작은 마을이 전부 불에 타 버렸지요. 이 늙은 여인은 아마도 도망쳐 나온 생존자인 것 같습니다. 전형 전매는 남부의 비구니 사찰에서 이 여인을 찾았습니다. 그 절에 있던 늙은 비구니의 말에 따르면, 이 여인이 길을 헤매고 있는 것을 발견하고 구했다고 합니다. 그때 이미 치매가 온 상태로, 아무것도 모르고 있었다고 합니다."

진민은 조금 유감스러운 표정으로 고개를 끄덕였다. 전 어멈을 아는지 물어볼 생각이었는데, 이 여인은 이미 수십 년 전에 아무것도 모르는 상태가 되었다니.

시간이라도 그렇게 많이 지난 것이 아니라면 좋았을 것이다. 그렇다면 최소한 이 여인에게 전 어멈의 초상을 보여 주고 알아보는지 물어볼 수 있으니까.

그러나 전 어멈은 고씨 가문에서 수십 년 동안 시중을 들며 고향에 돌아간 적 없다고 했으니, 이 여인이 젊은 시절의 전 어멈을 안다 해도 이미 늙은 전 어멈은 알아보지 못할 것이다!

진민이 생각에 잠겨 있노라니 궁녀가 재빨리 한마디 덧붙였다.

"아, 맞아요! 전형 전매가 이 여인이 자신의 이름은 기억하고 있었다고 했어요. 전미옥이라고 하더군요."

"전미옥?"

진민이 진지한 표정으로 말했다.

"전 어멈의 이름이 전미봉이지. 이들 두 사람은……."

진민의 말이 끝나기도 전에 궁녀가 말했다.

"민 부인, 아시는지 모르겠지만…… 진양성의 부호들은 하인을 고용해 저택에 들이기 전에 하인의 사주를 보고 이름을 바꿉니다. 전 어멈의 본명이 꼭 전미봉이 아닐 수도 있어요."

진민은 상당히 놀랐다. 그녀는 원래 궁녀에게 명해, 고씨 가문에 가서 고 이야에게 사정을 물어보게 할 생각이었으나 바로 생각을 바꿨다. 비연에게 서신을 보내고, 비연의 안배를 기다리기로 했다.

전 어멈이 이렇게 먼 훗날까지 생각하고 있었던 걸 보면 분명 신중했을 것이다. 전 어멈이 고씨 가문에서 수십 년을 지낸 것을 고려하면, 그녀에게 어떤 내막이 있는지 짐작하기 어려웠다.

진민은 늙은 여인을 비밀리에 궁중에서 잘 돌보게 했다. 궁녀가 여인을 데리고 떠난 후 진민이 택에게 말했다.

"전 어멈에게 정말로 문제가 있다면 절대 만만한 사람이 아닐 거야. 어쩌면 우리가 의심하는 것을 이미 알아차렸을지도 모르겠다. 사람들을 더 써서라도 미연의 일을 방지하는 것이 좋겠구나."

진민은 계속 전 어멈이 무엇 때문에 택과 염진 사이를 떨어뜨려 놓으려 했는지 고민하고 있었다. 어딘가 불길한 느낌이 들었다. 혹시 전 어멈이 택에게 무슨 짓이라도 하려는 것은 아닐까?

택이 진지하게 말했다.

"어머니, 안심하세요! 제가 천라지망을 펼쳐 놓았어요. 전 어멈이 손을 쓰는 건 두렵지 않아요. 오히려 아무 짓도 하지 않을까 두려운걸요!"

진민이 택의 머리를 쓰다듬으며 어쩔 수 없다는 듯 웃었다.

"봐, 또 이렇게!"

택이 막 설명하려 했을 때 진민이 염진에게 말했다.

"염진, 한동안은 계속 택아와 함께 있어야 한다. 무슨 일이라도 생기면 두 사람 모두 바로 도망쳐야 해!"

염진이 진지하게 고개를 끄덕였다.

"어머니, 안심하세요. 도망치는 일이라면 자신 있으니까!"

택이 무어라 형용하기 어려운 표정으로 염진을 흘겨보았다.

시간이 늦은 것을 보고 진민은 택과 염진을 돌려보냈다. 그녀는 고요히 앉아 남아 있는 구근 두 개를 조각한 다음 물에 넣었다.

몸을 일으킨 진민은 내실로 향하다가 무심결에 창밖을 흘깃 보고는 바로 발걸음을 멈추고 말았다. 그녀는 창가로 다가가 아련한 표정으로 하늘에 높이 걸린 달을 바라보았다.

언제부터일까, 그녀에게는 이런 습관이 생겼다. 그와 함께하지 않은 지 오래되었건만 그녀는 이 습관을 여전히 유지하고 있었다. 잠이 들기 전이면 밤하늘을 바라보며 달을 찾는 습관.

잠시 후 진민은 정신을 차리고 웃으며 내실로 들어갔다.

밤이 깊었다. 달빛 아래 천지간 모든 것은 고요히 잠든 것만 같았다. 그러나 이 순간, 드넓은 북해안에는 아직 잠을 이루지 못한 이가 있었다.

몽족설역은 이미 가장 추운 시기로 접어들고 있었다. 비록 북해에 아직 얼음은 얼지 않았지만, 북해안은 이곳에서 가장 추운 지역으로, 뼈를 엘 듯한 찬바람이 쉴 새 없이 불어왔다.

축운궁주는 백리명천의 어깨에 머리를 기댄 채 북해안에 앉아 있었다. 인정하지 않을 수 없었다. 그녀는 타격을 받았다.

그녀는 백리명천이 예전에 예상한 대로 꽤 괜찮은 수를 두었다. 천염국에 내란을 일으키고, 군구신과 천택 황제가 서로 반목하게 할 만한 수를. 그리하여 군구신과 비연이 낭패한 모습으로 북해로 오게 할 만한 수를.

그러나 그녀는 실패했다!

축운궁주는 계강란이 비연의 손에 있다는 것을 알면서도 지금까지 그 일을 언급하지 않았다. 그것은 바로 의심을 사지 않기 위해서였는데, 이게 웬일일까. 비연은 무언가 실마리를 알아챈 것이 분명했다!

그리고 축운궁주가 더더욱 생각지 못했던 것은, 비연이 바로 대진국의 공주며, 그해 10품 봉황력을 폭발시킨 그 아이라는 사실이었다!

축운궁주는 생각하면 생각할수록 가면 아래 두 눈에 분노가 떠올랐다. 천 년 동안 그녀가 이렇게 당해 본 적이 있었던가?

그녀는 갑자기 백리명천을 바라보며 차갑게 말했다.

"고비연…… 본존은 원래 그녀를 너에게 줄 생각이었지. 하지만 이리된 이상 너에게는 그만한 복이 없겠구나!"

말을 마친 그녀는 여전히 백리명천을 바라보며 그의 반응을 기다렸다. 그러나 백리명천이 오래도록 대답하지 않자 그녀는 그가 이미 허수아비가 되었다는 것을 깨달았다! 그녀는 분노한 목소리로 '돌아가라'고 명령한 후 북해로 뛰어들었다.

백리명천은 무표정했다. 그의 두 눈동자에는 심지어 초점마저 없었다. 그는 울적하게 몸을 일으킨 다음 몸을 돌렸다.

하늘 가득 거위 털 같은 눈이 흩날리고 있었다. 백리명천은 거칠게 불어오는 눈보라 속으로 들어갔다. 걷고 또 걷노라니 그의 눈동자에 초점이 돌아왔다. 곧 그는 눈보라 속에서 자신을 기나리고 있는 사람을 발견했다.

그 사람은 바로 고운원이었다…….

놀람, 일부러 그랬구나

고운원은 하늘 가득 흩날리는 눈보라 속에 서 있었다.

흰옷이며 먹과도 같이 검은 머리카락이 바람에 나부끼고 있었다. 여전히 담담한 표정이었고…… 아니, 심지어 입가에는 슬며시 미소마저 어려 있었다.

이 얼어붙을 듯한 눈보라 속에서도 그가 서 있는 곳만은 봄이 돌아와 꽃들이 화려하게 피어난 듯 보였다. 세속을 초월한 듯한 눈빛이며 가벼운 미소는 무어라 표현할 길 없이 아름다워 보였다. 그렇게 그는 모든 것을 간파하는 동시에 모든 것에 초연한 듯한 모습으로 그곳에 서 있었다.

백리명천이라 해도 이 순간만은 발걸음을 멈출 수밖에 없었다.

고운원이 그에게서 멀지 않은 곳에 서 있다는 것을 알면서도 백리명천의 마음속에는 거리감이 생겨나 있었다. 공간적 거리만이 아니었다. 아니, 그보다는 시간적 거리라고 하는 편이 옳았다. 고운원은 마치 저 멀리 하늘가에, 아득히 먼 시간 속에 서 있는 것만 같았다. 볼 수는 있어도 닿을 수 없는 곳에.

백리명천은 혈루로 인해 고통받을 때면 고운원의 염화로 해결하는 수밖에 없었다. 염화 하나로 열흘을 유지할 수 있어, 고운원이 열흘에 한 번 그를 만나러 왔다.

그동안 그는 몇 번이고 고운원에게 정체를 물었다. 그러나 고운원은 단 한 번도 자신의 정체를 드러내지 않았다!

비록 백리명천은 인정하고 싶지 않았으나 마음속으로 자신이 고운원을 두려워하고 있다는 사실을 깨닫고 있었다! 그는 모든 것에 초연한 사람은 절대적으로 무정할 수 있다는 것을 잘 알고 있었다.

눈보라가 더욱 거세졌다. 눈앞의 사람조차 보이지 않을 정도였다. 고운원의 모습도 점차 눈보라 속에 가려져 보이지 않게 되었다. 백리명천은 다급하게 앞을 향해 걷기 시작했다. 열흘의 기한이 이미 다해 있었다. 고운원이 그에게 염화를 주지 않는다면 그는 뼈를 에는 듯한 한기에 고통받아야 했다.

고운원이 비록 염화로 그를 구해 주었다 해도 백리명천은 얼음과 불이 함께 공존하는 고통을 겪을 수밖에 없는 상황이었다. 물론 지금의 고통은 잠시의 고통이었고, 혈루로 인한 고통은 그의 온몸을 얼음 속에 봉인해 버릴 수도 있었다. 최근 혈루의 힘이 점점 더 커지고 있었다.

눈보라가 거세지니 백리명천은 고운원을 볼 수 없었을 뿐 아니라 길조차도 볼 수 없었다. 그는 더욱 빠르게 걸었다. 스스로 깨닫지 못하는 사이, 그의 맑은 두 눈에 안타까운 빛이 어렸다. 마치 길을 잃은 아이처럼.

그때 등 뒤에서 갑자기 고운원의 목소리가 들려왔다.

"급한 모양이지?"

백리명천이 바로 발걸음을 멈추고 뒤를 돌아보았다. 고운원은 그의 등 뒤, 다섯 걸음도 떨어지지 않은 곳에 서서 담담하게 미소 짓고 있었다.

백리명천은 잠시 멈칫했으나 곧 입 끝을 들어 올리며 경멸하듯 웃기 시작했다.

"급하다고? 네 눈엔 본 황자가 급해 보이나? 본 황자가 보기에는 네가 더 급해 보이는데?"

고운원은 여전히 잔잔하게 미소 지으며 아무 말도 하지 않았다.

백리명천은 잠시 기다린 후 말했다.

"불은?"

고운원이 말했다.

"견디기 어려운 모양이지?"

백리명천이 반문했다.

"고통을 겪지 않을 방법이 있는데 본 황자가 굳이 견뎌야 할 이유가 있나? 허튼소리는 그만하고. 불은?"

고운원이 소리 내어 웃기 시작했다.

"그도 맞는 말이군."

그가 손을 내밀었다. 그의 손바닥 위에 곧 화염이 하나 피어올랐다.

고운원의 손은 몹시도 보기 좋았다. 길고 매끄러운 손가락, 분명하게 드러난 마디…… 불빛에 비친 그의 손은 존귀하고 우아해 보였다.

백리명천은 바로 손을 내밀었다. 고운원의 화염이 곧 그의 손바닥으로 옮겨졌다. 화염은 백리명천의 손바닥 위에 잠시 머무르는가 싶더니, 곧 흡수되는 것처럼 그의 손바닥 안으로 사라졌다.

백리명천은 미동도 하지 않고 계속 자신의 손바닥을 바라보았다. 이윽고 손바닥에 화염의 표식이 생겨난 것을 보고 나서야 그는 안심하고 주먹을 쥐었다.

고운원은 계속 그 모습을 지켜보고 있었다.

"죽음이 두려운가?"

백리명천이 속을 들키기라도 한 듯 바로 부인했다.

"웃기는군! 본 황자는……."

그러다 고운원의 입가에 떠오른 미소를 보고는 바로 그만두었다.

사실 이 주제에 대해서는 이미 한번 이야기한 적이 있었다. 고운원은 그에게 혈루를 얻는 대가는 바로 죽음이라고 했었고, 백리명천은 지금의 목숨은 거저 주운 것이나 마찬가지니 죽음은 두렵지 않다고 대답했었다.

백리명천은 속을 꿰뚫어 보는 듯한 고운원의 저 시선을 좋아하지 않았다. 그는 몸을 돌린 후 계속 대답했다.

"그래, 본 황자는 죽음이 두렵다! 받아 내야 할 빚을 받기 전에는 죽음이 두려울 수밖에 없지!"

백리명천은 말하다 말고 갑자기 큰 소리로 웃기 시작했다. 그는 다시 몸을 돌려 고운원을 바라보며 물었다.

"축운궁주, 그 노파도 여전히 죽음을 두려워하더군! 천하에 죽음을 두려워하지 않는 자는 고운원, 너뿐이겠지!"

고운원은 약간 놀란 듯한 표정이었다. 백리명천은 그가 대답하기 전에 다시 물었다.

"팔괘림의 화재는 네가 저지른 짓이겠지? 이렇게 순조롭게 능 가주를 잡을 줄이야. 본 황자가 너에게 감사해야 하는 건가?"

비연의 위협을 받기 전, 축운궁주는 팔괘림에서 들려온 소식에 먼저 경악했다.

축운궁주는 확실히 불을 질렀다. 그러나 그녀가 불을 지른 목적은 흑삼림을 불태우기 위해서가 아니라, 전다다 일행이 팔괘림의 중심에 다가가지 못하도록 하기 위해서였다.

그리고 인어족이 불길 속에서 우연히도 능 가주, 아금을 잡았다. 그러나 축운궁주가 수하들에게 명령한 것은 작은 불을 내라는 것이었지 팔괘림 전체를 태우라는 것은 아니었다. 축운궁마저 그렇게 순식간에 타 버릴 거라고는 상상하지도 못한 일이었다.

축운궁주는 이 일로 인해 팔괘림에 그녀가 모르는 비밀이 있는 것은 아닌지 의심하고 있었다. 그녀는 비연 일행이 이상한 점을 발견하지 못하도록 인어족으로 하여금 축운궁 안 시신들을 모두 없애게 했다. 그러나 얼마 전 인어족이 와서 보고하기를, 비연 일행이 한 걸음 앞서 왔고, 이상한 점을 발견했다고 했다.

이렇게 늦은 시간에 축운궁주가 북해로 들어간 것은 아마도 마음을 놓을 수 없어 직접 가 보기 위함인 것 같았다.

백리명천의 추측을 들은 고운원은 별다른 반응을 보이지 않았다. 그는 백리명천이 의심할 거라고 이미 예상을 했던 것 같았다.

백리명천은 고운원이 여전히 담담한 표정을 짓고 있는 것을 보고 미간을 찌푸렸다. 의아했다. 그러나 그는 곧 분명하게 깨닫고 외쳤다.

"너, 너는 본 황자를 도운 것이 아니라 일부러 그랬던 거군!"

고운원이 기회를 틈타 불을 질렀다. 동시에, 일부러 틈일 보인 것이나 마찬가지였다. 고운원은 축운궁주에게 의심을 불러일으키는 동시에 비연 일행에게도 의심을 불러일으킬 작정이었다!

백리명천이 무의식적으로 한 걸음 물러났다. 그는 스스로 심계가 깊다고 생각하고 있었으나, 고운원 앞에서는 자신의 수완도 별것 아닌 어린애 놀음인 것처럼 느껴졌다.

곧 백리명천이 반응했다.

"네 목표는 축운궁주가 아니겠지! 대체 뭘 하고 싶은 거지?"

고운원이 옳다 그르다 말하지 않고 여전히 잔잔하게 미소만 지었다.

"여전히 그들을 기다리고 있나?"

여기서 '그들'이란 당연히 비연 일행을 가리키는 것이었다.

백리명천이 차가운 눈으로 고운원을 바라보다가 잠시 후 깨달았다.

"그들을 두고 다투지 않겠다고 본 황자와 약속했을 텐데!"

백리명천은 고운원의 목표가 비연과 군구신이 아닌지 의심하지 않을 수 없었다. 게다가 고운원의 배후에는 더욱 깊은 음모가 숨겨져 있는 것 같았다!

고운원이 대답하기 전에 백리명천이 다시 물었다.

"천살, 지살과 관련이 있나?"

이 순간 눈보라는 그렇게 거칠지 않았다. 고운원은 백리명천에게 대답하는 대신 멀지 않은 곳 결계를 바라보며 일깨워 주듯 말했다.

"어서 돌아가지 않으면 흑인어족 병사들이 의심할 것이다."

백리명천이 재빨리 고운원의 손을 잡으려 했다. 그러나 이게 웬일일까. 고운원의 몸이 환영처럼 움직이더니 순식간에 먼 곳으로 이동했다.

백리명천은 눈을 가늘게 떴다. 그는 고운원을 쫓고 싶었지만 인내심을 발휘해 참았다. 돌아가야 할 때였다.

백리명천은 물론 비연 일행이 오기를 기다리고 있었다. 그는 그들이 언젠가는 올 거라고 생각하고 있었다. 그때가 언제인지가 문제일 뿐!

백리명천은 곧 몸을 돌려 결계 속으로 들어갔다. 그는 축운궁주가 어서 돌아오기만을 바라고 있었다. 그녀가 팔괘림 안에서 뭔가를 발견했기를 소망하면서.

그러나 안타깝게도 축운궁주가 팔괘림 중심에 도착하기 전에, 비연 일행이 먼저 도착했다…….

똑같은 문양

이번에는 비연 일행이 제때 도착한 셈이었다. 팔괘림 중심에 도착한 그들은 곧 흑인어족 병사들을 발견했던 것이다.

수로에서 꽤 멀리 떨어진 곳이었다. 군구신과 목연이 병사들을 포위하고, 당정과 정역비도 암기니 활이니 전부 꺼냈다. 비연은 대설의 도움 없이도 전다다와 함께 검을 들어 경계 태세를 취했다.

결과적으로는 비연과 전다다가 손을 쓸 필요 없었을 뿐 아니라 목연, 당정, 정역비의 협조조차 필요 없었다. 군구신 혼자서도 흑인어족 병사 다섯을 잡을 수 있었다!

그러나 군구신이 심문을 진행하기도 전에 흑인어족 병사들은 모두 스스로를 찔러 자살했다!

군구신은 미간을 찌푸렸고, 비연 일행 모두 경악했다. 흑인어족 병사들이 이렇게까지 축운궁주에게 충성을 다할 줄이야! 배반하느니 죽음을 택할 정도였다니!

비연은 조금 화가 나기는 했지만, 그래도 꽤 공정한 태도로 말했다.

"모두 충성심이 대단한걸."

당정이 말했다.

"내가 보기에는 충성심이 대단한 것이 아니라 두려움 때문인 것 같아. 축운궁주가 그렇게 많은 남자 제자들을 키우고 있었던 건, 내 생각에는 결코 좋은 이유에서는 아니었을 거야! 무슨 비술이라도 행했는지도 모르지!"

이 말을 들은 비연이 목연을 바라보았다. 당정과 전다다 역시 동시에 그를 바라보았다.

목연은 당연히 당정의 말을 들었으나, 계속 다른 곳을 보며 듣지 못한 척했다.

전다다의 눈가에 일말의 의혹이 스쳐 갔다. 그녀가 목연에게 물어보려 했을 때, 군구신이 말했다.

"시간 낭비하지 말고 가자!"

군구신과 정역비는 이미 흑인어족 병사들의 시신을 조사한 다음이었으나 별다른 것을 발견하지 못했다.

팔괘림의 중심이 바로 근처였다. 흑인어족 병사들이 이곳에 있었다는 것은 그들도 이곳에 뭔가를 찾으러 왔다는 이야기였다. 바꿔 말하자면, 그들의 추측이 옳았다. 팔괘림의 화재가 이리도 커진 것은 축운궁주의 짓이 아니었다. 축운궁주 역시 이상한 점을 발견하고, 흑인어족을 보내 드러난 상황을 감추고 이유를 찾을 생각인 것이다.

모두 시간을 낭비할 엄두를 내지 못했다. 비연은 빠르게 발걸음을 옮겨 군구신 곁으로 다가갔다. 당정 역시 정역비 곁으로 다가갔다. 그리고 그의 손을 잡으려는 순간, 정역비가 먼저 그녀의 손을 잡았다.

전다다는 그녀들을 보며 저도 모르게 입술을 비죽거렸다. 그러나 그녀가 무심결에 고개를 돌렸을 때 목연이 자신을 바라보고 있는 것을 보게 되었다. 그녀는 살짝 굳어서 재빨리 비연 일행을 따라가기 시작했다.

전다다는 비연과 군구신 뒤에서 걷기 시작한 지 얼마 되지 않아, 이건 뭔가 아니라는 생각이 들어 바로 당정 곁으로 달라붙었다. 그러나 조금 더 걷다 보니 이것도 뭔가 아니라는 생각이 들었다. 그녀는 차라리 제일 앞에서 걷기로 하고 말했다.

"바로 저쪽이에요. 내가 길을 안내할게!"

목연의 눈빛은 본래 무겁게 가라앉아 있었으나 전다다의 이런 모습을 보자 저도 모르게 웃고 말았다. 그는 전다다를 쫓으려는 생각에 빠르게 앞으로 걸어 나가려다가, 곧 다시 발걸음을 늦추고 계속 모두의 뒤를 따랐다.

차 한 잔 마실 시간도 지나지 않아 비연 일행은 팔괘림의 중심에 도착했다. 불에 타고 남은 잔해들로 보아 화재 전 이곳은 무성한 숲이었을 것이다. 들어올 길을 찾을 수 없을 정도로 무성한 숲.

그러나 이 순간 비연 일행은 이 숲에 경탄할 여유가 없었다. 바로 가장 중앙에 있는 작은 빈터에 있는 물건을 보고 경악했기 때문이었다.

그곳은 팔괘림의 중심이었고, 동시에 흑삼림의 중심이었다. 그곳에 놓여 있는 것은 바로 거대한 화로였다. 이것이 어찌나 큰지 사람 키만은 되어 보였다.

청동빛 화로에는 발이 세 개 달려 있었고, 상서로운 문양이 조각되어 있었는데, 예스럽고도 신비로워 누구라도 이것을 보는 순간 경외심을 품지 않을 수 없었다.

그러나 지금 비연 일행이 마음에 품은 것은 경외심이 아니었다. 그들은 서로의 얼굴을 바라보다가 마지막에는 모두 시선을 비연의 허리에 매달려 있는 약왕정으로 떨어뜨렸다. 형태가 다른 것 외에, 화로의 재질, 색깔, 그리고 문양이 모두 비연의 약왕정과 똑같았다!

이게 어찌 된 일인가?

비연은 누구보다도 먼저 이 점을 의식하고 있었다. 그녀는 멍하니 화로를 바라보다 가까이 다가가고 싶은 충동을 느꼈다. 그녀는 보고 또 보다가 정말로 무의식적으로 발걸음을 내디뎠다.

군구신이 곧 비연의 이상한 점을 눈치채고 재빨리 막아섰다.

"연아, 괜찮아?"

비연은 그제야 정신을 차리고 자신이 이상한 행동을 보였다는 것을 깨달았다. 그녀는 군구신을 바라본 다음 서둘러 약왕정을 풀어냈다. 문양이 똑같다고 확신하면서도 제대로 확인하고 싶었다.

당정도 모두 다가왔다. 자세하게 살펴본 후 모두 약왕정과 화로의 문양이 똑같을 뿐 아니라 문양을 배치한 순서까지도 똑같다는 것을 알아차렸다.

전다다가 외쳤다.

"이거, 같은 장인이 만든 것 아닐까?"

당정이 말했다.

"연아, 설마 이 화로도 네 사부께서 만든 것은 아니겠지?"

정역비도 궁금한 표정으로 중얼거렸다.

"이곳은 원래 용의 뼈가 있었던 곳 아닌가? 어째서 화로가 있는 거지? 이 화로가 설마…… 건명보검을 연마해 낸 화로인가?"

목연도 의아한 표정이었다.

"짐승들이 두려워한 것이 바로 이 화로였나?"

비연의 머릿속도 온통 의문으로 가득 차 있었다. 그녀는 사람들이 궁금증을 이야기하는 것을 지켜보다가 갑자기 현기증을 느껴 무심결에 군구신의 손을 잡았다.

군구신이 바로 그녀를 부축하며 물었다.

"왜 그러는 거야? 어디 불편한 거야?"

비연은 계속 어지러움을 느끼며 재빨리 머리를 감쌌다.

"현기증, 약왕정 때처럼……."

그녀는 말조차 제대로 할 수 없었다. 이 현기증은 예전에 약왕정 때문에 어지러울 때와 무척 비슷했다. 그러나 그때와 완전히 같지는 않았다.

모두 조마조마한 표정이었지만 비연을 도울 수 있는 이는 없었다. 군구신도 어쩔 줄 몰라 하며 비연을 부축해 앉혔다.

이때였다. 비연이 갑자기 머리를 감싸더니 참지 못하고 비명을 질렀다.

"아파!"

모두 경악했다. 비연이 예전에도 현기증을 느끼는 것을 본 적 있었지만, 아파하는 것은 처음이었다! 게다가 비연은 약한 모습을 내보이는 사람이 아니었다. 견디기 어려울 정도가 아니라면 이렇게 비명을 지르지 않을 것이다.

모두 어찌할 바를 몰라 다급했다. 군구신은 이미 냉정함을 잃고 비연의 손에서 약왕정을 받아 정역비에게 건넸다. 군구신은 가능하다면 이 약왕정을 저 멀리 던져 버리고 비연이 가까이 다가가지 못하게 하고 싶었다. 비연이 이 이상 고운원과 아무 관계도 맺지 않기를 바랐다!

"아파……."

비연의 손이 갑자기 머리에서 떨어지는가 싶더니 제 몸을 감쌌다. 무척이나 견디기 어려운 듯 그녀는 자꾸만 군구신의 품으로 파고들었다. 몸을 웅크린 채 두 눈을 감고 미간을 찌푸렸다.

대체 어찌 된 일인가? 모두 더욱 다급해졌다.

"연아, 어디가 아픈 거야?"

"연아 언니, 말해 봐!"

군구신이 망설이지 않고 비연을 안아 들었다. 그녀가 화로 가까이에 온 다음부터 아프다는 생각이 들었기 때문이다. 화로에서 멀어지면 괜찮아질지도 모른다!

그러나 군구신이 발걸음을 옮기려고 했을 때 비연이 중얼거렸다.

"불, 불…… 불이야!"

불?

모두 놀라고 의혹에 가득 찬 표정을 지었다. 군구신이 서둘러 물었다.

"불이라니? 무슨 불?"

군구신의 말이 끝나는 순간 비연의 미간에서 갑자기 화염과
도 같은 환상이 나타났다. 비연이 눈을 뜨더니 공포에 젖은 눈
빛으로 모두를 바라보았다.

점차 그녀의 온몸에서 환상과도 같은 불길이 일기 시작했다.
마치 그녀 전체가 희미한 불길 속에 잠겨 있는 것 같았다.

모두 경악하여 그대로 굳어 버렸고, 군구신 역시 어찌할 바
를 모르고 있었다.

비연이 다시 한번 고통스러운 표정을 지었다.

"아파! 너무 아파……!"

본 왕이 너를 멸하겠다

비연은 마치 불에 타오르는 것처럼 고통스러워했다.

군구신은 재빨리 화로에서 멀리 떨어졌다. 그러나 팔괘림 중심 지역을 벗어났는데도 비연은 여전히 그 상태였다.

"아파……."

비연의 얼굴이 점점 더 창백해지고, 표정도 일그러졌다. 그녀가 참아 낼 수 없을 정도의 고통이라는 것을 알 수 있을 정도였다. 그녀는 애걸이라도 하듯 군구신의 팔을 꽉 잡았다. 금방이라도 견뎌 내지 못할 것만 같은 모습이었다.

하지만 대체 어떻게 해야 하는 걸까?

계속 참는 수밖에는 아무 방법이 없었다!

"연아!"

군구신이 그녀를 꽉 끌어안았다. 언제나 담담하던 눈이 붉어져 있었다. 그는 자신이 대체 무엇을 할 수 있는지도 알지 못했다. 비연의 고통을 대신할 수만 있다면, 지금 비연이 겪는 고통의 백 배라도 감당할 마음이 있건만!

이때 당정 일행이 쫓아왔다. 그들은 한눈에 비연이 방금보다 더 고통스러워하고 있다는 것을 알아보았다. 당정은 마음이 아파 다급하게 정역비를 붙잡고 외쳤다.

"어쩌면 좋아, 어서 무슨 방법이라도 생각해 봐!"

정역비 역시 마음이 아팠다. 하지만 그에게 무슨 방법이 있었다면 이미 이야기했을 것이다.

"전하께서도 방법이 없으신데 나는……."

그가 무겁게 탄식하더니 차마 지켜볼 수 없다는 듯 고개를 돌렸다.

전다다는 다급한 나머지 비연과 군구신 주위를 뱅글뱅글 돌았다.

"무슨 방법이 없나? 아…… 차 한 잔 마실 시간 지났을 뿐인데, 이대로면 연아 언니는 아파서 죽고 말 거야!"

목연도 초조한 기색으로 곁에 조용히 서 있었다.

누구에게도 상황을 타개할 방법이 없어 그저 기다리는 수밖에 없었다.

그들은 장장 한 시진을 기다렸다. 한 시진 내내 비연은 온몸을 웅크리고 있었다. 고통은 한순간도 멈추지 않고 오히려 점점 더 심해질 뿐이었다. 그녀는 힘이 빠진 나머지 아프다는 말조차 하지 못하고 있었다.

비연은 온몸의 모든 피부가 뜨거운 불에 덴 것처럼 느끼고 있었다. 고통은 뼛속 깊은 곳까지 파고들었고, 그녀는 몇 번이나 차라리 죽고 싶다고 생각했다. 죽으면 이 고통에서 벗어날 수 있지 않을까? 그러나 그녀는 곧 그 생각을 떨쳐 냈다!

그녀가 어떻게 죽을 수 있을까?

그녀는 이미 한 번 죽은 적 있었다.

그녀는 살아야 했다!

비연은 계속 자신에게 살아남을 이유를 되뇌며 억지로 버텼다.

잠이 들어서도 안 돼, 죽고 싶다고 생각해서도 안 돼, 어떻게든 맑은 정신으로 버텨 내야 해!

그녀는 부황과 모후도 구출해야 했다. 부황과 모후의 품에 뛰어들어 잃어버린 어린 시절을 보상받아야 했다. 그녀는 절대 죽을 수 없었다!

그녀는 아직 군구신과 혼례의 모든 절차를 끝내지 못했다. 그녀는 대진국 공주의 신분으로서 군구신이 자신을 맞으러 빙해를 건너오는 것을 지켜봐야 했다. 군구신과 화촉을 밝히고 아이를 낳아야 했다. 그녀는 죽을 수 없다!

까다로운 오라버니가 어떤 여자를 좋아할지도 알고 싶었다. 죽어서는 안 돼!

고 태부가 민 이모를 데려가는 모습도 보아야 했다. 죽어서는 안 돼!

그리고 택과 염진이 성장하는 모습도 지켜보고 싶었다. 죽을 수 없어!

상관 부인과 승 회장이 딸을 낳는 것도 보고 싶었다. 절대로, 절대로 죽을 수 없다!

그리고…… 그리고 그녀는 고운원을 한 번 더 만나고 싶었다. 그에게 사부라고 다시 한번 부르고 싶었다. 그에게 묻고 싶은 것이 아주 많았다. 그녀는 결코 죽을 수 없었다!

참아야 해!

그녀는 눈을 뜨고 맑은 정신을 유지하기 위해 안간힘을 썼다.

다시 반 시진이 흘러갔다. 마침내 군구신이 견딜 수 없는 상태가 되었다! 그가 갑자기 정역비를 돌아보더니 노성을 질렀다.

"그 약왕정을 가져와라!"

군구신의 두 눈에는 붉은 핏발이 가득했다. 그가 어찌나 사나운지 정역비는 말할 것도 없고 당정도 깜짝 놀랄 정도였다.

정역비가 재빨리 약왕정을 내밀었다. 군구신은 비연을 당정의 품으로 옮긴 다음, 약왕정을 받아 땅에 내팽개쳤다. 그러고는 건명보검을 뽑아 들고 외쳤다.

"본 왕이 지금 너를 멸하겠다!"

사정을 모르는 사람이라면 군구신이 말하는 '너'를 약왕정이라 생각하겠지만, 사정을 아는 이들은 그 '너'가 바로 고운원이라는 것을 알 수 있었다!

지금 비연의 상황이 무엇이건, 고운원과 관계가 없다고는 말할 수 없었다!

말을 마친 군구신은 바로 건명력을 발동시켰다. 그 순간 건명보검이 황금빛으로 빛나기 시작하더니 검기가 하늘 위로 치솟았다!

모두 군구신의 건명력은 본 적이 있었지만, 그가 전력을 다하는 모습을 보는 것은 치음이었다. 그들은 멍한 표정으로, 저도 모르게 경탄했다.

군구신이 차가운 눈으로 약왕정을 바라보았다. 그의 눈빛에는 놀라울 정도의 원한이 어려 있었다. 그러나 이 순간, 비연이 고통스러워하면서도 제지했다.

"안 돼…… 안 돼……."

군구신은 분노에 잠겨 있었기에 비연에게는 신경 쓰지 못하고 있었다. 그가 건명보검을 높이 들었다. 건명력이 계속 보검으로 흘러들고 있었다.

비연이 극심한 고통을 참으며 당정의 손을 잡고 힘없이 말했다.

"안 돼, 막아…… 막아 줘."

하지만 당정도 군구신이 당장 저 빌어먹을 약왕정을 없애 버렸으면 하고 바라던 참이었다.

"연아, 저 약왕정은 분명 재앙덩어리야. 저걸 없애면 고운원도 몸을 숨길 곳이 없어지겠지!"

비연이 당정의 손을 더욱 꽉 잡고 외쳤다.

"아냐! 막아 줘…… 막아야 해……."

그녀의 마음속에는 결국 정이 남아 있었다. 최소한 진상이 완벽하게 밝혀지기 전에는…… 그녀로서는 아무리 마음을 단단히 먹어도 그를 없앨 수는 없었다.

게다가 그녀는 약왕정과 무어라 표현하기 어려운 관계도 맺고 있었다. 비연으로서는 약왕정을 버릴 수가 없었다.

당정은 비연 대신 군구신을 말리지 않고 오히려 물었다.

"연아, 그가 죽는 것과 네가 죽는 것, 둘 중에서 무엇을 택하겠어?"

비연은 할 말을 잃었다. 바로 그 순간 군구신의 건명보검이 사납게 약왕정을 베어 갔다!

"안 돼!"

어디서 나온 힘인지, 비연이 갑자기 당정의 손에서 벗어나 재빨리 군구신을 덮쳤다. 그 순간 건명보검은 약왕정의 바로 옆을 베었고, 그 진동에 약왕정이 튕겨 올랐다.

약왕정은 아주 높이까지 날아오르더니 땅 위로 무겁게 떨어졌다. 비록 건명보검에 베이지는 않았으나, 그 힘의 영향을 받은 것이 분명했다.

이 순간 멀리 북해에 있던 고운원이 눈보라 속에서 갑자기 발걸음을 멈추더니 울컥 피를 토해 냈다. 그는 미간을 찌푸렸다. 담담하던 눈빛도 점차 복잡해지기 시작했다. 고운원이 중얼거렸다.

"건명……."

팔괘림에서는 비연이 땅에 엎어져 있었다. 그녀는 고통으로 인해 곧 정신을 잃을 지경이었다. 군구신은 잠시 당황했으나 곧 상황을 파악했다.

"연아!"

그가 건명보검을 떨어뜨리고 비연을 안아 올리려 했을 때였다. 비연의 몸 안에서 거대한 힘이 폭발했다. 그 힘의 폭발과 함께 그녀의 몸 주위를 맴돌던 불길의 환영이 순식간에 흩어지더니 사라졌다.

당정은 모두 그 힘에 밀려 공중으로 튕겨 올랐다가 멀리 떨어졌다. 군구신은 한쪽 무릎으로 땅을 짚은 채 입에서 선혈을 흘리고 있었다. 비연은 여전히 땅에 엎어져 있었는데, 그녀의 몸 전체가 희미한 환영에 감싸여 있었다.

"10품 봉황력?"

군구신이 몸을 일으켜 다가가려 했을 때였다. 비연의 몸을 감싸고 있던 환영이 점차 모이더니 공중에서 봉황허영으로 변했다. 군구신은 대체 어찌 된 일인지 알 수 없어, 모험을 하지 못하고 큰 소리로 외쳤다.

"연아!"

비연이 그제야 눈을 떴다. 그녀가 눈을 뜨는 순간 봉황허영이 갑자기 흐려지더니 그녀의 몸 위로 떨어지듯 사라졌다. 비연은 곧 아프지 않다는 것을 깨달았다. 아니, 오히려 환골탈태한 듯 몹시 상쾌하고 맑은 기분이 들었다.

그녀는 재빨리 몸을 일으켰다. 그러나 군구신에게 말을 건네려는 순간, 마치 뭔가 깨달은 듯 그대로 굳어 버렸다……

내가 조종할 수 있어

비연은 원래 군구신에게 다가가려 했으나 갑자기 발걸음을 멈췄다.

그녀는 자신의 손을 들어 보았다. 그런 그녀의 눈에는 의아한 빛이 어려 있었다. 그녀는…… 봉황력을 느낄 수 있는 것 같았다.

예전에는 마음을 수련하여 단계가 올라가도 그저 희미하게 그 힘을 느낄 수 있을 뿐이었다. 그러나 지금은 완벽하게 봉황력의 존재를 느낄 수 있었다.

이 순간 그녀의 손바닥에는 힘이 충만해 있었다. 비연은 심지어 자신이 봉황력을 부릴 수 있다고까지 느끼고 있었다.

그녀는 서둘러 제 손바닥에 모여 있는 힘을 시험해 보려 했으나, 대체 어떻게 해야 할지 알 수 없었다!

봉황력을 수련하는 방식은 알려진 바가 없었다. 그녀가 계속 마음을 수련했던 것도, 약왕정을 수련하던 방식을 모방해 스스로 만들어 낸 것이었다.

비연은 군구신이 가르쳐 주었던 내공법을 기억해 내고 시도해 보았다. 그녀의 손에 있던 봉황력이 순식간에 시라졌다.

"없어졌어!"

놀랍고 기쁜 마음에 비연은 군구신을 바라보다가 곧 시선을 제 손으로 떨어뜨렸다. 그리고 다시 봉황력을 불러내 보았다.

봉황력이 순식간에 그녀의 손에 나타났다. 그녀가 소환을 중지하지 않자 봉황력의 힘이 계속 늘어났다. 비연은 몹시 기뻐하며 재빨리 군구신에게 보여 주었다.

"내가 이걸 조종할 수 있어! 이제 된다고!"

군구신도 기뻤으나 동시에 공포스러웠다. 그는 빠르게 다가와 비연을 제 품에 꽉 끌어안았다. 그는 아무 말도 하지 않았지만, 지금까지도 붉어져 있는 눈이 두려움으로 가득 찬 것이 보였다.

장장 10년을 잃었다가 다시 만난 사람이었다. 다시 잃는다는 것은 너무나 두려운 일이었다.

비연은 그제야 자신이 한 시진 반 동안이나 고통스러워했다는 것을 기억해 냈다. 두렵지 않았다면 거짓말일 것이다. 필경 그녀도 일이 이렇게 될 줄은 몰랐으니까.

만약 군구신이 약왕정을 없애려 해서 그녀가 다급해지지 않았다면, 그녀의 몸 안에 숨어 있던 봉황력이 이렇게 빨리 모습을 드러내지 않았을지도 모른다.

그녀는 군구신을 안으며 위로해 주었다.

"괜찮아. 아무 일도 없으니까."

군구신은 말없이 비연의 목에 얼굴을 묻고, 그녀를 더욱 강하게 끌어안았다.

이때, 튕겨 나갔던 당정 일행도 겨우 기운을 차리고 눈을 떴다. 정역비와 당정 모두 안색이 좋지 않았고 입에서 피도 흘리고 있었다. 내상을 입은 것이 분명했다. 10품 봉황력은 평범한 힘이 아니었기에, 그들이 가까이 있지 않았다 해도 부상을 피할 수는 없었다.

정역비는 일단 몸을 일으키더니, 제 내상은 살펴볼 생각도 하지 않고 바로 당정에게로 다가갔다. 당정이 겨우 몸을 일으키자 그는 바로 그녀의 몸을 살펴보며 물었다.

"어때? 어디 다친 데 없어? 아파?"

당정이 비연을 바라보며 말했다.

"연아는 괜찮겠지?"

정역비는 이미 비연에게 아무 일 없는 것을 살펴본 후였다. 정역비가 여전히 열심히 물었다.

"너는? 넌 어때? 어디 불편한 데라도 있어?"

당정은 온몸이 아팠지만 어쨌든 견딜 만했다. 그녀는 정역비의 긴장한 모습을 보고 헤실 웃으며 일부러 엄살을 부렸다.

"여기저기 다 아파! 아파서 곧 죽을 것 같아!"

정역비가 미간을 찌푸리더니 두말없이 당정을 안아 들었다.

당정이 당황했다.

"뭐 하는 거야? 내려놓지 못해!"

"의원을 찾아가자."

정역비의 말에 당정이 놀라 외쳤다.

"아프지 않아, 아프지 않다고! 널 속인 거야!"

그러나 정역비는 여전히 그녀를 내려놓지 않았다. 당정이 발버둥 치기 시작하자 정역비가 제지했다.

"함부로 움직이지 마!"

그는 당정을 내려놓고 조심스럽게 입가의 핏자국을 닦아 주었다.

"부상은 어때?"

당정의 마음은 달콤한 사탕이라도 먹은 것처럼 달달해져 있었다. 그녀는 정역비의 이런 진지한 모습이 좋았다. 마치 남자의 교범 같은 그런 느낌이.

"심하지 않아. 넌? 괜찮아?"

당정도 진지하게 손을 뻗어 정역비 입가의 핏자국을 닦아 주었다.

멀리서 보면 이 두 사람의 모습은 그야말로 사랑에 빠진 연인의 모습이었다! 그리고 이 순간 전다다는 바닥에 엎어진 채 그들을 보고 있었다.

그녀는 입술을 비죽거리며 고개를 돌려 막 몸을 일으킨 목연을 흘깃거렸다. 그리고 다시 한숨을 내쉰 후 비연을 바라보았다. 비연이 군구신과 끌어안은 채 떨어질 기색이 없는 것을 보고 전다다는 다시 입술을 비죽였다.

그녀는 당정과 정역비를 가리키며 말했다.

"곧 끌어안겠지."

그리고 다시 비연과 군구신을 가리키며 말했다.

"저 둘은 입이라도 맞출 기세고 말이야."

그녀의 말이 끝나는 순간, 군구신이 비연에게 입을 맞췄다.

전다다는 예상한 일이긴 했지만 그래도 의아한 눈빛을 보냈다. 그녀는 잠시 두 사람이 입 맞추는 것을 지켜보다가, 겨우 예가 아니면 보지 말아야 한다는 사실을 깨닫고 얼굴을 붉히며 고개를 돌렸다.

그러나 고개를 돌리는 순간 보게 된 장면은 당정이 까치발을 하고 정역비의 목에 매달려 있는 모습이었다. 당정이 정역비에게 입을 맞추려 했지만 정역비가 먼저 그녀를 안고 패기롭게 입을 맞췄다.

전다다가 미간을 찌푸리며 처량한 목소리로 원망의 말을 늘어놓았다.

"나처럼 외로운 사람을 괴롭히다니. 정말 너무하잖아!"

그녀는 일어나기도 싫어 그대로 땅에 얼굴을 묻은 채 기다렸다.

목연은 주변을 한 바퀴 돌아본 후, 곧 땅에 얼굴을 묻은 채 미동도 없는 전다다를 발견했다. 그는 다급한 나머지 환영처럼 전다다에게로 몸을 옮겼다.

"전다다!"

그는 재빨리 그녀를 안아 올렸다.

전다다는 키가 작고 몸도 마른 편이었다. 목연이 그녀의 허리를 감싼 순간, 그녀 전체가 바로 그에게 안기게 되었다. 그는 다시 그녀를 바닥에 내려놓았지만, 손은 그녀의 허리에서 떠나지 않았다.

"괜찮아?"

전다다가 아연한 표정으로 말했다.

"나, 나는⋯⋯."

목연은 잠시 기다렸으나 전다다가 계속 아무 말도 하지 않자 서둘러 다시 물었다.

"어디 부상이라도 있어? 말해 봐!"

전다다는 원래 그를 밀쳐 낼 생각이었지만, 머뭇거리다가 뜻밖에도 그의 시선을 피하며 대답했다.

"온몸이 다. 다⋯⋯ 다 아파. 무⋯⋯ 무슨 일이 있었던 건지 모르겠어."

목연이 물었다.

"내상을 입은 건가?"

그가 재빨리 전다다의 맥을 짚었다. 전다다는 속으로 찔려 재빨리 그의 손을 떨쳐 냈다.

"그냥 땅에 떨어져서 아픈 거야. 별거 아냐⋯⋯."

목연은 미간을 찌푸린 채 그녀를 노려보더니 다시 손을 잡아 당겼다. 전다다는 다시 그의 손을 떨쳐 내려 했지만 목연이 다시 잡았고, 또 전다다가 떨쳐 냈다. 결국 화가 난 목연이 그녀를 아예 제 품에 가두어 끌어안고는 맥을 짚었다.

전다다는 켕기는 마음에 꼼짝도 하지 못하고 있었다. 그녀의 작은 얼굴이 새빨갛게 달아올랐다.

사건이 일어나던 때 그녀는 비연에게서 가장 멀리 있었고, 또 그녀 앞에 당정이 막아서고 있었기에 정말 별다른 상처를 입지 않은 상태였다. 그저 순수하게 부딪쳐 아픈 것에 지나지 않았다.

목연은 어린 시절부터 무술을 수련했기에 내상을 입은 맥에 대해서는 아주 잘 알고 있었다. 그는 맥을 짚은 순간 전다다가 별다른 부상을 입지 않은 것을 깨닫고 속으로 안도의 한숨을 내쉬며 그녀를 놓아주었다.

전다다는 점점 더 민망한 기분에 아무 말도 하지 않고 재빨리 몸을 돌려 달리기 시작했다.

목연은 조금 당황했지만, 곧 방금 전다다가 일부러 아픈 척했다는 사실을 깨달았다. 그는 살짝 멈칫했으나 곧 참지 못하고 웃기 시작했다.

이때 당정과 정역비는 이미 비연 일행 쪽으로 가고 있었다. 목연도 재빨리 전다다를 쫓아갔다.

비연은 군구신의 건명보검을 빌려 휘둘러 보았다. 비록 아직 익숙하지는 않았지만 봉황력을 부릴 수 있었다.

가까이 다가온 당정도 봉황력의 힘을 느끼고 있었다. 설명할 필요도 없이, 그들은 무슨 일인지 깨닫고 기뻐했다!

비연이 검을 다시 한번 휘두르자 건명보검이 갑자기 화로 쪽으로 향했다. 비연은 멈출 수밖에 없었다…….

뜻밖에도 전부 뼈

20여 년 전, 비연의 모후도 이렇게 불 속에서 다시 태어났다. 다만 그때 그녀의 모후는 몸 안의 봉황력을 불러냈을 뿐이었다.

비연은 여덟 살 때 봉황력을 불러냈을 뿐 아니라 10품의 봉황력을 불러냈다. 지금 그녀는 봉황력을 장악해 자유자재로 부릴 수 있었다.

비연은 봉황력에 군구신에게서 배운 검법을 결합해 보았다. 초식마다 힘이 흘러넘쳤다. 단지 시험해 보는 것에 불과했기에 적의도 살의도 없었건만, 주변 사람들은 본능적으로 두려움을 느꼈다. 봉황력이 너무나 강력했기 때문이었다.

비연이 몸을 돌리는 순간 갑자기 건명보검이 전방의 화로를 가리켰다. 모두 그녀의 다음 초식을 기다리고 있었지만, 그녀는 미동도 하지 않았다.

그녀는 화로를 바라보다가 다시 한번 처음 화로를 보았을 때와 같은 표정을 지었다. 군구신이 놀라 재빨리 다가왔다. 그가 건명보검을 누르며 그녀를 막아섰다.

"연아, 그 이상 보지 마!"

봉황력은 비연을 지키기 위해 존재하는 것 같았다. 비연이 목숨과 관련된 위기를 겪을 때면 봉황력이 나타났다.

군구신은 비연이 봉황력을 장악하게 된 것이 그녀가 수개월 동안 마음 수련을 거듭한 결과라 믿고 싶었다. 화로나 약왕정과 관계있는 일이라고는 믿고 싶지 않았다. 그는 여전히 이 화로가 위험하다고 여기고 있었다!

군구신은 당연히 비연을 걱정하고 있었다. 그러나 그녀는 스스로를 억제할 수 없었다.

"이 화로는 마치…… 마치……."

비연은 정확히 표현할 수는 없었지만, 화로가 무형의 힘으로 그녀를 끌어당기고 있는 것을 느낄 수 있었다.

비연이 화로를 다시 바라보자 군구신이 재빨리 그녀의 몸을 돌려세웠다. 비연이 입을 여는 순간 군구신이 담담하게 말했다.

"기다려. 내가 가서 보고 올 테니!"

비연이 돌아보려 했지만 군구신은 허락하지 않고 당정에게 당부했다.

"홍두 누나, 연아를 잘 보고 있어!"

당정이 고개를 끄덕이며 바로 다가왔다. 전다다도 서둘러 달려와 비연 옆에 섰다. 그리고 방금 주워 온 약왕정을 내밀며 말했다.

"연아 언니, 받아."

비연은 약왕정을 받아 들고 어쩔 수 없다는 듯 고개를 숙였다. 곁에 있던 정역비가 말했다.

"왕비마마, 안심하십시오. 제가 전하와 함께 가겠습니다!"

정역비가 걸음을 옮기기도 전에 목연이 소리 없이 군구신 곁으로 따라붙었다.

곧 군구신이 화로 근처에 도착했다. 그는 막 뛰어오르려다가 갑자기 멈추고 미간을 찌푸렸다.

목연과 정역비가 다가오다가 그 모습을 보고 물었다.

"전하, 왜 그러십니까?"

군구신 역시 비연과 같은 것을 느끼고 있었다. 자신이 이 화로와 무슨 관계가 있는 듯한 느낌, 그러나 명확하게 설명할 수는 없는 느낌이었다.

한 가지 확실한 것은 이 화로가 자신을 끌어들이는 것 같다는 것이었다. 군구신은 본능적으로 화로 가까이 가고 싶은 느낌을 받았다. 대체 어찌 된 일일까?

비연이 약왕정과 계약했기 때문에 이런 느낌을 받았던 거라면…… 그는? 건명보검과 계약했기 때문일까? 그렇다면 이 신비한 화로는 정말로 과거 구려족 사람들이 건명보검을 주조해 낸 화로일까?

군구신은 이렇게 추측하다가 곧 뭔가 이상하다는 느낌을 받았다.

이 화로가 구려족 사람들이 건명보검을 주조할 때 쓴 화로라면, 이것이 어떻게 약왕정과 관계가 있을 수 있을까?

군구신이 중얼거렸다.

"고운원은 대체 구려족과 무슨 관계인 거지?"

정역비와 목연은 그가 무슨 말을 하는지 제대로 듣지 못했다. 그는 마치 정신을 잃은 듯 보였다. 정역비가 재빨리 군구신을 건드려 보았다.

"전하, 괜찮으십니까?"

군구신은 그제야 정신이 들었다.

"너희 두 사람은 어디 불편하지 않은가?"

정역비와 목연은 고개를 저었다.

군구신은 더 묻지 않고 가볍게 화로 위로 뛰어올라 그 가장자리에 착지했다. 정역비와 목연 역시 그의 뒤를 따랐다.

그들 모두 화로 안을 들여다보는 순간 저도 모르게 헉, 차가운 숨을 들이켰다!

사람이 여럿 들어갈 만큼 거대한 화로 안은 크고 작은 뼈로 가득 차 있었다.

군구신이 말했다.

"사람 뼈 같지는 않군!"

짐승에 익숙한 목연도 바로 고개를 끄덕였다.

"전하의 말씀이 옳습니다. 이건 사람의 뼈가 아니라 짐승의 뼈입니다."

정역비가 놀라 펄쩍 뛰었다.

"설마 그때 구려족이 짐승들로 검을 제련하거나 한 건 아니겠지요? 그래서 흑삼림의 짐승들이 그렇게 무서워하며 팔괘림에 오지도 못하는 것일까요?"

목연이 말했다.

"아닙니다. 흑삼림 영수들의 수명은 길어 봤지 200년 정도고, 천 년 묵은 영수는 없습니다! 흑삼림의 가문들은 대부분 몰래 영수들과 소통하여 팔괘림의 비밀을 밝히려 시도해 보았습니다. 그러나 팔괘림을 언급하는 순간 영수들은 두려움에 떨거나, 심지어 도망치기도 했습니다."

정역비가 생각에 잠겼다가 다시 물었다.

"목연, 그렇다면 이게 어떤 영수들의 뼈인지 알아볼 수 있을까?"

목연이 다시 한번 들여본 다음 대답했다.

"이렇게 봐서는 모르겠습니다. 뼈를 꺼내면 아마 한둘 정도는 분간해 낼 수 있을 겁니다."

두 사람은 서로 눈빛을 주고받고는 다시 군구신을 바라보며 명령을 기다렸다. 그러나 그 순간 군구신은 어딘가 멍한 느낌으로 그 뼈들을 응시하고 있었다.

비연이 방금 보였던 이상한 행동 때문에 모두 그것을 대수롭지 않게 넘길 수가 없었다. 정역비가 재빨리 군구신에게 물었다.

"전하, 정말 괜찮으십니까?"

군구신은 막 아래로 뛰어내리려던 찰나, 정역비의 말에 정신이 들었다. 그는 망설임 없이 말했다.

"철수한다!"

정역비와 목연은 이유를 알 수 없었지만, 군구신을 따라 화로 밖으로 뛰어내렸다.

군구신이 그들을 이끌고 돌아오자 비연이 물었다.

"어땠어? 화로 안에 무엇이 있는 거야?"

"영수의 뼈들."

군구신의 말에 비연이 반응하기도 전에 전다다가 큰 소리로 외쳤다.

"잘못 본 것 아니겠죠!"

영수를 부리는 사람이라면 영수를 매우 아끼기 마련이었다. 목연이 전다다를 흘깃 바라보고 대답했다.

"똑똑히 보았어. 영수의 뼈들이었어. 우리가 본 것은 그저 위쪽뿐이었기에, 아래에 뼈를 태운 재가 얼마나 많이 있을지는 정확히 말하기 어려운 상황이야. 어쨌든 상당한 양이었어."

전다다는 화가 나서 군구신의 검을 보며 말했다.

"구려족은 아주 몹쓸 인간들이었잖아! 건명보검도 뭐 좋은 게 아니고!"

이 말을 들은 모두 당황했다.

군구신이 직접 화제를 바꿔 비연에게 물었다.

"대설은?"

그때야 사람들은 설랑인 대설을 기억해 냈다. 그들이 팔괘림에 들어올 때 비연은 분명 대설을 데려왔다.

비연이 두 소매를 흔들어 보았지만, 대설은 나오지 않았다. 비연이 물었다.

"어떻게 된 거지?"

군구신이 말했다.

"팔괘림이 무서운 건가?"

이 말은 비연뿐 아니라 모두를 일깨워 주었다. 대설은 흑삼림의 영수가 아니지만, 어찌 됐든 영수였다. 어쩌면 대설이 그들에게 정보를 줄 수 있을지도 모른다.

비연은 재빨리 정신을 집중해 대설과 소통해 보았다. 비연은 그제야 대설이 이미 오래전에 팔괘림에서 떠나기 위해, 오던 길을 되짚어가고 있다는 사실을 알았다. 대설은 두려워하고 있었다!

비연은 흑삼림에 들어온 후 바로 축운궁으로 향했고, 축운궁에서 다시 팔괘림 중심으로 왔다. 그동안 비연은 계속 대설에게 신경 쓸 마음의 여유가 없었다. 대설을 소환하려 하지 않았다면 아마 비연은 대설이 이미 빠져나갔다는 사실을 깨닫지 못했을 것이다.

모두가 기다리는 것을 보고 비연이 설명했다.

"대설은 아주 무서워하고 있어. 도망치고 있는데…… 곧 팔괘림을 빠져나갈 거라고 하는데?"

어찌 동행하지 않을 수 있을까

비연의 말에 모두 깜짝 놀랐다. 대설도 다른 영수들과 마찬가지로 이 숲을 두려워하고 있다니!

전다다가 흥분하여 말했다.

"연아 언니, 대설에게 어서 돌아오라고 해! 대체 왜 그러는지 물어보게."

당정도 흥분한 상태였다.

"맞아, 맞아. 넌 대설의 주인이잖아. 대설이 말하고 싶지 않아도 너에게는 말해야 해!"

당정의 말이 옳았다. 흑삼림의 영수는 굴복하여 부림을 받지만, 대설과 비연은 그보다 더 긴밀한 계약 관계였다. 굴복한 영수는 언제라도 배반할 가능성이 있었지만 계약한 영수는 영원히, 무조건 주인에게 복종해야 했다.

그러니 비연이 요구하기만 하면 대설은 능력 범위 내에서는 분명 따를 것이다. 그러나 비연은 대설에게 억지로 뭔가를 명령하고 싶지 않았다.

예전에도 대설에게 위험한 상황인 경우가 있었지만 대부분 비연이 상황을 파악한 상태에서의 위험이었다. 그랬기에 그녀는 대설이 겁을 내도 망설이지 않고 명령을 내리곤 했다.

그러나 지금은 미지의 위험, 그것도 흑삼림 안에 천 년이나 숨어 있던 거대한 위험이었다. 비연은 대설에게 강압적으로 굴고 싶지 않았다.

그녀는 잠시 생각하다가 말했다.

"기다려 줘. 일단 내가 위로해 줘야 할 것 같아."

비연은 적당한 자리를 찾아 앉은 다음 눈을 감고 계속 대설과 소통했다. 당정과 전다다도 그녀 곁에 자리 잡고 앉았다.

군구신은 건명보검을 꽉 쥔 채, 다시 한번 참지 못하고 화로를 바라보았다.

이렇게 모두 함께 기다렸다.

비연은 대설을 안정시키기 위해 꽤 공을 들여야 했다. 대설은 한참 동안 소통한 끝에야 겨우 팔괘림 중심에 무서운 물건이 있다고 말했다. 그러나 그게 무슨 물건인지는 제대로 말하지 못했다. 대설은 자신도 모른다고 이야기하다가, 또 잠시 후에는 생각나지 않는다고 말했다.

비연은 대설이 그녀를 속이지 않으리라 확신하고 있었다. 왜냐하면, 대설의 이 반응은 예전에 아금 숙부와 전다다가 말했던 영수의 반응과 아주 비슷했기 때문이다.

비연은 결국 대설을 소환하지 않고 눈을 떴다.

"대설의 반응도 다른 영수들과 비슷해. 아주 두렵기는 하지만 무엇이 두려운지도 모르는 상태인 것 같아. 저 화로 안에는 아마 짐승의 뼈만 있는 게 아닐 거야."

당정이 물었다.

"그럼 대설은 이대로 빠져나가겠대? 돌아오지 않고?"

비연은 어쩔 수 없다는 듯 웃었다.

"대설은 겁쟁이니까⋯⋯."

그녀가 말을 끝내기도 전에 전다다가 불쾌한 듯 말했다.

"주인이 위험한 곳에 있는데 몰래 빠져나가다니! 자기 임무가 무엇인지도 모르는군. 꼬맹이와 비교하면 정말이지 하늘과 땅 차이야!"

비연은 대체 무어라 말해야 좋을지 알 수 없었다. 그녀는 그저 그 기회를 틈타 화로를 흘깃거렸다. 그 순간 군구신이 말했다.

"아무래도 내려가 살펴보는 게 좋을 것 같군."

비연이 재빨리 한 걸음 나서서 그의 손을 잡았다.

"함께 갈래!"

군구신은 평소와는 달리 그녀의 손을 떨쳐 내며 말했다.

"너희 모두 여기에서 기다려. 내가 보고 올 테니까. 나는 건명보검과 계약을 맺었으니, 일개 화로를 두려워할 필요가 없지!"

비연이 다시 그의 손을 잡았다. 아주 꽉.

"나도 약왕정과 계약했는데, 설마 저 화로를 무서워하겠어? 다시 한번 불에 타오른다 해도 상관없어. 저게 나에게 무슨 짓을 할 수 있는지 봐야겠어!"

군구신이 거절하려 했을 때, 이번에는 정역비와 당정이 동시에 나섰다.

당정이 말했다.

"본 소저는 골동품이라면 일가견이 있지! 다 깨진 화로 하나 정도는 무섭지 않아!"

정역비가 말했다.

"제가 어찌 전하와 왕비마마께서 모험을 하시도록 보고만 있겠습니까? 당정이 모험을 하게 내버려 둘 수도 없습니다."

그 모습을 본 전다다가 말했다.

"나, 나도 괜찮아! 나도 갈래요!"

그러자 목연이 말없이 전다다 곁으로 가서 섰다.

군구신은 그들을 보며 아무 말 없이, 힘을 주어 비연의 손을 뿌리쳤다. 그 모습을 본 모두 화가 난 듯했다. 비연은 미간을 찌푸리고 군구신을 노려보았다.

그러나 군구신이 다시 비연의 손을 잡았다.

"멀지 않은 거리라 해도, 어찌 모두와 동행하지 않을 수 있을까?"

비연은 멍한 표정을 지었으나 곧 기뻐했다. 모두 잇달아 비슷한 반응을 보였고, 당정과 전다다가 특히 신나게 웃었다.

이렇게 비연은 군구신과 함께, 또 당정은 정역비와 함께 화로를 향해 성큼성큼 걸어갔다.

그들이 일부러 가장 어린 여동생인 전다다를 버려둘 마음을 먹은 것은 아니었다. 다만 전다다가 목연 앞에서 긴장하는 것을 본 후로 비연과 당정은 마음속에 짚이는 것이 있었다. 목연이 있는 이상 비연과 당정은 안심, 또 안심할 수 있었다.

이 순간 전다다는 분노로 가득 차 있었다. 그녀는 화로 안에 대체 무엇이 있는지 보고 싶어 견딜 수 없었다. 그녀는 외로움을 느낄 여유도 없이 재빨리 언니들을 따라갔다.

목연의 속도는 원래 아주 빨라야 정상이었지만, 그는 계속 전다다 뒤에서 한 걸음 차이를 두고 따라가고 있었다.

그들은 곧 화로 앞에 도착했다. 모두 서로를 바라본 다음, 잇달아 화로 위로 뛰어올랐다.

비연과 군구신의 마음에 또다시 무어라 표현하기 어려운 느낌이 떠올랐다. 그러나 그들은 정신을 맑은 상태로 유지하기 위해 노력했다.

비연 등 세 사람은 화로 안의 상황을 이미 들어 알고 있었지만, 직접 그 안을 들여다보는 순간 경악했다. 이렇게 많은 뼈라니! 아무리 짐승의 뼈라 해도 이건 너무나 잔인했다!

군구신은 시간을 지체할 생각이 없었다.

"내려가자!"

모두 고개를 끄덕였다. 군구신이 비연을 안고, 또 정역비가 당정의 손을 잡고 잇달아 화로 안으로 뛰어내렸다. 전다다가 뛰어내리려는 순간, 목연이 갑자기 가까이 오더니 그녀의 손을 잡았다.

전다다가 순간적으로 반응하지 못하고 그저 그를 돌아보는 순간, 목연이 말없이 그녀의 허리를 안고 화로 안으로 뛰어내렸다. 그는 거대한 짐승의 뼈 위에 안정적으로 착지한 후 그녀의 허리를 놓아주었으나 손은 놓지 않았다.

전다다는 목연의 손에서 제 손을 빼내고 싶었지만 움직일 수가 없었다. 그녀는 몰래 두 언니를 바라보았다. 언니들 모두 제 남자와 손을 잡고 있었다.

잠시 망설이다가 전다다도 손을 빼내지 않았다. 대신 그녀는 감히 목연을 쳐다볼 엄두조차 내지 못했다. 그녀의 얼굴에는 어딘가 켕기는 듯한 표정이 떠올랐다.

모두 뼈 위에 서서 주변을 둘러보았다. 별다른 위험이 없다는 것을 발견한 후 모두 어느 정도는 경계심을 풀었다.

군구신은 과감하게 외쳤다.

"이 뼈들을 정리하자!"

그들 중 누구도 한가할 틈이 없었다. 모두 함께 가장 커다란 뼈를 밖으로 내보내고 그다음에는 작은 뼈들을 정리했다.

뼈들이 줄어듦에 따라 아래쪽에 깔려 있던, 뼈를 태운 재가 점차 모습을 드러냈다. 모든 잔해를 정리하고 나니 화로 안에는 재만이 두껍게 남았다.

군구신이 재를 한 움큼 쥐고 가볍게 어루만져 본 다음, 목연을 보며 말했다.

"짐승의 뼈인 것 같군."

목연이 고개를 끄덕였다. 그러자 군구신이 망설임 없이 말했다.

"이 재도 정리하도록 하자. 모두 조심하도록!"

짐승들이 그렇게 무서워한다면 이 안에는 분명 거대한 비밀이 숨어 있을 것이다!

여섯 사람은 꽤 힘을 들인 끝에 한 무더기의 재를 정리할 수 있었다. 그러나 화로 안은 무척 깊었고, 그 안은 여전히 재로 가득 차 있었다.

비연을 비롯한 세 자매가 땀을 흘리는 것을 보고 군구신이 말했다.

"잠시 쉬도록 해."

그러나 그의 말이 끝나자마자 비연의 허리에 매달려 있던 약왕정이 갑자기 움직이더니, 줄마저 끊고 그대로 공중으로 날아올랐다. 비연이 눈치챘을 때는 이미 잡을 수 없을 만큼 높이 떠오른 다음이었다.

모두 일손을 멈추고 놀라서 바라보았다. 지난번 신농곡 뒤 진정한 약왕곡에서도 약왕정은 이렇게 이상한 모습을 보인 적 있었다.

비연이 놀란 목소리로 외쳤다.

"설마 이 재 밑에……!"

군구신도 적령석을 떠올렸으나, 곧 뭔가 이상하다는 생각에 말했다.

"이 밑에 적령석이 있는 거라면, 대설이 무엇 때문에 두려워하겠어? 흑삼림의 영수들은 또 무엇 때문에 두려워하고?"

파낸 것은 무엇일까

짐승의 뼈를 태운 재 안에 무슨 비밀이 숨어 있는 것일까?

비연 일행은 한참 노력한 끝에 마침내 두껍게 쌓인 재를 정리할 수 있었다. 그리고 비연은 몹시도 익숙한 물건을 발견했다!

그녀가 다급하게 외쳤다.

"모두 어서 여기 와 봐! 정말 적령석이야!"

적령석? 어떻게 이럴 수가 있지? 방금 군구신이 그 추측을 부정하지 않았던가!

그러나 모두 가서 보니 정말로 잿더미 사이로 적령석이 한 귀퉁이를 내밀고 있었다.

비연이 계속 꿈틀거리는 약왕정을 누르며 말했다.

"이 녀석이 이렇게 흥분하는 것도 이상한 일이 아니었어! 정말 적령석이 있었으니…… ."

군구신이 진지하게 말했다.

"우리가 예전에 추측했던 바에 따르면, 적령석은 고운원이 약왕정을 주조했을 때 남긴 것인데, 어째서 여기에도 있는 걸까?"

이 말은 안 그래도 의혹에 가득 차 있던 모두에게 의혹을 더해 주었다.

당정이 의혹에 가득 차 물었다.

"설마 우리가 전에 했던 추측이 틀린 걸까? 적령석이 고운원이 약왕정을 제련하면서 남긴 게 아니라거나?"

전다다는 인정할 수 없다는 듯 말했다.

"적령석이 약왕정과 무관하다면, 어째서 연아 언니가 구려족 고묘에서 그렇게 많은 적령석을 거둬들일 때 약왕정이 바로 승급되었겠어?"

정역비도 참지 못하고 말했다.

"적령석은 건명보검 제련과 분명 관계가 있을 것입니다. 아니라면 적령석이 여기 있을 리 없고, 건명보검을 봉인할 수 있을 리 없습니다!"

그들이 이야기한 내용은 비연과 군구신도 의심하고 있는 것들이었다. 이런 의혹들은 내버려 두더라도, 그들은 지금 최소한 한 가지만은 확신하고 있었다. 건명보검과 약왕정은 분명 관계가 있다!

비연이 생각에 잠겨 중얼거렸다.

"흑삼림의 전설과 구려족 고묘의 기록에 따르면, 건명보검이 제련된 시기는 천 년을 훌쩍 뛰어넘을 거야! 하지만 약왕정은 천 년 전에 제련되었지. 바꿔 말하자면 고운원은 이 화로를 본 적 있고, 약왕정 위의 문양은 분명 이 화로를 따라 한 걸 거야. 그리고……."

비연이 말을 끝내기도 전에 전다다가 끼어들었다.

"알겠어! 약왕정을 제련하기 전에 적령석이 존재했던 거야. 그리고 아마 고운원은 화로에서 적령석을 얻어 약왕정을 제련한 거지!"

"그럴듯해!"

비연이 약왕정을 어루만졌다. 그녀의 마음속에 더욱 대담한 추측이 떠오르고 있었다. 그녀는 잠시 생각하다가 과감하게 말했다.

"적령석은 한빙조차 녹일 수 있을 정도로 뜨겁지. 나는 이 적령석이 하늘의 불을 끌어낼 수 있는 게 아닌가 싶어! 그래서 건명보검을 제련할 때건, 아니면 약왕정을 제련할 때건 적령석을 사용해 하늘의 불을 끌어들인 거지!"

하늘의 불……

모두 의아한 표정으로 서로의 얼굴을 바라보았다. 그러나 동시에 비연의 추측이 합리적이라고 생각했다.

당정이 물었다.

"연아, 적령석이 하늘의 불을 끌어낼 수 있다면, 네 손에 그렇게 많은 적령석이 있는데 어째서……."

당정이 말을 마치기도 전에 비연은 그녀의 뜻을 이해했다. 그녀는 약왕정을 꼭 쥐고 진지하게 말했다.

"만약 내 추측이 틀리지 않았다면, 약왕정의 9품 신화가 바로 하늘의 불일 거야!"

이 말을 들은 모두는 깨달았다.

군구신이 말했다.

"하늘의 불은 고운원에 의해 약왕정 안에 감춰져 있었던 거군. 9품까지 수련한다는 것은 9품 신화를 수련한다는 것이 아니라, 하늘의 불을 소환한다는 의미였어!"

비연이 고개를 끄덕였다. 다만 그녀도 아직 이해할 수 없는 부분이 있었다.

"하지만 정말 그렇다면 어째서 그랬던 걸까? 그는…… 그분은 스스로 하늘의 불을 소환할 수 있잖아!"

군구신은 생각에 잠긴 채 여전히 의혹에 잠겨 있었다.

이때 목연조차 참지 못하고 말했다.

"적령석 외에 건명보검과 약왕정이 다른 관계가 있을까요?"

이 말을 듣자 비연이 바로 군구신을 바라보았고, 군구신도 비연을 바라보았다. 두 사람은 한참 서로를 응시하며 아무 말도 하지 않았다. 군구신의 마음속에 이유 모를 불안감이 엄습해 왔고, 비연 역시 그러했다.

고운원이 공들여 하늘의 불을 숨겼던 까닭이 바로 목연의 질문과 관계있는 것 아닐까? 그들이 아직도 알아내지 못한 비밀이 더 있는 게 틀림없었다!

당정은 곧 상황을 파악하고 서로를 바라보았다. 그러나 비연과 군구신이 아무 말도 하지 않으니 그들 역시 감히 더 이상 말을 꺼내지 못했다.

군구신은 망설이지 않고 진지하게 말했다.

"짐승들이 적령석을 두려워할 리 없다! 이 화로 안에는 분명 비밀이 있을 테니, 계속 찾자!"

그들은 곧 진상을 알아낼 수 있을 것이다.

비연이 가장 먼저 움직이기 시작했다. 그녀는 힘주어 잿더미 속에 있는 적령석을 뽑았다. 그러나 그녀가 뽑아낸 것은 이 화로의 비밀인 동시에 적령석의 비밀이었다!

그녀의 손에 들린 적령석은 한 자가 훨씬 넘는 길이였는데, 절반은 적령석이고 절반은 짐승의 뼈였다.

비연은 깜짝 놀랐고, 지켜보던 이들 역시 의아한 표정을 지었다.

군구신이 재빨리 적령석을 받아 들더니 열심히 살펴보았다. 이것은 누군가가 인위적으로 뼈와 적령석을 붙여서 만든 것이 아니라, 원래 하나인 물건이었다!

군구신은 더욱 경악하며 적령석을 목연에게 건넸다.

"봐라. 이게 무슨 뼈인지 알겠는지."

목연은 뼈를 들여다보더니 고개를 저었다. 전다다도 목연에게서 적령석을 받아 한참을 살펴보았지만, 역시 무슨 뼈인지 알 수 없었다.

군구신은 적령석을 받아 든 다음 화로 밖으로 뛰어나가 그들이 버린 뼈들과 하나하나 비교해 보았다. 결론은, 이 적령석에 연결된 뼈는 다른 뼈들과 완전히 달랐다!

전다다가 말했다.

"이건 대체 무슨 괴이한 물건이지! 뼈라 할 수 없는 건가?"

당정이 말했다.

"이건 분명 뼈지! 적령석은…… 그런데 돌이 뼈가 될 수는 없는 거잖아?"

비연은 그들을 바라보며 머뭇거리다가 말했다.

"그…… 혹시 용의 뼈인 것은 아닐까? 완전히 태워지지 않아서…… 반은 태워지면서 적령석으로 변하고, 반은 여전히 용의 냄새가 남아 있고. 그래서 짐승들이 모두 무서워하는 것 아닐까?"

그녀의 말이 끝나자 모두 침묵에 잠겼다.

비연이 다시 모두를 바라보다가 계속 말했다.

"이것이 설마…… 그때 건명보검을 제련하고 남은 재료들이라면……."

모두 서로의 얼굴만 바라보는 가운데 군구신이 외쳤다.

"계속 파 보자!"

여섯 사람은 장장 반 시진에 걸쳐 마침내 화로 안의 재를 전부 퍼냈다. 그들은 뼈 세 개를 파냈는데, 모두 한 자가 넘는 길이에 반은 적령석이고 반은 뼈였다. 그들은 당분간 그것을 적령골이라 부르기로 결정했다.

군구신과 정역비, 목연은 다시 화로 안을 자세히 살폈으나 다른 것은 발견할 수 없었다.

화로에서 나온 다음에야 비연은 안도의 한숨을 내쉬었다. 왜인지는 알 수 없지만 화로를 떠나는 순간 마음이 상당히 편안해졌다.

군구신 역시 몰래 안도의 한숨을 내쉬었다. 화로 안에 있는 내내 그도 겉으로 드러내지는 않았지만 사실 느낌이 좋지 않았다.

세 개의 적령골을 보며 군구신이 비연에게 말했다.

"대설을 찾아 시험해 보자."

그들이 지금 추측하고 있는 것은 단지 추측에 불과했다. 그

들은 최소한, 짐승들이 이 적령골을 무서워하는지 확인해야만
했다.

　이미 아는 위험에 대해서라면 비연은 과감하게 대설에게 명
령할 수 있었다.

　대설이 오기를 기다리며 그들은 다시 짐승의 뼈며 재를 화로
안으로 옮겼다.

　그들은 축운궁주가 얼마나 많은 비밀을 아는지 확신할 수 없
었다. 그러나 이 일은 어쨌든 비밀에 부쳐야 했다. 아는 사람이
적을수록 좋을 테니까.

　해가 저물 무렵, 대설이 마침내 슬며시 비연 일행 앞에 나타
났다…….

과연 용의 뼈였다

해가 저물 무렵, 비연을 비롯한 세 자매는 휴식을 취하고 있었다. 군구신 등 세 남자는 막 일을 끝내고 화로 밖으로 뛰어내렸다.

이때 대설이 그들의 시야에 들어왔다.

대설은 설랑의 모습으로 돌아와 있었다. 거대한 몸집에 위엄과 패기를 겸비한, 그야말로 백수의 제왕이라 할 만한 모습이었다.

대설을 잘 모르는 사람이라면 이렇게 멀리서 보는 것만으로도 두려워져 도망치고 싶을 것이다. 그러나 이 순간의 그는 사실 전혀 위풍당당하지 않았다!

대설이 커다란 머리를 땅에 붙이고 엉덩이를 높이 쳐든 채 오고 있었다. 그는 발을 하나 앞으로 내디딘 다음 잠시 멈췄다가 겨우 다시 발을 내디뎠다. 그 새까만 눈은 겁에 질려 있었다. 정말이지 생긴 것은 거대한 늑대지만 꼭 작은 쥐처럼 행동하고 있었다.

전다다가 제일 먼저 큰 소리로 웃었고, 다른 이들도 참지 못하고 웃기 시작했다. 언제나 죽은 듯한 목연의 눈빛에도 웃음기가 어렸다. 계속 대설에게 냉담하던 군구신조차 참지 못하고 어쩔 수 없다는 듯 웃었다.

대설의 주인인 비연은 아예 제 눈을 가리고 있었다. 우습기도 했지만 화도 났던 것이다. 정말이지 저 녀석, 주인 체면은 생각하지도 않고!

전다다와 당정이 큰 소리로 웃기 시작하자 비연은 참지 못하고 대설에게 따끔하게 한마디 했다.

"이 겁쟁이! 주인을 그렇게 못 믿겠다는 거야? 정말 위험한 곳이면 내가 너보고 여기 죽으러 오라고 했겠어?"

대설은 비연의 뜻을 알아들었음이 분명했다. 그러나 그는 듣지 못한 것처럼 여전히 겁에 질려 천천히 다가오고 있었다. 비연이 보기에는, 기다리는 것밖에는 방법이 없어 보였다.

그러나 수많은 영수를 길들여 본 전다다는 그리 인내심이 많지 않았다. 그녀는 도저히 못 봐 주겠다는 듯 큰 소리로 외쳤다.

"이건 연아 언니 체면 문제만이 아니라 우리 모두의 체면 문제기도 해! 안 되겠어! 저 녀석 담력을 좀 키워 줘야지!"

전다다는 불시에 군구신이 들고 있던 적령골을 빼앗아 들더니, 경공술로 대설에게 달려갔다. 그러자 대설이 바로 몸을 돌려 번개같이 도망치기 시작했다.

이 순간, 모든 이들은 바로 이 적령골이 짐승들이 팔괘림을 두려워하는 원인이었음을 확신했다.

대설의 놀란 모습을 보고 비연이 어쩔 수 없이 외쳤다.

"멈춰! 움직이지 마!"

그러나 이게 웬일일까. 대설은 멈추지 않았다. 마침내 비연도 보고만 있을 수 없어, 몸을 일으키며 화난 목소리로 명령했다.

"거기 서!"

대설은 비연의 분노를 감지하고 마침내 움직임을 멈췄다.

전다다는 이미 대설 가까이 가 있었다. 대설은 그녀를 돌아보지도 않았지만, 터럭 하나하나 점차 곤두서는 것이 보였다.

전다다가 발걸음을 멈추더니 참을 수 없다는 듯 피식 웃으며 말했다.

"하하! 내가 졌다, 졌어! 내가 어릴 때부터 지금까지 어떤 짐승에게도 져 본 적이 없는데, 정말이지 너에겐 손들었다! 하하!"

전다다는 모두에게 적령골을 들어 보이며 외쳤다.

"이건 분명 용의 뼈가 타고 남은 것일 거예요! 연아 언니의 추측이 옳았어!"

비연은 이미 그렇게 확신하고 있었다. 그녀는 대설이 온몸의 털을 곤두세운 것을 보고 마음을 독하게 먹은 다음, 군구신에게 남아 있는 적령골 두 개를 달라고 했다. 그녀는 이 기회를 틈타 대설을 제대로 길들여 볼 작정으로 성큼성큼 다가갔다.

대설은 용의 뼈가 제 가까이 오는 것을 느낀 듯, 눈을 감은 채 덜덜 떨고 있었다.

비연이 노한 목소리로 외쳤다.

"이게 용 뼈면 뭐 어떻다는 거야? 그냥 뼈일 뿐이잖아. 이게 너를 잡아먹을 수 있는 것도 아닌데 왜 그렇게 무서워하는 거야? 내 영수가 되었으니 좀 성장해 보는 건 어때? 진짜 용이 온다 해도 우리가 함께 잡아 버리면 그만이지! 뭐가 그렇게 무서운 거야?"

대설은 여전히 덜덜 떨고 있었다.

비연은 적령골을 대설의 얼굴 앞, 아니 아예 코앞까지 붙이며 명령했다.

"눈을 떠!"

대설은 몸을 흠칫 떨더니 순간적으로 힘을 냈다. 그러나 눈을 뜨고 비연을 본 순간, 바로 그대로 다시 눈을 감더니 쿵 소리가 나도록 무겁게 땅에 쓰러졌다! 대설은 기절한 상태에서도 온몸의 털을 곤두세우고 있었다.

그 순간 모두 조용해졌다.

비연은 대설을 바라보며 눈을 휘둥그렇게 떴다. 그녀의 얼굴은 붉어져 있었다. 이건 너무 창피하잖아! 비연이 모두를 돌아보며 억울하다는 표정을 지었다.

고요한 가운데 전다다가 갑자기 폭소를 터뜨렸다.

"하하, 연아 언니! 이, 이런 영수가 우리 흑삼림의 영수가 아니라 다행이야! 하하……."

당정은 비록 비연의 체면을 세워 주고 싶었지만 결국은 참을 수가 없었다. 그녀는 전다다보다 더 큰 소리로 웃기 시작했다. 만약 정역비가 옆에서 잡아 주지 않았다면 아마 웃다가 엎어졌을 것이다.

군구신도 비연의 체면을 세워 주고 싶었다. 그러나 그 역시 결국 참지 못했다.

"연아, 네 모후께서 만약 네가 이런 영수와 계약을 맺었다는 것을 아시면, 아마도…… 아마도 너에게도 짜증을 내실 것 같다!"

비연은 더 이상 대설을 상대하지 않고 사람들에게로 걸어왔다. 그러자 모두 웃으면서도 곧 중요한 화제로 되돌아갔다.

전다는 적령골을 비연에게 건네며 물었다.

"이 적령골은 어떻게 처리할 거야?"

짐승들은 이 적령골을 두려워하니 흑삼림으로 가져갈 수는 없었다. 만약 흑삼림으로 가져간다면 짐승들이 아주 난리가 날 테니까.

그리고 이 적령골을 팔괘림 밖으로 가져간다면 흑삼림의 짐승들이 팔괘림으로 들어올 것이다. 그렇게 되면 팔괘림의 다른 가문들도 의심을 품을 테고, 귀찮은 일을 면하기 어려워질 것이다.

군구신은 잠시 생각하다가 대답했다.

"계속 팔괘림에 놔두되, 장소를 바꿔 숨기는 것이 좋겠군."

그들은 흑삼림의 다른 가문과 축운궁주를 대비해야 했다. 축운궁주가 이 화로의 비밀을 아는지는 알 수 없었지만, 최소한 그들의 손에 들어온 물건을 함부로 건네줄 수는 없었다.

비연이 잠시 생각한 후 말했다.

"가장 위험한 곳이 가장 안전한 곳이라고 하잖아. 화로 아래에 묻어 두는 편이 좋을 것 같아!"

모두 잇달아 찬성하자 정역비가 앞으로 나섰다.

"제가 숨겨 두겠습니다!"

정역비가 적령골을 숨기는 동안, 군구신과 목연은 주변에서 나무가 타고 남은 재를 찾아 운반해 왔다. 그들은 이 빈터며 화로 안팎에 재를 뿌려 그들이 흙을 팠던 흔적을 덮었다.

주변에는 온통 불에 탄 나무들뿐이라 재가 잔뜩 있었다. 이제 바람이 한번 불어와 재가 날리기만 하면 모든 것은 정상적으로 보일 테고, 다른 이들의 의심을 살 일도 없을 것이다.

일을 끝낸 후 모두 안도의 한숨을 내쉬었다. 군구신이 모두를 바라보며 조금 복잡한 눈빛으로 말했다.

"이 화재에서 수상한 점은 이 화로가 아닌 것 같다."

비록 불이 팔괘림 안에서부터 타오르기 시작했지만, 화로 쪽에는 불이 시작된 흔적이 없었다. 그들이 비록 팔괘림의 비밀을 파해하기는 했지만 여전히 그들이 원하는 답은 찾지 못한 상태였다.

모두 생각에 잠긴 가운데 비연이 담담하게 말했다.

"천재지변이 아닌 이상 사람이 만든 재앙이겠지. 내 사부도 분명 관계있을 테고!"

그녀는 축운궁주가 비밀을 얼마나 알고 있는지 예상할 수 없었다. 그러나 사부가 모든 비밀을 알고 있을 거라고는 확신하고 있었다. 그렇지 않다면 그가 그때 어디서 적령석을 얻었겠는가? 약왕정에 새겨진 문양이 무엇 때문에 이 화로와 똑같겠는가?

군구신이 진지하게 말했다.

"만약 그가 한 일이라면, 대체 무엇 때문일까? 무슨 이유로 화로의 비밀을 우리에게 보여 준 거지?"

거의 동시에 전다다가 노한 목소리로 외쳤다.

"그 나쁜 놈! 내가 보기에 그는 축운궁주와 결탁한 것이 분명해! 그래서 일부러 우리 아버지를 끌고 간 거지! 그자가 아니었다면 그때 목연이 분명 우리 아버지를 구할 수 있었을 텐데!"

비연과 군구신이 동시에 전다다를 바라보았다.

비연이 말했다.

"전아, 너는 내 사부를 잘 모르고 있어. 사부의 능력이라면 네 아버지는 물론이고, 너희 모두를 납치하려 했다 해도 손바닥 뒤집는 것처럼 쉽게 해냈을 거야."

군구신도 고개를 끄덕였다. 그는 잠시 망설이다가 말했다.

"아무래도 우리 모두 북해에 다녀와야 할 것 같다! 고운원은 찾지 못하더라도, 최소한 축운궁주가 어떤 존재인지 일단 알아볼 수 있을 테니까!"

그의 방식이 아니야

하늘이 아직 어두워지기 전, 비연 일행은 다시 한번 화로와 주변에 어떤 흔적도 남아 있지 않다는 것을 확인한 후 떠났다.

비연은 대설 곁을 지나가면서도 눈길 한번 주지 않았다. 그녀는 사실 마음속으로 마지막 희망을 품고 있었다. 대설이 정말로 놀라서 혼절한 것이 아니기를, 그저 무서워서 혼절한 척한 것이기를!

그러나 그들이 꽤 멀리까지 왔는데도 대설은 미동도 없이 그자리에 쓰러져 있었다. 비연은 결국 참을 수 없어 군구신과 함께 되돌아갔다.

그녀는 대설을 한참 동안 민 다음에야 겨우 깨울 수 있었다. 대설은 그녀를 보자 멍한 표정을 짓더니 곧 울기 시작했다.

비연은 정말 울 수도 웃을 수도 없었다. 그녀가 한마디 하려는 순간 대설이 갑자기 빙려서로 변하더니 비연의 옷 속으로 쏙 들어갔다.

군구신은 물론 이런 일을 허락할 생각이 없었다. 그는 바로 대설을 끄집어내 던져 버렸다!

대설이 고개를 들더니, 억울한 것인지 아니면 불만스러운 것인지 군구신을 바라보며 찍, 울음소리를 냈다. 어쨌든 그는 더이상 비연에게 엉겨 붙지 못하고 재빨리 도망쳤다.

대설이 멀어질 때까지 비연은 그저 바라보고만 있었다. 군구신이 웃으며 말했다.

"안심해도 돼. 저 녀석은 아마 우리보다 먼저 팔괘림을 떠날 테니까."

비연이 다급하게 말했다.

"나는 저 녀석을 걱정하는 게 아니야! 저런 겁쟁이와 계약했다니. 우리 어머니는 말할 것도 없고 꼬맹이조차 나를 무시할 게 분명해! 북해에 갈 때 저 녀석을 데려가서 몽족 유적지에 두고 와야겠어! 다시는 데려오지 않을 거야!"

비연은 점점 더 마음과 다른 말을 하고 있었다. 아무리 쓸모없는 녀석이라 해도 어쨌든 그녀의 영수였다. 비연이 버린다고 말한들 실제로 그럴 리 만무했다. 그러나 군구신은 그것을 지적하지 않고 그냥 웃기만 했다.

"어서 가자."

비연 일행은 날이 밝아 올 무렵 팔괘림을 떠났다. 그들은 계속 불길을 내어 둔 방향으로 걸었고, 저녁 무렵에는 불길에 도착할 수 있었다. 불은 이미 꺼진 상태였다.

비연 일행이 돌아오는 것을 본 진묵과 망중이 바로 달려 나왔고, 능씨 가문의 집사들도 잇달아 달려왔다.

진묵은 재빨리 비연을 훑어보고, 아무 문제 없는 것을 확인한 다음 말없이 그녀 등 뒤로 가 섰다.

망중이 재빨리 보고했다.

"전하, 그동안 모든 것이 순조로웠습니다."

곁에서 능씨 가문의 집사들이 전다다에게 이틀 동안의 상황을 보고했다.

전다다는 모두와 의논하여 결정한 대로 팔괘림을 지킬 사람을 파견하지 않기로 했다. 팔괘림은 너무도 거대하여, 지킨다 해도 지킬 수 있는 것도 아니었다. 사람을 파견하면 다른 이들의 의심을 살 뿐이니 차라리 지키지 않는 편이 나았다. 어쨌든 화로의 비밀은 이미 그들의 손에 들어와 있었다.

능씨 가문으로 돌아온 후, 모두 자리에 앉기도 전에 전다다가 군구신 앞으로 달려가 그를 막아섰다.

"정왕……."

그녀는 군구신을 정왕 전하라 부르려다가 재빨리 말을 고쳤다.

"남신 오라버니, 우리 언제 북해로 가나요?"

군구신의 신분이 이미 공개된 상황이었지만 그녀는 그를 정왕이라 부르는 것에 익숙했기 때문에 호칭을 고치지 않고 있었다. 지금 그녀가 '남신 오라버니'라고 부르는 것은 분명 부탁할 것이 있다는 의미였다.

군구신은 하마터면 제때 반응하지 못할 뻔했다. 다행히도 그는 곧 진지하게 대답했다.

"모두 피곤하니 하룻밤 자고 내일 아침에 가도록 하자. 어때?"

전다다는 아버지를 무척 그리워하고 있었기에 이 말을 듣자 기뻐하며 팔짝 뛰어올라 군구신을 안았다. 그 순간 군구신이 당황했고, 주변의 모든 이들도 당황하여 굳어 버렸다.

전다다는 바로 뭔가 이상하다는 것을 깨닫고 황망하게 군구신을 놓아주고는 창백해진 얼굴로 비연을 바라보았다.

　"일부러 그런 게 아니야! 정말 고의가 아니었다고 맹세해!"

　하늘만이 그녀가 얼마나 당황했는지 알 것이다. 그녀는 비연이 믿지 않을까 두려운지 엄청나게 큰 소리로 외쳤다.

　비연이 피식 웃었다. 그녀는 오해할 생각도 없었고, 그런 걸로 질투할 생각도 없었다. 어린 시절이건 지금이건, 아니 앞으로도, 전다다는 그녀와 군구신에게 있어 영원히 다 자라지 않은 어린 여동생일 뿐이었다.

　군구신도 웃으며 전다다의 이마를 튕겼다.

　"너무 기뻤던 모양이지? 어서 가서 짐을 챙기고 자도록 해. 북해에서는 분명 꽤 힘들 테니까, 기력을 단단히 채워 둬야 해!"

　당정 역시 웃으며 끼어들었다.

　"요 계집애, 기쁘면 아예 정신을 놓아 버리네."

　그리고 정역비를 제 등 뒤로 끌어당긴 다음 일부러 진지하게 말했다.

　"앞으로 우리 대장군에게서는 멀리 떨어져 있도록 해. 혹시라도 실수로 끌어안기라도 하면 내가 벌금으로 금원보를 열 개씩 받을 테니까!"

　이 말을 들은 모두 웃음을 터뜨렸다. 전다다도 방금까지 당황했던 것을 잊고 당정을 노려보며 외쳤다.

　"흥, 꿈은 참 야무지게 꾸시네!"

　전다다는 비연이 자신에게 금원보를 요구할까 두려운 듯, 당정에게 그 말만을 남기고 재빨리 빠져나갔다. 그 김에 모두 휴식을 취하기 위해 흩어졌다.

마지막까지 남아 있던 사람은 목연이었다. 그의 얼굴에는 웃음기라고는 전혀 보이지 않았다. 그는 그 자리에 잠시 서 있다가 갑자기 몸을 돌려 전다다를 쫓아갔다.

전다다가 막 문 앞에 도착해 문을 밀려고 했을 때, 쫓아온 목연이 그녀를 제지했다. 그는 눈을 내리깐 채 무슨 말인가 하려 했지만, 대체 무슨 말을 해야 할지 알 수 없어 그대로 멈춰 버렸다.

전다다가 미간을 찌푸린 채 그를 바라보며 물었다.

"왜 그래?"

목연은 아무 말 없이 손을 거둬들이고 몸을 돌렸다.

전다다는 영문을 알 수 없어 두어 걸음 쫓아가 그를 붙잡고 다시 물었다.

"왜 그러는 거야? 말해 봐!"

목연이 담담하게 말했다.

"아무 일도 아냐. 그냥 너에게 할 말이 있었어."

"그런데 왜 말하지 않는 건데?"

전다다의 물음에 목연이 대답했다.

"무슨 말을 하려 했는지 갑자기 잊어버렸어. 생각나면 다시 이야기할게."

전다다가 계속 물으려 했으나, 그는 불시에 그녀의 손을 떨쳐 내더니 환영처럼 움직여 빠르게 그 자리를 떠났다.

그 뒷모습을 바라보며 전다다는 미간을 찌푸리고 생각에 잠겼다. 곧 그녀는 뭔가 깨달은 듯, 점차 커다란 눈에 웃음기를 띠었다.

"설마 저 녀석……."

그녀는 갑자기 제 입을 틀어막더니, 잠시 후 바보같이 웃기 시작했다.

"분명 그런 거야! 기다려. 내가 아빠를 구해 내고 나면 반드시 네 본모습을 드러내게 해 줄 테니까!"

이때 진묵이 정원 안에서 걸어 나왔다. 그는 전다다가 있는 걸 모르고 있다가 웃음소리를 듣고 무심결에 돌아보았다.

진묵은 전다다가 혼자서 중얼거리며 웃고 있는 것을 보고 눈길을 한 번 더 던졌다. 전다다는 난처한 나머지 어색하게 웃었지만, 진묵은 상대하지 않고 가던 길을 계속 갔다.

전다다는 멀어져 가는 진묵의 뒷모습을 바라보며 웃음기를 거두고 생각에 빠졌다. 그녀는 곧 무슨 결정이라도 내린 것처럼 웃으며 고개를 끄덕이고는 방 안으로 들어갔다.

비연과 군구신도 방으로 돌아왔다. 비연이 먼저 목욕을 하러 간 사이에, 망중이 군구신에게 보고했다.

"전하, 신농곡에서 소식이 왔습니다. 곡주는 미친 척하는 것이라 합니다. 최근 두어 달 동안 몇 번이나 산을 내려왔는데, 최근에는 노집사와 다툼도 있었다고 합니다. 무엇 때문에 다퉜는지까지는 알아내지 못했습니다."

"그런 사람은…… 그건 고운원의 방식이 아니지."

군구신은 잠시 생각하다가 물었다.

"만약 그자를 납치한다면 가능성이 어느 정도 있다고 생각하나?"

망중이 대답했다.

"8할 정도입니다."

군구신이 과감하게 결단을 내렸다.

"명을 내려라. 그자를 납치해 심문하라고!"

망중이 떠나려는 순간 군구신이 한마디 덧붙였다.

"이 일은 당분간은 왕비에게 보고하지 않아도 좋다."

그는 이 일은 자신에게 맡겨 달라고 비연에게 말한 바 있었다.

이번에 진상을 찾아낼 수 있을지는 군구신도 알 수 없었다. 그러나 이번에 찾아내지 못한다면 다음 기회가 또 있을 것이다!

그는 그저 비연에게 결과만을 이야기하고 싶었다. 이 일로 인해 그녀의 기분에 영향을 끼치고 싶지 않았던 것이다.

시간이 많지 않다

망중이 떠난 후에도 군구신은 여전히 신농곡의 미친 곡주에 대해 생각하고 있었다.

생각하면 생각할수록 이렇게 쉽게 간파당하는 방식을 고운원이 쓸 리 없다는 생각이 들었다. 차라리 고운원이 의지를 갖고 고의로 한 행동이라 생각하는 편이 옳았다.

그가 그때 북산에 올라갈 때도 상당히 공을 들이지 않았던가. 그런데 밀정이 이리 쉽게 정보를 얻었다고?

군구신이 밀정을 신농곡에 남겨 조사하게 한 것은 정보를 얻기 위해서기도 했지만, 고운원을 시험해 보기 위한 의미도 있었다.

군구신은 고운원이 미리 모든 것을 안배했거나, 아니면 그날 진묵이 철저히 감시하는 바람에 고운원의 계획이 틀어져, 후에 고운원이 상황에 맞춰 곡주가 미친 척한 것을 일부러 밀정에게 들키게 한 것일까 생각하고 있었다.

전자건 후자건 지금 상황으로 보면 고운원은 군구신이 깊이 조사하도록 유인하고 있음이 분명했다. 고운원은 대체 어떤 판을 짜 놓은 것일까?

생각에 빠져 있는 동안, 군구신의 깊은 눈동자에 점차 단호한 결의가 떠올랐다.

고운원이 판을 짜 놓았다는 것을 안 이상, 뒤돌아보지 않고 앞으로 나갈 수밖에 없었다. 그렇지 않으면 영원히 고운원이 무엇을 하고 싶은지 알 수 없을 테니까. 군구신은 다음 소식이 오면 아마도 고운원의 뜻을 알 수 있으리라 생각했다.

군구신은 잠시 쉰 후 검을 연습했다. 이 겨울이 지나면 그에게 남은 시간은 길지 않을 것이다. 건명검법의 세 번째 깊은 뜻을 깨닫는 것이야말로 가장 중요한 일이었다.

비연이 목욕을 끝낸 후 돌아왔다. 물론 신농곡과 관련한 일은 전혀 모르는 상황이었다. 그녀는 오늘 깨달은 것이 적지 않았기에 재빨리 제 보검을 들고 웃으며 외쳤다.

"당신과 몇 초식 겨뤄 봐야겠어!"

비록 10품 봉황력으로도 건명력에 대항하기 부족했지만, 어쨌든 얼마간은 군구신을 당해 낼 수 있을 터였다. 가장 중요한 것은 마침내 군구신과 진정으로 어깨를 나란히 하고 싸울 수 있게 되었다는 것이었다.

군구신이 대답하기도 전에 비연이 검을 뽑아 그를 가리키며 외쳤다.

"양보해 줄 필요 없어! 자, 시작!"

군구신은 응전하지 않았을 뿐 아니라 오히려 건명보검을 집어넣었다. 그는 검날을 피해 비연 곁으로 간 다음, 다시 검을 뽑아 그녀와 같은 방향으로 검을 들었다.

그가 말했다.

"연아, 나는 검으로 스스로를 벨지언정 너에게 검을 들이댈 수는 없어. 언제라도, 어디서라도."

비연의 마음에 따뜻한 기운이 피어올랐다. 그녀는 검 연습을 그렇게 심각하게 받아들이지 않았고, 군구신이 이렇게 진지하게 나올 줄은 더더욱 생각지 못했다.

비연이 대답하려 했을 때 군구신이 다시 말했다.

"자, 내가 또 새로운 검법을 알려 줄게. 나중에 현한보검을 되찾으면 우리 함께 무공을 펼칠 수 있겠지."

이 순간 비연 역시 단지 연습이라 해도 군구신의 검을 마주 보고 싶지 않았다. 그녀가 고개를 끄덕였다.

"응!"

군구신은 비연에게 새로운 검법뿐 아니라 봉황력을 어떻게 검술에 사용할 수 있는지 알려 주었다. 그리고 봉황력을 극치까지 끌어내는 방법도!

비연은 비록 무술을 뒤늦게 배우기 시작했지만 천부적인 재능이 있어 깨달음을 빨리 얻는 편이었다. 초식마다 군구신이 한 번 가르치면 바로 해낼 수 있어 두 번 배울 필요가 없었다. 상당히 복잡한 검법이라 해도 비연은 두 시진이면 익힐 수 있었다!

군구신이 웃으며 감탄했다.

"나보다 낫다. 정말로 나보다 나아!"

비연의 성격대로라면 웃으며 스스로의 재능을 자랑해야 옳았다. 그러나 지금은 웃을 여유가 없었다. 그녀는 방금 끝낸 검법을 두 번째로 연습하기 시작했다.

봉황력을 가지지 못했을 때는 검법을 연습하는 것에 별다른 흥미를 느끼지 못했던 그녀였다. 그러나 지금은 당장이라도 고수가 되지 못해 안달이었다. 정말이지 내일이라도 북해로 가서 축운궁주에게 위세를 부리고 싶었다!

비연이 두 번째 연습을 끝내고 세 번째 연습을 시작하려는 순간, 군구신이 과감하게 막아서더니 중지시켰다. 그녀의 연습 강도는 철인이라 해도 곧 지쳐 버릴 수밖에 없는 수준이었다.

그러나 비연은 곧 다른 방향을 향해 검을 들었다.

"마지막으로 한 번만 더 하고 들어갈게. 먼저 들어가 쉬어."

군구신은 차라리 그녀의 검을 빼앗아 버렸다. 비연이 다시 검을 빼앗으려 하자 그가 말했다.

"내일 출발해야 하잖아. 들어가자. 축운궁주에게 선전 포고를 해야지!"

그들은 한참 전에 밀정을 북해로 파견했으나 지금까지 아무 정보도 얻지 못했다. 군구신은 차라리 밀정을 모두 철수시켰다.

축운궁주는 그들에게 순순히 북해로 오라고 위협했다. 그러나 지금 그들은 스스로의 의지로 북해로 갈 예정이니, 당연히 축운궁주에게 선전 포고서를 보내야 했다.

군구신의 제안에 비연은 바로 흥분해 외쳤다.

"내가 쓸래! 오늘 밤 당장 사람을 파견해서 사방에 붙여 버리자!"

축운궁이 불탔다. 축운궁주는 그들을 찾아냈으나 그들은 축운궁주를 찾아내지 못했다. 선전 포고서를 붙여 널리 알려야만 축운궁주 귀에 들어갈 것이다.

축운궁주는 비밀리에 그들을 위협했지만 그들은 당당하게 그녀에게 도전할 것이다!

게다가 이 일을 널리 알림으로써 지금까지도 소식을 알 수 없는 혁소해와 기욱을 끌어낼 수 있을지도 모른다. 그 두 사람이 한우아와 수희를 납치해 갔으니, 분명 음모를 꾸미고 있을 것이다!

군구신은 선전 포고서를 어떻게 쓸지 고민하다가 비연의 말을 듣고 웃었다. 그는 사랑스럽다는 듯 비연의 코를 문지르며 말했다.

"연아, 역시 너에게는 늘 방법이 있구나!"

비연과 군구신은 재빨리 방으로 돌아와 선전 포고서를 쓰기 시작했다.

다 쓴 선전 포고서를 내보낸 지 얼마 되지 않아 진묵이 밀서를 가져왔다. 진양성에서 온 밀서라는 말을 듣고 두 사람은 몹시 기뻐했다. 비연은 글씨체를 보자마자 진민이 썼다는 것을 알아보고 재빨리 봉투를 열었다.

진민의 서신은 꽤 길었는데, 가장 중요한 내용은 역시 비연에게 전 어멈의 본명을 비밀리에 조사해 달라는 부탁이었다.

비연이 잠시 생각한 후, 바로 밀서를 적어 진묵에게 건넸다. 그녀는 고씨 가문에서 오래 지내지 않았지만, 그래도 믿을 만한 심복이 몇 명 있었다.

밤이 점차 깊어 갔다. 모든 일을 끝낸 비연과 군구신은 안심하고 잠이 들었다. 그리고 바로 이 순간, 축운궁주가 팔괘림에 도착했다.

그녀는 밝은 달빛 아래, 거의 잿더미가 된 숲을 지나 화로 가까이 다가갔다. 그리고 이곳을 아주 잘 알고 있는 듯 화로 주변을 한 바퀴 돌며 관찰한 후, 마지막으로 화로 위로 뛰어올랐다.

달빛 아래 축운궁주의 검은 가면은 유달리 차갑고 신비로워 보였다. 그러나 그 차가움도 이 순간 그녀의 눈빛에 어린 차가움에 비하면 별것 아니었다. 그녀의 차가운 눈에는 분명 원한이 숨어 있었다.

이곳은 확실히 그녀에게 익숙한 곳이었고, 동시에 증오스러운 곳이었다. 이곳은 인어족에게 있어 통한의 땅이라 해도 좋을 것이다.

구려족의 선조들은 이곳에서 용의 뼈로 건명보검을 만들어냈다. 그러나 어떻게 건명보검을 만들어 냈는지, 짐승들이 무엇 때문에 이곳을 두려워하는지는 구려족만이 알고 있었다. 인어족이나 옥씨 가문도 이 비밀을 알 자격은 없었다.

구려족 제사는 대부분 이곳에서 치러졌고, 제사 때마다 영수를 불태워 죽이며 하늘에 제사를 지냈다. 그리고…… 한때는 그녀의 인어족도 짐승과 같은 취급을 받았다.

그녀는 이 화로 안에 있는 것들이라면 예전에 이미 조사를 끝냈다. 짐승의 뼈 외에 어떤 이상한 것도 발견하지 못했고, 짐승들이 팔괘림을 두려워하는 비밀도 알아내지 못했다.

오늘 그녀는 짐승들이 팔괘림을 두려워하는 비밀을 알기 위해 온 것이 아니라, 흑삼림의 화재와 관련된 비밀을 알기 위해 왔다! 그러나 이 안에는 재가 좀 늘어난 것 외에는 모든 것이 예전과 같았다.

축운궁주는 화로의 가장자리를 따라 한 바퀴 걸으며 살펴보았으나 아무 수확도 없었다. 그녀는 몸을 돌려 주변을 바라보며 중얼거렸다.

"이 불은 대체 왜 일어난 거지? 설마…… 설마 구려족 후예가 있는 걸까?"

축운궁주는 그 이상 생각하지 않기로 했다. 그녀는 이미 그렇게 많은 것을 고민할 여유가 없었다. 그녀는 하루하루 빠르게 늙어 가고 있었고, 남은 시간은 얼마 되지 않았다.

축운궁주는 비연 일행을 가능한 한 빨리 해결하고, 빙해의 비밀을 알아내어 진기를 회복해야 했다. 그렇지 않으면 그녀는 그저 늙을 뿐 아니라 죽을 수도 있었다!

그녀는 화로 밖으로 뛰어내린 다음, 한 걸음 한 걸음 걸어온 길을 되짚어가기 시작했다.

축운궁주가 멀어진 후, 화로 위에 누군가의 그림자가 나타났다. 바로 고운원이었다.

그는 축운궁주의 뒷모습을 바라보며 담담하게 중얼거렸다.

"끝맺음이 있어야겠지. 본존의 시간도…… 이제 길지 않다."

긴 밤이 지나고 천천히 날이 밝아 왔다.

다음 날 새벽, 축운궁주가 아직 선전 포고에 대한 일을 모르는 가운데 비연 일행은 북해를 향해 출발했다…….

이 늙은이가 예를 차리지 않는다고 탓하지 마라

　비연 일행의 속도라면 흑삼림에서 북해까지는 아무리 빨라도 보름은 걸렸다.

　축운궁주에게 쓴 선전 포고서에 비연은 섣달 보름까지 가겠다고 썼다. 그때까지는 시간적 여유가 충분했지만, 그들은 밤낮을 가리지 않고 달렸다.

　건명력과 봉황력이라는 양대 신력을 가진 그들로서는 승리를 손에 쥐고 있는 것이나 마찬가지였다. 그들은 먼저 북해에 도착해 제대로 준비를 끝낸 후에 축운궁주의 허실을 직접 살펴볼 생각이었다.

　축운궁주는 흑삼림을 떠난 후 빙해에도 한번 다녀올 생각이었다. 그러나 비연이 자신에게 선전 포고했다는 소식을 듣자 그녀는 망설이지 않고 즉시 북해로 향했다!

　그녀는 비연 일행이 계강란을 북해로 데려올 거라는 사실을 알고 있었다. 그러나 그녀에게는 능 가주와 현한보검이 있으니 비연의 위협이 두렵지는 않았다. 하지만 비연 일행이 시간을 끌거나, 계속 북해로 오지 않을까 봐 걱정되긴 했었다.

　며칠 지나지 않아 현공대륙 전체가, 비연과 군구신이 신비 속의 축운궁주와 북해에서 한판 겨룰 예정이라는 것을 알게 되었다.

삽시간에 각종 유언비어가 퍼졌다. 누군가는 그들이 북강의 지배권을 다툰다고 했고, 누군가는 그들이 북해에 가라앉아 있는 힘을 얻기 위해 다툰다고 했다. 또 누군가는 그들이 영생의 방법을 두고 싸운다고 했고, 심지어 그들이 진기의 근원을 빼앗으려 한다고 말하는 이들도 있었다⋯⋯.

총체적으로, 합리적인 이야기는 하나도 없었다.

진양성에서는 택이 막 자신과 황형 사이를 이간질하던 대신들을 처리하고 배후에 있던 고관을 찾아낸 다음이었다. 그러나 그가 한숨 돌리기도 전에 다시 대신 한 무리가 어서방 문 앞에 무릎을 꿇었다.

물론 택이 본때를 보여 주었기 때문에 이 대신들은 감히 대놓고 군구신에 관해 묻지는 못했다. 그들이 지금 무릎을 꿇고 있는 것은 축운궁주가 북강을 차지하려 한다는 소문을 믿었기 때문이었다. 그들은 스스로 계책을 내고, 병사들을 증원하라 간언하러 온 참이었다.

어서방 안에서는 택이 두 손으로 머리를 감싼 채 용상에 웅크리고 앉아 있었다. 책상 가득한 상소문 때문에 번뇌에 가득 찬 모습이었다.

곁에 있던 어린 태감은 택이 북해의 일 때문에 고민하는 줄로만 알고 잠시 머뭇거리다가, 속삭이듯 권했다.

"황상, 저 대신들을 들이시는 것이 어떨까요. 혹시 저들에게 정말로 좋은 방법이 있을지도 모르니까요."

택이 재빨리 태감을 바라보았는데, 그 표정은 무척이나 사나웠다! 태감은 당황하여 뒷걸음질을 치다 무릎을 꿇었다.

"황상, 제가 무슨 틀린 말이라도? 저는……."

택이 물었다.

"네가 짐 곁에 있은 지 얼마나 되었지?"

"반년 되었습니다."

그러자 택이 사나운 기세로 말했다.

"짐 옆에 반년이나 있었는데 그리도 멍청하단 말이냐? 밖에 있는 저들이 짐을 시험하러 온 것을 모른단 말이냐? 저들이 정말로 축운궁주가 북강을 빼앗으려 한다고 믿는 것 같으냐?"

태감은 영문을 모르겠다는 듯 멍한 표정이었다. 택은 그를 상대하지 않고 용상에서 뛰어내려 뒷짐을 진 채 서성거렸다.

그는 지난번 보인 행동이 충분히 위협적이지 않았다고 생각했다. 무엇이건 좀 더 큰일을 벌여야만 밖에 있는 저 대신들을 철저히 굴복하게 할 수 있을 것이다.

택은 바보가 아니었다. 그는 저들이 항상 황형의 일을 핑계로 찾아오지만, 실제로는 황형에게 불만이 있는 것이 아니라 황제인 자신에게 승복하지 않고 있다는 사실을 알고 있었다. 황형이 앞에 선다면 저들은 절대로 함부로 행동하지 못할 것이다!

택은 고민하다가, 긴 의자에 놓여 있는 베개를 하나 집어 용상 위에 놔두고 태감에게 말했다.

"저들은 무릎을 꿇고 있는 것이 좋은 모양이니 마음껏 꿇고 있으라 해라! 짐은 내일 다시 오겠다!"

말을 마친 그는 비밀 통로를 열어 남몰래 어서방을 떠났다. 택은 물론 어머니와 염진을 만나러 갈 생각이었다. 어머니를 찾아 어찌해야 할지 이야기를 나누고, 염진과는 답답한 마음을 해소하고 싶었다.

택이 막 진민의 거처에 도착했을 때였다. 궁녀들이 늙은 여인 한 사람을 데리고 나오는 것이 보였다. 택은 긴장한 나머지 궁녀들이 자신에게 절을 올리는 것도 보지 않고 다급하게 방안으로 뛰어 들어갔다.

방 안에서는 진민과 염진이 긴 의자에 앉아 있었다. 진민의 표정은 복잡했고, 염진은 두 손으로 턱을 받친 채 미간을 찌푸리고 생각에 잠겨 있었다.

택이 다급하게 물었다.

"어머니, 방금 나간 여자는 고씨 가문 사람 아닌가요? 어찌된 일인가요?"

진민이 고개를 끄덕이며 말했다.

"전 어멈의 본명이 전미옥이라는구나. 고씨 가문의 노야가 옥이라는 글자를 좋아하지 않아 봉 자로 바꾸었다고 한다."

택도 마음속으로 짚이는 것이 있긴 했지만 이 말을 듣는 순간 경악하지 않을 수 없었다! 전 어멈의 본명이 전미옥이라니? 전형 전매가 찾아낸 전가촌의 늙은 여인과 같은 이름이 아닌가. 너무도 공교로운 일이었다.

전 어멈이 전가촌 출신 늙은 여인의 신분으로 위장하고 고씨 가문에 들어온 것은 아닐까? 어쩌면 전 어멈은 성도 전씨가 아닐지도 모른다!

택이 염진 곁에 앉으며 더더욱 복잡한 표정으로 물었다.

"어머니, 이제 어떻게 해야 할까요?"

진민이 말했다.

"우연히 같은 이름일 수도 있으니, 이건 증거라 할 수 없지. 하지만……."

택은 고개를 끄덕였다. 진민의 말이 옳다는 생각이 들었다.

진민이 계속 머뭇거리자 택이 먼저 말했다.

"감시하는 수하들의 수를 늘리겠어요!"

진민이 택을 바라보며 말했다.

"그럴 필요 없다."

택은 그녀의 말을 이해할 수 없어 물었다.

"어머니, 그 말씀은……."

"비록 증거는 부족하지만 혐의가 크니, 일단 가둬 두면 만약의 일을 방지할 수 있겠지!"

택은 처음에는 놀랐으나 곧 기뻐하며 말했다.

"어머니, 저는 어머니처럼 온유하고 정직한 분이 그런 일을 하실 수 없을 거라 여기고 있었어요!"

온유하고 정직한?

진민은 당황했으나 곧 웃기 시작했다.

염진이 택을 비딱하게 바라보았다. 택의 말이 뭔가 이상한 것 같았지만, 또 어디가 이상한지는 명확하게 알 수 없었다.

택이 재빨리 말했다.

"수하들을 안배해서 정왕부에 가둬 두도록 하겠어요!"

진민이 재빨리 막아섰다.

"그래서는 안 된다!"

그녀는 택에게 무엇 때문에 안 되는지 이야기하지 않고 대신 물었다.

"다시 잘 생각해 보렴. 이 일을 어떻게 처리하는 것이 가장 좋을지!"

택이 생각을 정리하기도 전에 염진이 말했다.

"사람을 경계하는 것과 체포하는 것은 다르니까. 먼저 주도 면밀하게 방법을 생각한 후 사람을 체포해도 늦지 않아! 만약 전 어멈이 숨어 있던 고수거나 하면 네 수하의 시위들로는 잡을 수 없을지도 몰라."

택은 미간을 찌푸린 채 염진을 바라보았다. 그의 말에 승복하고 싶지 않았지만, 염진의 말이 옳다는 것을 인정하지 않을 수 없었다.

"알겠어. 이 일은 일단 황형에게 이야기하고, 황형이 수하들을 안배하게 해야겠어!"

진민이 고개를 끄덕이며 다정하게 미소 지었다. 그러다 문밖을 흘깃 바라보고는 날이 아직 어두워지지 않은 것을 보고 물었다.

"오늘은 어찌 이리 일찍 온 거니? 혹시 몰래 게으름을 부리는 것은 아니겠지?"

택은 가볍게 한숨을 내쉬고는 진민에게 어서방 문 앞에 진을 치고 있는 귀찮은 대신들에 관해 이야기했다.

이때 정왕부에 있던 전 어멈은 진민이 증거를 얼마나 찾았는지 전혀 모르고 있었다. 그러나 자신이 감시당하고 있다는 사실은 느끼고 있었다. 그녀는 몸을 날려 매우 간단하게 시위들을 피해 군구신의 침궁으로 향했다.

주변에 사람이 없는 것을 확인한 순간, 그녀의 눈에 차가운 기운이 어렸다. 그녀는 가볍게 높은 담을 뛰어넘어 침궁 안으로 들어갔다. 겉보기에는 늙어 보이는 그녀였지만, 동작이 무척이나 민첩하고 깔끔했다.

그녀는 재빨리 침궁 안 모든 곳을 두루 살펴본 후, 다시 재빠르게 모든 것을 원상태로 되돌려 놓았다. 침궁 안에 누군가가 뒤진 듯한 흔적이라고는 전혀 보이지 않았다.

그녀는 오래 머무르지 않고 곧 길을 되짚어 침궁을 떠났다. 멀리 순찰을 돌고 있는 시위가 보였다. 그러나 그녀는 시위를 피하기는커녕 오히려 아무 일도 없었던 것처럼 대담하게 앞으로 걸어갔다. 그리고 자상한 표정으로 인사를 건네며 길을 비켜 주었다.

시위들이 그녀 앞을 스쳐 간 후에도 그녀는 바로 그 자리를 떠나지 않았다. 전 어멈은 눈을 가늘게 뜬 채 중얼거렸다.

"계강란을 대체 어디에 가둬 둔 거지? 이미 북해로 데려간 건가? 만약 실마리를 찾을 수 없다면…… 이 늙은이가 예를 차리지 않는다고 원망하지 마라!"

빙해는 더욱 흥미롭지

비연이 축운궁주에게 선전 포고를 한 일은 전 어멈을 놀라게 했을 뿐 아니라 다른 사람도 놀라게 했다. 바로 실종된 지 오래인 혁소해였다.

그와 기욱은 백초국에 난리가 일어난 틈을 타서 망중의 추격을 피했을 뿐 아니라, 한우아와 수희도 납치했다.

사실 그들은 계속 백초국 황도를 떠나지 않고 숨어 있었다. 지금 백초국이 천염국에게 복속된 상태임에도 불구하고 그들은 여전히 한 걸음도 떠나지 않았다.

술집 안, 혁소해는 스스로 술잔을 기울이고 있었다. 기욱은 그의 건너편에 앉아 있었으나 술은 한 방울도 마시지 않았다. 최근 혁소해는 여전히 담담했으나, 기욱은 전혀 편안하게 있을 수가 없었다.

기욱이 말했다.

"소 숙부, 우리는 대체 언제까지 숨어 있어야 합니까? 우리에겐 인질이 둘이나 있는데 뭘 그리 두려워하시는 거죠? 제가 보기에 우리는 예전에 소 부인을 매수하고, 백리명천과도 담판을 지었어야 했습니다!"

기욱은 지금도 한우아를 높게 평가하고 있었다. 그는 한우아를 이용해 소 부인을 위협하고, 더 나아가 소 부인으로 하여금 비연을 배반하게 만들고 싶었다.

그들이 소 부인이라는 패를 얻기만 하면, 그리고 수희라는 패를 적절히 사용한다면 백리명천과 협력할 가능성도 충분하다고 기욱은 생각했다.

혁소해가 아무 말도 하지 않자 기욱이 다시 말했다.

"소 숙부, 백리명천이 그 오만한 성격으로 어디 진심으로 축운궁주에게 굴복했겠습니까? 분명 임시방편으로 잠시 굴복한 척하는 것일 겁니다! 우리가 적당한 패를 내보이기만 하면, 백리명천도 분명 우리와 손잡고 싶어 할 겁니다. 우리가 안팎으로 협조하면 축운궁주라 해도 무서울 게 뭐 있겠습니까? 축운궁주만 제어할 수 있다면 우리가 힘들게 빙해의 비밀을 조사할 이유도 없지 않습니까?"

혁소해가 기욱을 흘깃 보더니, 다시 술을 마시며 아무 말도 하지 않았다.

기욱은 초조한 나머지, 결국 참지 못하고 탁자를 내리치며 외쳤다.

"혁소해, 대체 무슨 꿍꿍이야? 대체 우리 조부님을 어떻게 한 거냐! 말해!"

기욱은 원래 혁소해를 상당히 신뢰하고 있었다. 게다가 그가 이렇게 성격을 죽이고 혁소해를 따르는 것은 군구신과 비연에게 복수하기 위해서만이 아니라, 조부의 행방을 알고 싶은 까닭이 더욱 컸다.

그러나 이 수개월 동안 혁소해는 그저 몸을 피하기만 할 뿐 아무것도 하지 않았다. 기욱은 이제 혁소해의 목적을 의심하지 않을 수 없었다.

수개월 내내 그는 계속 고민했다. 그러나 고민하면 고민할수록 자신은 혁소해가 대체 무엇을 하고 싶은지 모른다는 사실을 깨달을 뿐이었다! 그러니 그로서는 자신이 혁소해의 올가미에 걸린 것은 아닌지 의심하지 않을 수 없었다.

기욱이 노한 눈으로 노려보았지만 혁소해는 전혀 조급한 표정이 아니었다. 그는 다시 한번 기욱을 바라보더니 평온한 목소리로 말했다.

"일단 앉거라."

기욱이 어찌 자리에 앉겠는가. 그는 다시 외쳤다.

"오늘 나에게 모든 것을 명백하게 이야기해 주지 않는다면! 나는…… 나는 이곳을 떠날 것이다! 지금부터 우리는 서로에게 아무 빚도 없고, 제 갈 길을 가는 거야! 그리고 한우아는 내가 데려가겠다!"

갑자기 혁소해의 담담한 눈에 분노가 일렁이더니, 날카로운 목소리로 명령했다.

"앉아!"

기욱은 두려웠지만, 분노가 두려움을 이기는 상황이었다.

"내가 당신을 믿은 것이 잘못이었어!"

말을 마친 기욱이 몸을 돌렸으나, 혁소해가 바로 몸을 일으켜 그의 앞을 가로막았다. 매처럼 날카로운 혁소해의 눈이 노려보자, 기욱의 마음속 두려움이 순식간에 분노를 넘어섰다.

기욱이 뒷걸음질을 치며 경계의 눈길을 보냈다. 그러나 혁소해는 그저 화를 내는 것 외에는 그를 어떻게 할 생각은 없는 것 같았다.

혁소해가 냉랭한 목소리로 말했다.

"네가 이 늙은이와 이리도 오래 있었는데, 그리 경솔하게 군단 말이지. 너는 나를 실망시킬 뿐 아니라…… 네 조부도 실망하게 하고 있다!"

기욱이 계속 뒤로 물러나며 말했다.

"우리 조부께서 내가 바보처럼 당신에게 놀아나고 있다는 것을 아신다면 실망하시겠지! 혁소해, 정말 우리 조부님의 부탁을 받았다면 어째서 지금도 나를 속이고 있는 거지? 당신이 나를 속이는 것은 결국 나를 경계하기 때문이 아닌가!"

"허튼소리!"

혁소해가 다시 한번 날카롭게 꾸짖었다.

"나는 축운궁주의 시중을 장장 10년이나 들면서도 그녀의 내력을 알지 못했지. 심지어 그녀의 진짜 얼굴조차 본 적이 없다! 너는 대체 무슨 근거로 너와 나, 백리명천의 힘을 합하면 그녀를 당해 낼 수 있다고 생각하느냐? 내가 호랑이에게 가죽을 달라는 식으로 무모하게 10년을 버리고 하마터면 호랑이에게 잡아먹힐 뻔했는데, 어찌 죽을 것이 뻔한 길을 다시 가겠느냐?"

기욱이 달갑지 않은 표정으로 말했다.

"설마 우리가 계속 여기에 웅크리고 숨어 있어야 한다는 말인가? 당신이 나를 데리고, 죽음을 무릅쓰고 수희와 한우아를 납치한 것이 설마 순간의 재미를 위해서고?"

혁소해가 심호흡을 하더니 말했다.

"비연과 군구신이 축운궁주에게 선전 포고를 했다. 바로 우리가 어부지리를 얻을 때인 거지. 기다려라. 그들이 싸우다 보면 분명 북해의 비밀도 모두 드러날 거다! 그때가 되면 축운궁주의 내막을 알 수도 있겠지. 우리는 절대 북해로 가서는 안 된다. 우리는 빙해로 가야 해! 빙해의 비밀이 북해보다 훨씬 흥미로울 게다!"

기욱은 비록 달갑지 않았지만 반박할 말이 없었다. 그는 기세등등하게 질문했다.

"마음속에 이미 그런 생각이 있었다면, 어째서 내가 그렇게 여러 번 질문했는데도 대답하지 않았지?"

이 순간 혁소해의 눈은 노기로 가득 차 있었다. 그러나 그 노기 속에는 한 오라기 안타까운 빛도 함께 어려 있었다. 혁소해는 고개를 돌린 채 냉랭하게 말했다.

"나는 네가 이 안의 역학 관계를 이해하리라 생각했다. 그러나 안타깝게도……."

그는 잠시 말을 멈추더니, 말을 끝맺지 않고 대신 차가운 목소리로 경고했다.

"마음을 돌려먹고 얌전히 빙해의 소식을 기다려라! 당분간은 네 오만한 기운은 접어 두고, 매사에 삼세번 생각하도록 해라. 때가 되면 우리는 빙해로 출발할 것이다. 그때는 네 조부도 만날 수 있을 거다!"

기욱은 혁소해의 마지막 말에 그 앞의 이야기는 깨끗하게 잊고 말았다. 그는 기뻐하며 다급하게 물었다.

"정말입니까? 정말로 조부님을 뵐 수 있습니까?"

혁소해는 그런 기욱을 보며 바로 짜증을 냈다.

"내가 뭐라 했느냐? 다시 말해 보거라!"

기욱은 갑자기 익숙한 느낌이 들었다. 마치 언젠가 지금과 같은 일을 겪어 본 듯한 느낌이었다. 그러나 아무리 생각해도 떠오르는 것은 없었다.

그가 막 대답하려 했을 때, 혁소해가 소매를 떨치며 그 자리를 떠났다. 기욱은 그의 뒷모습을 바라보며 더 깊이 생각하지 않고, 승복할 수 없다는 듯 입술을 비죽였다.

"본 소야가 그쪽 가르침이나 받고 있을 신분이 아니지. 빙해에 가서도 조부님을 만나지 못한다면, 본 소야는 절대로 예의를 차리지 않을 것이다!"

혁소해는 노기등등하게 그 자리를 떠나 노대까지 간 다음에야 발걸음을 멈췄다. 그리고 얼마 지나지 않아 시종을 부르더니 나지막한 목소리로 명령했다.

"사람을 몇 뽑아 어서 북강으로 보내라. 빠를수록 좋다! 가능한 한 북해 가까이 가서 관전하도록 해야 한다. 그중에서도 고비연에게 집중하도록. 봉황력이 그 계집에게 있는지 제대로 살펴보란 말이다."

시종이 떠난 후, 혁소해는 다시 중얼거렸다.

"봉황력이 고비연에게로 돌아갔다면…… 내 추측이 옳겠지.

빙해의 비밀은……."

그는 중얼거리다가 입꼬리를 슬쩍 올리며 차갑게 미소 지었다.

"하하, 기다리겠다!"

혁소해라고 북해에 구경하러 가고 싶지 않은 것은 아니었다. 그러나 이 상황에서 그는 절대로 위험을 무릅쓸 수는 없었다. 현공대륙에 북해의 전투를 보고자 하는 사람은 셀 수 없이 많았고, 정말로 직접 달려갈 사람들 역시 적지 않았다.

며칠 후, 비연 일행이 비밀리에 북강의 보명고성에 도착했다. 그들은 원래 객잔 근처에서 쉰 다음 상 장군을 찾을 생각이었다.

그러나 이게 웬일일까. 망중이 객잔 여러 곳을 다녀 보았지만 모두 방이 없다는 대답이 돌아왔다. 겨울의 보명고성에 사람들이 이리 많은 것은 처음이었다!

군구신은 더 시간을 낭비하지 않고 망중을 상 장군에게 보냈다. 그들은 보명고성을 가로질러 직접 설족의 땅으로 향했다.

그들이 막 설족의 땅에 도착해 지친 발을 쉬기도 전에, 망중이 진양성에서 온 밀서를 가지고 쫓아왔다.

"전하, 왕비마마! 민 부인께서 서신을 보내셨습니다!"

진묵, 조심해야 해

민 부인의 서신이 왔다는 말에 비연은 저도 모르게 조금 긴장했다. 이 서신에는 분명 전 어멈의 본명을 조사한 결과가 담겨 있을 터였다.

마음속으로 짚이는 바가 있었지만, 서신을 읽고 난 비연은 역시 조금 입맛이 썼다. 그녀가 군구신에게 서신을 건네며 말했다.

"민 이모의 방법이 옳아. 손을 쓸 거라면 신중해야지."

군구신이 의심스러운 표정으로 물었다.

"전 어멈은 대체 누구의 수하일까?"

그들로서는 전 어멈이 고씨 가문에서 수십 년을 잠복해 있었다고는 믿을 수 없었다. 하지만 전 어멈이 수십 년 동안 조용히 지내 온 것은 사실이었다. 그들은 차라리 이 한두 해 사이에 전 어멈이 누군가에게 매수되었다고 믿고 싶었다.

비연은 오래도록 대답하지 않았고, 당정은 전 어멈에 대해 잘 몰라 더더욱 할 말이 없었다.

군구신이 다시 덧붙였다.

"전 어멈이 택아와 염진이 함께 있지 못하게 하려 했던 것은 대체 무엇 때문일까?"

전 어멈은 분명 택과 염진을 얕잡아 보았기에 아이들에게 꼬

126

리를 내보인 것이다. 그러나 그녀의 목적은 대체 무엇이었을까?

비연이 말했다.

"고 태부께서 오실지 말지 이야기가 없으셨으니, 우리도 이이상 민 이모와 아이들만 전 어멈을 상대하게 둘 수는 없어. 전 어멈을 체포해야 하지만, 그 전에 민 이모를 보내야 해! 택아는……."

비연이 잠시 생각하다가 영리한 미소를 띠며 계속 말했다.

"조정의 대신들은 모두 우리가 축운궁주에게 도전한 원인을 궁금해하겠지? 차라리 택아에게 떠들썩하게 여기로 관전하러 오라 하는 거야. 물론 택아를 대신할 사람을 세워야겠지. 그리고 심복 대신 몇 명을 뽑아 수행하게 하자. 택아를 일단 민 이모와 함께 대자사 뒷산에 머물게 하고. 어때?"

군구신은 마음속으로 계속 부친이 오기만을 바라고 있었다. 그러나 이렇게 중요한 시기에는 그도 현실을 받아들일 수밖에 없었다.

군구신이 비연에게 담담하게 미소 지으며 말했다.

"좋은 생각이야."

전 어멈의 혐의가 짙어질수록 비연은 잠시라도 시간을 허투루 쓰고 싶지 않았다. 그녀는 바로 진묵과 망중을 바라보다가 과감하게 진묵을 선택했다. 그녀는 정왕부의 영패를 진묵에게 건네며 진지하게 말했다.

"먼저 서신을 보내 민 이모에게 준비할 시간을 드려! 그리고 절대로 풀을 쳐서 뱀을 놀라게 해서는 안 돼. 가능한 한 빨리 민 이모를 도와 드려."

진묵은 예전처럼 바로 명령을 받들지 않았다. 그는 비연을 걱정하고 있는 것처럼 보였다. 그러나 결국은 고개를 끄덕이더니, 평소보다 한마디 더 덧붙였다.

"명을 받들게. 절대로 사명을 욕되게 하지 않을 거야. 주인님, 주인님도 조심해야 해!"

비연 역시 고개를 끄덕이고 방으로 돌아가 직접 서신을 쓴 다음 진묵에게 건넸다.

"너도 조심하도록 해."

진묵은 마치 하고 싶은 말을 삼키듯 비연을 바라보더니, 곧 알겠다고 말하고 몸을 돌렸다.

전다다는 곁에서 눈을 굴리며 그 모습을 보고 있다가, 진묵이 멀어지자 갑자기 앞으로 두어 걸음 달려 나가 외쳤다.

"진 시위, 안녕!"

전다다가 이렇게 외치자 주변에 있던 사람들이 의아해하는 것은 물론이고 진묵까지도 발걸음을 멈췄다. 그러나 진묵은 그저 전다다를 한번 돌아보기만 하고, 한마디도 없이 바로 그 자리를 떠났다.

전다다는 전혀 어색한 기색 없이 계속 손을 흔들며 중얼거렸다.

"건강해야 해."

당정이 궁금한 듯 물었다.

"전아, 너 언제부터 진 시위와 그렇게 친해졌어?"

전다다가 목연을 흘깃 보고는 웃으며 말했다.

"계속 아주 친했는걸!"

그러고는 아무 일도 없었던 것처럼 말했다.

"아휴, 추워 죽겠네. 어서 들어가요. 나 얼음집에서 자는 건 처음이야."

당정도 그 이상 묻지 않고 곧 안으로 들어갔고, 비연 일행도 잇달아 안으로 들어갔다. 어쨌든 바깥은 매우 추웠다.

가장 마지막으로 들어간 사람은 목연이었다. 그는 진묵이 사라진 방향을 한참 바라본 다음에야 안으로 들어왔다.

약속한 섣달 보름까지는 아직 열흘이 남아 있었다. 비연 일행은 비밀리에 미리 도착했기 때문에 준비할 시간이 충분히 남아 있었다.

비연과 군구신은 시간을 계산해 본 후, 망중에게 직접 가서 계강란을 섣달 보름에 북강으로 데려오도록 했다. 그들에게 계강란은 중요한 패였기 때문에 계속 비밀스러운 장소에 가둬 두고 있었다.

망중이 떠나고 얼마 되지 않아 설족 족장이 왔다. 비연 일행이 미리 도착한 일은 상 장군과 설족의 족장 모두 알고 있었다.

날이 어두워지자 설족 족장은 비밀리에 그들을 백랑곡에서 가장 가까운 얼음집 군락으로 안내했다.

원래의 비밀 통로는 모두 봉쇄된 상태였고, 호란설지를 통해 환해빙원으로 들어가는 길은 이제 몽족의 지하 궁전과 백랑곡 밖에 남지 않은 상태였다. 그러나 몽족 지하 궁전의 비밀 통로는 외부인들이 알지 못해, 공식적으로는 백랑곡이 유일한 길이나 마찬가지였다.

이 길은 원래도 엄격하게 관리되고 있었지만 지금은 관련 없는 사람은 아예 통과할 수 없을 정도였다. 그러니 관전을 위해 보명고성에 모여든 이들은 아무것도 보지 못하고, 그저 시끌벅적하게 분위기를 돋우다가 소식을 가장 빨리 듣는 것에 만족해야 할 것이다.

모두 안정적으로 자리에 앉자, 군구신이 설족 족장에게 백랑곡의 방어 상황을 진지하게 물었다.

설족 족장이 솔직하게 대답했다.

"전하, 안심하십시오. 부족의 궁수대가 매복하고 있습니다. 누구라도 함부로 빙원에 들어가려는 자가 있다면 스스로 그물에 뛰어드는 것이나 마찬가지입니다."

군구신이 이렇게 한 까닭은 바로 혁소해와 기욱 때문이었다. 그는 혁소해와 기욱이 북해를 주시하고 있으리라 확신했다. 그들이 직접 오건 아니면 수하를 보내건, 군구신은 절대 놓치지 않을 것이다!

다른 것은 제쳐 두더라도, 혁씨 가문과 기씨 가문은 10년 전 빙해의 재난을 시작했던 자들이었다!

설족 족장의 설명을 듣고도 군구신은 안심할 수 없어, 다시 좀 더 많은 이들을 파견하라고 명령했다.

이렇게 군구신 일행은 설족의 땅에 비밀리에 머물게 되었고, 세상 사람들은 여전히 그들이 길을 가는 중이라 생각하고 있었다.

밤이 되었다. 비연이 잠들자 군구신은 야행복으로 갈아입고 문밖으로 나왔다.

하소만은 실종되기 전 북해안에서 몇 번이나 축운궁주와 백리명천의 흔적을 찾았으나 아무 실마리도 찾지 못했다. 설족 족장 역시 수하들을 보내 찾아보았으나 아무 수확이 없었다. 군구신은 직접 이곳을 돌아볼 생각이었다.

그러나 얼음집에서 나와 몇 걸음 걷지 않아 갑자기 발걸음을 멈췄다. 그리고 몸을 돌리지 않고 냉랭하게 외쳤다.

"나와라!"

전다다는 눈보라 속에서 한참을 서 있던 참이었다. 그녀는 군구신과 비연이 오늘 밤 북해에 갈 거라고 짐작하고는, 그들의 거처 밖에서 기다리다가 비연이 나오면 같이 데려가 달라고 부탁할 작정이었다.

군구신 혼자 나올 줄은 상상조차 하지 못했던 그녀는, 제대로 피하지도 못하면서 또 나오지도 못했다.

군구신은 전다다가 한참 동안 나오지 않자 직접 그녀가 숨어 있는 곳으로 걸어왔다. 전다다는 군구신에게 부탁한들 소용없다는 것을 깨닫고 몸을 돌렸다.

군구신이 설명했다.

"나 혼자 가야 행동하기 편해. 너희들을 데려가면 행석을 들키기 쉽지. 안심해. 우리는 반드시 이길 테고, 네 아버지를 구할 테니까."

전다다는 군구신의 뜻을 이해하고 순순히 고개를 끄덕였다.

"어서 돌아와요. 연아 언니를 걱정시키지 말고."

군구신은 전다다의 뒷모습을 보며 하려던 말을 삼키고 곧 그 자리를 떠났다.

전다다는 말없이 스스로를 위로했다.

'이제 아버지와 가까운 곳에 와 있어. 그러니까 기뻐해야지!'

그녀는 몸을 움츠리며 얼음집을 향해 뛰어갔다.

그녀가 얼음집 안으로 들어간 후, 멀지 않은 곳에 숨어 있던 목연이 한숨을 내쉬며 제 거처로 돌아갔다.

그도 자신이 언제부터 이렇게 전다다를 이해하게 되었는지 알 수 없었다. 어쨌든 그는 오늘 밤 그녀가 북해로 가려고 할 거라는 사실을 알 수 있었다. 그렇기에 그녀가 문밖으로 나오기 전부터 그는 계속 그녀를 기다렸었다.

군구신은 최대한 빠른 속도로 북해로 향했다. 오늘 밤, 그에게 어떤 수확이 있을까?

백리명천의 자신감

군구신은 몽족의 지하 궁전을 통해 북해에 도착했다. 눈보라를 뒤집어쓰며 북해안을 한 바퀴 돌았으나 별 수확이 없었다.

한밤중이 되자 눈보라가 더욱 거세졌다. 그는 몽족 지하 궁전으로 돌아올 수밖에 없었다.

예전에 빠졌던 영생결계의 밀실에 도착하자 군구신은 감개무량했다. 그는 자신이 남은 생 동안 다시 이 영생결계 안으로 들어갈 수 있을지, 그리고 몽하 선배를 볼 수 있을지 알 수 없었다. 그러나 약속한 이상 반드시 해내야만 했다.

몽족은 무엇 때문에 멸망한 걸까? 몽동은 대체 어떻게 죽었을까? 몽족의 수백 부족 사람들의 시신은 어디에 있을까?

천 년이 지났다 해도 이것들이 꼭 알 수 없는 것만은 아닐 것이다.

군구신은 갑자기 축운궁주 일행이 결계에 숨어 있을 가능성이 크다는 사실을 떠올렸다. 이곳 몽족의 유적에는 수많은 결계가 있으니, 북해안에도 결계가 있을 가능성이 있었다!

그와 비연이 기억을 회복하기 전, 북해안에서 소 부인과 승회장을 공격할 때, 모두 그 문제를 의식할 마음의 여유가 없었다. 그러나 결계술에 능한 소 부인으로 하여금 천천히 살펴보게 한다면 뭔가를 새로이 발견할 수 있을지도 모른다!

군구신은 과감하게 돌아왔다. 남은 시간은 열흘, 소 부인이 제때 맞춰 오려면 아슬아슬할 터였다. 가능한 한 빨리 밀서를 보내야 했다.

사실 흑인어족 병사건 옥인어족 병사건 모두 북해 속에 몸을 숨기고 있었다. 그리고 그들에게 사로잡힌 아금 역시 북해안 뇌옥에 갇혀 있었다. 결계에 몸을 숨기고 있는 이는 축운궁주와 백리명천 둘뿐이었다.

축운궁주는 사실 결계술에 능숙한 편이 아니었다. 그녀가 지금 이용하는 결계는 예전에 옥인어가 결계사에게 부탁해 배치한 것으로, 그녀는 그저 결계를 드나드는 방법만 알 뿐이었다.

축운궁주는 흑삼림에서 돌아온 후 계속 섣달 보름이 오기만을 기다리고 있었다. 그녀는 군구신이 이미 건명력을 장악했다는 사실을 알지 못해 자신만만한 상태였다.

백리명천은 고운원을 통해 군구신이 건명력을 다룰 수 있게 되었다는 이야기를 들은 상태였다. 그러나 백리명천 역시 자신만만했다. 그 자신감의 원천은 바로 자신을 도와줄 고운원, 그리고 자기 자신이었다!

축운궁주가 말했다. 혈제대진의 힘은 건명력에 필적하노라고. 그때 혈제대진이 옥인어족에 의해 혈루를 만들어 냈고, 그랬기에 혈제대진이 건명력을 압도하고 북해 아래로 억눌렀노라 했다.

백리명천은 자신이 장악한 혈루가 건명력을 이길 수는 없다 해도 최소한 필적할 수는 있으리라 믿고 있었다!

이 수개월 동안의 노력을 통해 그는 이미 혈루를 마음대로 운용할 수 있었다. 그러니 그로서는 건명검법의 두 번째 깊은 뜻만을 깨우친 군구신을 두려워할 이유가 없었다.

그는 사실 축운궁주보다 더 섣달 보름을 기다리고 있었다!

백리명천이 스스로 생각에 빠져 있는 동안, 그 가늘고 긴 눈에 날카로운 빛이 스쳐 갔다. 그때 그의 곁에 앉아 있던 축운궁주가 다가왔고, 그는 정신을 가다듬었다.

축운궁주는 항상 그랬듯이 제 머리를 백리명천 어깨에 기댔을 뿐 아니라 그의 팔을 잡았다. 그녀는 고귀하고 패기만만한 윗사람이었지만, 이 순간만큼은 마치 소녀처럼 백리명천에게 기댔다. 상황을 모르는 사람이 그들의 뒷모습을 본다면 그들을 한 쌍의 연인이라 생각할 것이다.

천 년 동안, 아마도 그녀는 너무나 외로웠을 것이다. 그녀는 거의 매일 잠들기 전 백리명천과 잠시 이야기를 나눴다. 나날이 지나가며 그녀는 자신이 아는 거의 모든 비밀을 백리명천에게 털어놓게 되었다.

최근 그녀는 반복해서 똑같은 이야기를 하고 있었다.

"한 사람이 사라졌는데, 어떻게 그렇게 흔적이 전혀 남지 않을 수 있는 걸까? 천 년 동안 그를 찾았지만…… 아무것도 찾지 못했어. 있잖아, 윤회라는 게 있다면, 천 년이면 열 번의 생이 있는 거잖아. 그렇다면 한 번쯤은 그를 만나야 하는 것 아닐까? 그저 어깨를 스치고 지나갈 뿐이더라도, 아니면 그저 사람들 사이에서 멀리 바라볼 뿐이더라도. 그저……."

축운궁주는 담담한 어조로 몇 번이나 '그저'의 경우를 이야기했다.

백리명천은 아예 그녀의 말을 귀에 담지도 않았다. 그는 이미 군구신을 물리친 후에 비연 그 망할 계집을 어떻게 대해야할지 고민하고 있었다.

축운궁주도 그저 비밀을 털어놓을 상대가 필요할 뿐이었다. 그녀는 백리명천이 반응을 보이지 않을 거라는 사실을 알았기에 그저 혼잣말을 늘어놓을 뿐이었다.

축운궁주는 계속 중얼거리다가 결국 잠이 들었다. 백리명천은 그녀가 잠든 것을 보고도 여전히 움직이지 않았다.

이제 열흘 남았다. 그는 이 중요한 시기에 조그만 착오도 생기지 않기를 바랐다. 그래서 그는 그대로 조용히 앉아 있었고, 축운궁주의 몸이 점차 그에게 쓰러져도 아무 반응을 보이지 않았다.

마침내 축운궁주가 잠에서 깨어났다. 그러나 그녀는 몸을 일으키기는커녕 도리어 백리명천의 목을 감싸 안고 그를 바라보았다.

그녀가 슬며시 웃기 시작했다.

"목연을 제외하면, 너만이 본존의 흥미를 자극한다. 하하! 착하게 본존을 위해 노력해 보려무나. 본존이 진기를 회복할 방법을 찾아내면 너를 푸대접하지 않을 테니까."

축운궁주는 백리명천의 턱을 잡고 그를 한번 가늠해 본 다음 다시 놓아주었다.

"잘생기긴 잘생겼어. 하지만 그의 만분의 일도 안 되는 인물이지!"

그녀는 이 말을 남긴 채 성큼성큼 결계 밖으로 나가더니 곧 북해안으로 사라졌다.

한참 후 백리명천도 결계 밖으로 나왔다. 그는 가볍게 제 턱을 문질러 닦고 중얼거렸다.

"요망한 노파 같으니라고. 본 황자가 비연을 얻고 나면 단칼에 네 손을 잘라 줄 테다!"

그의 말이 끝나는 순간 곁에서 작은 웃음소리가 들려왔다. 백리명천이 바로 돌아보니, 고운원이 언제부터인지 모르게 곁에 서 있었다.

백리명천이 가까이 다가가 나지막한 목소리로 물었다.

"고운원, 저 요망한 노파가 애절하게 찾고 있는 사람이 당신인가?"

고운원은 여전히 담담하게 미소 지으며 물었다.

"그녀가 마음에 둔 사람이 있다고?"

백리명천은 진지하게 고운원을 살펴보았다. 아닌 것 같다는 생각이 들었다.

축운궁주는 천 년 전에 9품 진기를 수련해 불로불사의 몸을 얻었다. 그녀는 진기를 잃은 후로 늙기 시작했고, 겉으로 드러난 부분은 두꺼운 화장으로 간신히 가리고 있었다. 그러나 고운원은 전혀 노인처럼 보이지 않았다!

백리명천이 반문했다.

"단 한 번의 생을 사는 사람이라도 잊지 못할 누군가가 있는 법이지. 열 번의 생을 사는 사람은 오죽할까?"

고운원은 그 말도 맞는다는 듯 고개를 끄덕였다. 백리명천이 바로 물었다.

"당신은?"

고운원은 대답하지 않고 반문했다.

"그렇다면 너에게도 그런 사람이 있는 건가? 네가 잊지 못하는 사람이 설마 연아는 아니겠지?"

이 순간, 백리명천은 부인하지 않았다. 도리어 그는 큰 소리로 웃기 시작했다.

"당연히 연아지! 연아가 본 황자의 일을 다 망쳐 놓았으니, 본 황자 입장에서는 계속 쫓지 않을 수 없어. 음양독과 관련한 일은 잊어 줄 수 있어. 하지만 구사일생은······."

백리명천의 눈에 원한이 어렸다.

고운원은 여전히 미소를 띤 얼굴로 물었다.

"보아하니 연아를 어찌 대할지 이미 마음을 정한 모양이군?"

백리명천이 냉랭하게 말했다.

"본 황자는 그녀를 손봐 주기 전에 일단 희롱당하는 맛이 어떤 건지 맛보게 해 줄 것이다!"

이 말을 끝내는 순간, 그의 다리에서 한기가 휘몰아치기 시작했다. 백리명천도 이게 대체 어찌 된 일인지 알 수 없었다. 이번의 한기는 지난 몇 번의 한기보다 더욱 강한 느낌이었다.

그는 재빨리 고운원을 바라보며 물었다.

"물건은?"

열흘이 지난 상황이었다. 오늘은 고운원이 그에게 불씨를 전해 주러 오는 날이었다. 백리명천은 견디기 어려울 정도로 추웠지만, 이 한기가 이상하다는 것을 생각할 마음의 여유가 없었다.

고운원이 불씨를 소환하는 것을 본 백리명천은 바로 손을 내밀었다. 화염이 몸 안으로 들어가자, 백리명천은 다시 살아나는 것 같은 느낌을 받았다. 그는 진지한 표정으로 고운원에게 말했다.

"열흘 후, 섣달 보름이야. 절대 약속을 잊어서는 안 돼."

고운원은 여전히 담담한 표정으로 대답했다.

"안심하도록. 미리 올 테니까."

열흘, 짧다면 짧고 길다면 긴 시간이다. 이 열흘 동안 양쪽에는 어떤 변고가 일어날까?

뜻밖에도 수로로 가다

군구신은 다음 날 아침에야 얼음집으로 돌아왔다.

그는 바로 천옥성으로 서신을 보내 소 부인을 불렀다. 그리고 이어지는 나날 동안은 북해에 가지 않았다. 그는 결계술에 익숙하지 않으니, 자신도 모르는 사이에 행적을 드러낼 가능성이 높았기 때문이다.

물론 군구신이 한가하게 있었던 것은 아니었다. 그는 계속 건명검술의 세 번째 깊은 뜻인 '무아무검'의 경지를 고민하고 있었다.

건명검술의 두 번째 경지인 '무아유검'만으로도 그는 매우 놀랐다 하지 않을 수 없었다. 그런데 그가 세 번째 경지에 이르러 '인검합일'을 이루어 내면 건명력을 대체 어느 정도까지 발휘할 수 있을지 도무지 상상할 수 없었다.

어쨌든 천살과 지살을 이길 수 있는 신력이니 절대 평범하지 않을 것이다.

군구신이 노력하는 동안 비연도 한가로이 있지는 않았다. 그녀는 봉황력을 최고의 수준으로 운용할 수 있을 때까지 연습하겠다고 결심하고는 군구신에게서 배운 검술을 반복하여 연습했다.

그녀는 자신이 기를 수련하는 데는 별 재능이 없지만, 힘을 연마하는 데는 천재임을 깨달았다.

당정과 정역비는 항상 얼음집 안에 숨어 있었는데, 한번 몸을 숨기면 종일 나오지 않았다.

그들은 당정이 당씨 가문에서 가져온 암기를 연구 중이었다. 이 암기의 이름은 혼을 빼앗는 발톱이라는 의미의 탈혼조로, 음과 양, 두 개가 짝을 이루고 있어 두 사람이 함께 사용해야 했다. 일단 음양의 두 발톱에 동시에 채면 도망칠 가능성은 없었다.

당정과 정역비가 문을 닫고 몸을 숨긴 것은 물론 이 암기를 어떻게 완벽하게 사용할지 연구하기 위해서였다. 그러나 그들은 연구 도중 종종 마른 장작에 뜨거운 불이 타오르는 듯한 상황에 빠져들곤 했다.

그렇다! 이 얼음과 눈으로 가득 찬 세상에서 두 사람은 몇 번이나 불태웠다.

모습을 가장 드러내지 않는 사람은 목연이었다. 그는 다른 이들과 함께 의논할 일이 없으면 문밖으로 나오지 않았다. 그리고 그 누구도 그가 무엇을 하는지 알지 못했다.

전다다는 비연과 어울리기도, 또 당정의 처소에 가는 것도 난처한 일이었기에 대설과 지내며 간간이 서신을 전달하는 잡일을 맡곤 했다. 어쨌든 지금 진묵과 망중이 모두 부재중이었기 때문이다.

하루, 또 하루. 시간이 빠르게 지나갔다. 오늘 전다다는 진양성에서 도착한 서신을 받아 재빨리 군구신과 비연에게 가져다 주었다.

비연은 진묵이 밤낮을 가리지 않고 곧 진양성에 도착하리라고 생각해, 이 서신에 별다른 중요한 일이 적혀 있으리라고는 생각지 않았다. 아니나 다를까, 군구신이 서신을 펼쳐 보니 안부를 전하는 서신이었다.

진민과 택, 염진은 잘 지내고 있으며 이미 모든 준비를 마쳤다고 했다. 택을 대신할 사람까지 찾았고, 곧 북쪽으로 순행을 보낼 거라는 소식도 있었다.

진민은 현재 진묵을 기다리는 중으로, 그가 도착하면 바로 진양성을 떠날 예정이었다. 그리고 진민 일행이 떠나는 대로 진묵이 비밀리에 전 어멈을 체포할 것이다!

비연은 어쩐지 조금 긴장하여 말했다.

"진묵이 곧 도착하겠지. 전 어멈이 어떤 반응을 보일지 매우 궁금해."

사실 전 어멈은 이미 반응을 보이는 중이었다. 그녀가 한 걸음 앞서 나가고 있었다!

이 순간 진민이 머무는 궁 바닥에는 수선화 구근이 난잡하게 어질러져 있었다.

전 어멈은 택의 목을 조르며 한 걸음 한 걸음 진민과 염진에게 다가왔다. 택은 말을 할 수 없어 끊임없이 진민과 염진에게 도망치라고 눈짓했다.

그러나 진민은 도망칠 생각이 없었을 뿐 아니라, 오히려 염진의 손을 꽉 잡고 염진이 영술로 택에게 다가가는 것을 막고 있었다.

진민은 조금 당황하기는 했으나 이성을 잃는 상황까지 가지는 않았다. 생사가 달린 일이 어찌 큰일이 아니겠는가마는, 그녀는 고북월이 목숨이 위험했던 위기를 겪고, 또 고남신의 실종도 겪었다. 이 세상에서 그녀를 진정으로 황망하게 만드는 일은 더 없을 터였다.

그녀는 염진이 영술로 기습한다 해도 택을 구할 수 있을지 확신할 수 없었다. 그러나 그녀는 두 가지만은 확신하고 있었다.

하나, 전 어멈이 이렇게 웅크리고 있다가 지금 와서야 손을 쓴 것은 분명 연유가 있을 테니 쉽게 택과 염진의 생명을 취하려 하지는 않을 것이다.

둘, 전 어멈이 남몰래 정왕부를 떠나 경비가 삼엄한 궁에 들어와 택을 사로잡아 이곳까지 올 수 있었던 걸 보면, 전 어멈의 능력이 그들의 생각보다 훨씬 뛰어나거나 궁 안팎으로 그녀의 심복이 있는 것이 분명했다.

그중 어떤 상황이건, 그들에게는 같은 일이었다. 염진이 택을 구할 수 있다 해도, 그들 모자 세 사람이 도망칠 방법은 없었다!

현재 그들에게 가장 최선의 방법은 실력을 숨기고 체력을 보존하여 기회를 엿보는 것이었다. 물론 도망칠 기회를 찾지 못하는 이상, 차라리 이 기회를 틈타 전 어멈의 내막을 알아보는 것도 좋을 것이다.

진민은 염진의 손을 잡고 벽까지 물러났다. 더 도망칠 곳이

없었다. 그녀는 염진을 제 등 뒤로 잡아끌어 보호하며 공포에
질린 표정으로 물었다.

"전 어멈, 지, 지금 자네 무슨 행동을 하고 있는지 아는가?
감히 황상을 겁박하다니, 목이 잘릴걸세!"

진민은 지금 연약한 척할 뿐 아니라 동시에 전 어멈을 시험
해 보고 있었다. 그녀는 전 어멈이 자신과 염진에 대해 대체 얼
마나 아는지 알고 싶었다.

전 어멈이 차갑게 웃으며 반문했다.

"민 부인, 황상의 모후를 참칭하는 것도 목이 잘릴 일이라는
것을 아시는지요?"

이 말을 들은 진민은 마음에 짚이는 것이 있었다.

그녀는 궁에 들어온 후로 신분을 비밀에 부쳤다. 심지어 그
녀가 궁에 들어온 것을 아는 사람도 얼마 되지 않았다. 전 어멈
이 이리 잘 아는 것은, 궁 안에 그녀가 잠입시켜 놓은 자들이
있다는 의미였다.

진민은 부끄러움을 느꼈다. 결국은 그녀가 부주의했던 것
이다.

그녀는 궁에 들어온 것을 후회하지는 않았다. 다만 늦게 들
어온 것을 후회했다. 좀 더 일찍 궁에 들어와 모든 것을 장악했
더라면!

진민은 여전히 두려운 표정으로 물었다.

"자네는 대체 뭐 하는 사람인가? 무엇을 하려는 게야? 정왕
께서 미리 안배해 놓으셨으니, 자네가 만약 우리를 납치한다

해도 별 쓸모가 없을 게야! 그러니……."

진민의 말이 끝나기도 전에 전 어멈이 외쳤다.

"그만!"

진민은 바로 입을 다물었다. 전 어멈은 턱을 잡은 채 한 걸음 한 걸음, 그녀의 바로 앞까지 멈추지 않고 다가왔다.

진민은 고개를 돌린 채 눈을 감고 일부러 몸을 떨면서, 염진의 손을 더욱 꽉 잡았다. 그녀는 그렇게 소리 없이 염진을 위로하며 경거망동하지 못하게 하고 있었다.

염진의 성격이라면 그녀가 가장 잘 알고 있었다. 염진은 온순하지만, 제 어미가 다른 이에게 괴롭힘당하는 것을 참지 못하곤 했다.

전 어멈은 마치 시험하듯 가까운 거리에서 진민을 한참 바라본 다음에야 물러나 차갑게 외쳤다.

"여봐라!"

곧 시위로 분장한 남자 두 사람이 들이닥치더니 진민과 염진을 잡았다. 전 어멈은 턱을 잡은 채 앞에서 걷기 시작했다. 남자들은 각각 진민과 염진을 잡고 뒤에서 걸었다.

문밖에 도착했을 때, 진민은 바닥에 시위들이며 궁녀들의 시신이 가득한 것을 볼 수 있었다. 아무래도 전 어멈이 잠입하며 다른 이들을 놀라게 하지 않은 모양이었다.

바꿔 말하자면, 정왕부의 시위들은 분명 전 어멈이 보이지 않는다는 것을 발견하고 보고하러 올 것이다. 어쩌면 시위들이 이미 길을 오고 있는지도 모른다.

진민은 이 상황에서 가장 좋은 방법은 시간을 끄는 것이라는 사실을 알고 있었다. 그러나 도저히 그 방법이 생각나지 않았다. 전 어멈이 택 또한 시위에게 맡기자, 시위들이 뜻밖에도 그들을 데리고 멀지 않은 곳 호수로 뛰어들었기 때문이다!

그들은 수로로 갈 예정이었다!

전 어멈이 데려온 시위들은 모두 인어족, 그것도 금인어족이었다!

과연 전 어멈이 정왕부의 엄중한 방어를 뚫고 쉽게 황궁에 들어온 까닭이 있었다! 전 어멈은 수로로 들어온 것이다!

전 어멈은 동행하지 않았다. 진민으로서는 전 어멈이 누구인지 판단할 수 없었다. 그러나 확신할 수 있는 것 하나는, 만약 전 어멈이 인어라면 분명 금인어족일 거라는 사실이었다!

전 어멈은 대체 어떤 존재일까?

진민이 고민하는 사이, 갑자기 누군가가 그녀의 뒷덜미를 내려쳤다. 그녀는 곧 정신을 잃고 말았다.

전 어멈은 대체 그들을 어디로 데려가려는 것일까?

보면 볼수록 이상해

진민은 간신히 눈을 떴다. 뒤통수가 몹시 욱신거렸다. 그러나 곧 정신을 차리고 다급하게 주변을 둘러보았다.

"염진! 택아!"

다행히도 염진과 택이 그녀 양옆에 앉아 있었다. 아이들 모두 그녀와 마찬가지로 꽁꽁 묶여 있었지만 둘 다 정신을 차린 상태였다. 아이들이 어른보다 더 담담해 보였다.

택이 말했다.

"어머니, 깨어난 후로 아무도 보지 못했어요."

염진도 물었다.

"어머니, 아직 아프세요?"

진민이 속으로 안도하며 물었다.

"나는 괜찮다. 너희는 괜찮니?"

택과 염진이 고개를 끄덕였다. 진민은 그제야 주변을 둘러보았다.

그들은 조금 기이한 느낌이 드는 각루에 있었다. 이곳은 경전을 보관하는 곳 같기도 하고 제례를 올리는 곳 같기도 했다. 주변에는 책꽂이가 있었고, 보물 상자도 있었으며, 공양을 올리는 탁자도 하나 있었다. 그러나 탁자 위에는 아무것도 보이지 않았다.

택과 염진은 이미 주변을 한참 동안 둘러본 상태였다. 택이 말했다.

"어머니, 이 각루의 배치를 보면, 아마 우리는 꽤 오래된 저택에 있는 것 같아요. 그리고 아마 상당히 부유한 집안일 거예요!"

염진도 말했다.

"우리는 아침에 납치되었는데, 지금 하늘을 보면 점심때인 것 같아요. 분명 멀리 오지 않은 거예요. 우리는 진양성에 있거나, 아니면 진양성 근처에 있는 것 같아요!"

택이 말했다.

"염진, 꼭 그렇다고는 할 수 없어. 지금이 점심때긴 하지만, 오늘이 우리가 납치된 다음 날일 수도 있잖아? 어쩌면 이틀이 지났을지도 몰라!"

염진이 살며시 웃으며 말했다.

"몰랐구나? 인어족은 기껏해야 우리를 반 시진 정도 정신을 잃게 할 수 있을 뿐이야."

택이 반신반의하며 물었다.

"정말이야?"

염진이 진민을 바라보며 말했다.

"어머니가 가르쳐 주신걸. 믿지 못하겠거든 여쭤봐. 나는 확신하는 정도가 아니라, 정신을 잃은 사람을 어떻게 깨어나게 했는지도 알고 있어."

진민이 고개를 끄덕였다. 그러자 택이 바로 염진에게 존경스럽다는 눈빛을 보냈다.

"너에게 내가 모르는 능력이 얼마나 더 있는 거지?"

진민은 두 아이를 잘 알고 있었다. 그러니 위험한 상황에 빠져도 어느 정도 두려워하지 않는 것은 이해할 수 있었다. 그러나 이렇게까지 담담할 거라고는 그녀도 예상하지 못한 바였다.

아이들은 심지어 그녀가 끼어들 틈도 주지 않고 수다를 떨고 있었다. 진민은 더욱 안심하며 택과 염진에게 가까이 오라고 눈짓했다.

택과 염진은 원래도 진민 가까이에 있었지만, 자리를 옮겨 더욱 가까이에 앉았다. 진민은 두 손이 묶여 있지 않았다면 아이들을 꼭 끌어안아 주고 싶었다. 아이들이 무서워하지 않는다고 해도, 어머니로서는 마음이 아플 수밖에 없었다!

진민이 말했다.

"염진의 말이 옳아. 우리는 잠시 정신을 잃고 있었을 뿐이야. 그리고 이 각루는 오래되고, 오랫동안 수리를 하지 않았지만, 원래는 상당히 화려했던 곳이구나. 저 책꽂이며 보물 상자, 저 탁자 모두 오래된 물건이지만 귀한 나무로 만든 것이야. 내 생각에 이곳은 과거에는 부유했으나 지금은 몰락한 가문의 저택 같구나."

진민은 현공대륙에 대해서는 잘 알지 못했다. 이곳이 운공대륙이었다면 박학다식한 그녀는 이 저택이 언제쯤 지어졌는지도 알아냈을 것이다.

진민의 말을 들은 택이 놀라더니 다급하게 외쳤다.

"고씨 저택! 분명 고씨 저택이에요! 고씨 가문의 저택이 현공대륙 북부에 유일하게 남아 있는 오래된 저택이거든요. 게다가 예전에 형수에게서 고씨 저택에 장경루가 있다고 들은 적이 있어요!"

진민도 놀라며 탁자를 바라보았다. 예전에 비연과 군구신에게서 고씨 가문에서 모시던 신비스러운 초상화 이야기를 들은 기억이 났다.

"분명 고씨 저택이구나!"

진민이 의혹에 가득 찬 얼굴로 말했다.

"내 다리에 비수가 하나 있단다. 그걸 입으로 물어 빼내 주렴! 어서!"

염진과 택은 무척 기쁜 표정을 지었고, 진민은 재빨리 엎드려 하나로 묶인 다리를 들었다.

택이 먼저 다가와 진민의 치맛자락을 입으로 물어 올렸다. 그러나 아무리 보아도 진민의 다리에는 비수가 보이지 않았다.

택이 실망하여 말했다.

"어머니, 아무래도 저들이 우리 몸수색을 했나 봐요!"

몸수색?

그들 인어족은 모두 남자였는데!

진민은 잠시 당황했으나 곧 냉정을 되찾았다. 그녀는 두 다리를 흔들어 일어나 앉고는 바로 허리를 굽혔다.

"비녀 아래에도 금침이 몇 개 숨겨져 있단다."

염진과 택이 눈을 다시 빛냈다. 그러나 그들이 침을 뽑으려는 순간 문밖에서 인기척이 들려왔다. 바로 계단을 올라오는 발걸음 소리였다.

염진과 택은 재빨리 원래의 모습대로 앉았고, 진민도 자세를 고쳤다.

모자 세 사람이 아무 일 없었던 것처럼 앉아 있는 가운데 각루의 문이 열렸다. 먼저 그들을 묶었던 금인어족이 들어오더니, 그 뒤로 전 어멈이 들어왔다.

진민 일행이 사라진 지 몇 시진이나 지났으니, 궁 안이건 정왕부의 사람들이건 모두 그들을 찾고 있을 것이다. 그러나 전 어멈의 저 담담한 표정이라니…… 분명 어떤 계산이 있는 것이 분명했다.

진민은 수로가 숨겨져 있는 데다 아주 편리하다는 것을 알고 있어 전 어멈이 무슨 꿍꿍이를 숨기고 있는지는 궁금하지 않았다. 그보다는 전 어멈이 그들을 고씨 가문의 장경루에 숨긴 까닭이 궁금했다. 전 어멈의 능력으로는 더욱 안전한 곳을 고를 수 있었을 텐데…….

진민이 물었다.

"전 어멈, 자네는 대체 누구인가?"

전 어멈은 진민을 흘깃 보더니 말없이 탁자 앞으로 걸어갔다.

진민이 계속 물었다.

"언제부터 연아를 배신하기 시작한 거지?"

전 어멈은 여전히 대답하지 않았다. 아니, 심지어 진민을 바라보지도 않고 인어족에게 손을 흔들었다. 인어족이 바로 앞으로 걸어 나오더니 진민과 택, 염진의 입을 막았다.

전 어멈은 아무도 없는 것처럼, 원래 고운원의 초상이 걸려 있던 탁자를 멍하니 바라보았다. 그 모습을 본 진민의 마음속이 섬뜩해졌다!

갑자기 그런 생각이 들었다. 전 어멈은 누군가에게 매수당한 것도 아니고, 누구 대신 움직이고 있는 것도 아니었다. 그녀는 수십 년 동안 고씨 가문에 잠복해 있던 세작이었다!

그렇게 오래 신분을 숨기고 있을 정도라면, 대체 얼마만 한 인내심이 필요할까! 대체 무엇 때문일까? 그리고 전 어멈이 부리는 금인어족은 대체 어디서 온 걸까? 현공대륙의 인어족 생존자는…… 어쩌면, 어쩌면 운공대륙의 금인어족의 방계, 눈물인어가 아닐까?

진민은 반항하는 대신, 전 어멈이 자신들에게 신경 쓰지 않는 틈을 타서 몰래 그녀를 관찰하기 시작했다.

전 어멈은 흰 벽을 한참 동안 바라보더니, 손수건을 꺼내 탁자를 가볍게 닦기 시작했다. 마치 이 탁자를 무척이나 아끼는 듯한 몸짓이었다.

그녀는 탁자를 깨끗하게 닦은 다음, 갑자기 그 위에 올라앉았다. 그리고 고개를 숙인 채 두 다리를 가볍게 흔들기 시작했다. 전 어멈이 무슨 생각에 잠겨 있는지는 알 수 없었으나, 그런 그녀는 몹시도 안정적으로 보였다.

진민은 전 어멈의 그런 모습을 보며 뭔가 이상하다는 생각이 들었다.

전 어멈은 예전의 공손하게 굽실거리던 그 전 어멈이 아니었다. 그보다는 냉혹하고 악랄해 보이기도 했고, 모든 이를 내려다보는 듯 보이기도 했다.

이것은 단지 신분의 문제가 아니었다. 진민은 그보다는 나이의 문제라는 생각이 들었다. 전 어멈의 움직임이며 자세를 보면 전혀 노인처럼 보이지 않았고, 그보다는 젊은 여자 같아 보였다.

진민은 당혹스러웠다. 전 어멈이 고씨 가문에서 수십 년 동안 숨어 있었다고 의심하면서, 동시에 지금 전 어멈이 젊은 여자가 아닌지 의심하다니, 이건 무엇일까? 그녀의 생각 어디에 문제가 있는 걸까. 아니면…….

진민이 계속 그녀를 바라보고 있노라니, 전 어멈이 불시에 그녀를 돌아보며 차갑게 물었다.

"민 부인, 충분히 보셨는지?"

추측하기 어려운 신분

전 어멈의 물음에 진민은 부인하지 않았다. 전 어멈의 태도를 보건대, 계속 약한 척하는 건 쓸모없다는 것을 깨달을 수 있었다. 진민이 자연스러운 태도로 대답했다.

"아직 충분하지 않네. 어쨌든 보는 것만으로 자네가 어떤 사람인지 어찌 알 수 있겠나?"

전 어멈은 진민의 대답에 상당히 만족스러운 듯 큰 소리로 웃었다. 그리고 탁자에서 뛰어내려 진민에게로 다가왔다.

진민은 여전히 담담하게 전 어멈을 바라보았다. 그러나 이게 웬일일까. 진민 바로 앞까지 걸어온 전 어멈이 갑자기 염진의 옷깃을 잡더니 한 손으로 그를 들어 올렸다. 꽁꽁 묶여 있던 염진은 발버둥조차 칠 수 없었다.

어머니로서 이런 위협에 굴복하지 않을 수 있는 사람이 어디 있을까? 진민이 외쳤다.

"아이를 내려놔! 알고 싶은 것이 무엇이건 다 알려 줄 테니!"

전 어멈은 만족스러운 표정이었으나 염진을 놓아주지는 않고 본론으로 들어갔다.

"계강란은 어디에 있지?"

진민은 다시 한번 놀랐다. 전 어멈의 목적이 계강란이었다니!

계강란은 축운궁주의 사람이었다. 그러나 전 어멈은 축운궁주의 세작 같지는 않았다! 설마, 축운궁주가 계강란을 중요하게 여기는 까닭과 관련이 있는 걸까?

진민은 계강란이 북강에 있다는 것만 알고 있을 뿐, 비연이 계강란을 어디에 가둬 두었는지는 정말로 모르고 있었다.

진민이 대답했다.

"나는 그저 평범한 아낙네일 뿐이고, 정왕 전하도 막 알게 되었을 뿐이다. 궁에 들어온 지 몇 달 되지도 않았는데, 어찌 그리 많은 것을 알 수 있겠는가?"

전 어멈은 믿을 수 없다는 듯 냉랭하게 웃으며 갑자기 염진을 바닥에 내팽개쳤다.

"명신!"

"염진!"

진민과 택이 경악해 비명을 질렀다. 염진은 바닥에 쓰러져 고통스러운 듯 신음하면서도 어떻게든 고개를 들고 진민과 택을 바라보았다. 그는 아무 말도 하지 않았지만, 안심하라는 듯한 눈빛을 보냈다.

그러나 바로 다음 순간, 염진의 입가에서 갑자기 선혈이 흘러내렸다.

그 모습을 본 진민이 분노 때문인지, 아니면 놀라서인지는 알 수 없었지만 덜덜 떨기 시작했다. 택은 망설이지 않고 외쳤다.

"계강란이 어디 있는지 내가 알고 있다! 내가 말하겠다! 그러니 어서 염진을 구해 줘! 내가 말해 줄 테니까!"

택은 계강란이 어디 있는지 알고 있었다. 그는 방금도 이야기할 생각이었지만, 한 발 늦은 것이다.

택의 말에 진민이 노한 눈으로 그를 바라보았다. 그녀도 비록 마음이 좋지 않은 상태였지만 여전히 이성적이었다.

계강란의 행방이 밝혀지는 순간, 비연에게 끼치는 영향이 지극히 클 것이다! 게다가 전 어멈은 계강란의 행방을 알려 주면 그들을 놓아주겠다고 말하지도 않았다. 전 어멈이 쉽게 정보를 얻게 된다면 뒤이어 각종 요구를 해 올 것이고, 그들은 거절할 여지가 없을 것이다! 그렇다면 이 상태로 긴 시간을 보내게 된다!

거의 동시에 염진이 택을 노려보았다. 염진의 생각도 어머니와 같았다. 염진이 이렇게 화를 내는 것은 처음이었다.

"군자택, 네가 말한다면 평생 너를 용서하지 않을 거야!"

택이 대답했다.

"계강란의 행방을 아는 것은 나뿐인데, 두 눈 멀쩡히 뜨고 네가 괴롭힘을 당하는 걸 보고만 있을 수는 없어!"

이건……

진민이 바로 깨달았다. 택은 계강란의 행방을 말하려는 것이 아니라, 자신이 대신 고통을 받을 생각이었다!

세상에, 이 바보가…….

진민이 바로 택에게 말했다.

"됐다. 자꾸 말썽 부리지 마라! 네가 계강란의 행방을 아는지 모르는지, 내가 모를 것 같으냐?"

진민은 이런 방식으로 눈앞의 위기를 피할 수 있을지 확신할 수 없었다. 그러나 그녀로서는 노력하지 않을 수 없었다. 그녀는 화제를 바꿔 가면서라도 생각할 시간을 벌어야 했다. 그녀는 전 어멈을 상대하면서 계속 생각했다.

"전 어멈, 어떻게 금인어족을 부리는 거지? 내가 보기에 자네는 금인어족 같지는 않은데. 혹시 운공대륙의 백리 일족이 자네 손에 떨어진 건가? 《운현수경》도 자네 손에 있는가?"

진민의 말을 들은 택과 염진이 아리송한 표정을 지었다. 최소한 《운현수경》이라는 단어는 처음 들어 보는 것이었다.

그러나 전 어멈은 경악한 표정을 지으며 눈을 가늘게 뜨고 진민을 바라보며 오래도록 아무 말도 하지 않았다.

진민은 그녀를 보며 다급하게 응대할 계책을 생각했다.

전 어멈이 다시 진민에게 다가오며 냉소했다.

"과연, 대진의 고 태부에게 시집간 여자답군. 아주 영리해."

진민은 그저 탐색해 볼 생각이었을 뿐이다. 그런데 전 어멈이 이렇게 단도직입적으로 그녀의 추측이 옳다고 시인하다니! 진민은 다시 한번 깜짝 놀랐다. 그녀의 추측이 옳다면, 이 전 어멈의 신분은 더더욱 추측하기 어려워진다!

목연이 알려 주지 않았다면 모두 《운현수경》의 존재조차 몰랐을 것이다. 《운현수경》은 천 년 전 인어족의 보물로, 아는 사람이 지극히 적었다.

《운현수경》에는 운공대륙과 현공대륙, 두 대륙의 모든 물길이 기록되어 있었다. 두 대륙을 이어 주는 비밀 통로나 사람들이 알지 못하는 비밀 수역이 기록되어 있을 가능성도 매우 컸다.《운현수경》을 얻게 된다면 운공대륙의 백리 일족을 상대하는 것도 정말 어렵지 않을 것이다.

그러나 전 어멈 혼자만의 힘으로 인어족 전부를 응대할 수 있을까? 그녀가 운공대륙의 백리 일족을 상대하기 전에 먼저 인어족을 부릴 수 있어야 하는 것 아닐까?

인어족을 부릴 수 있는 축운궁주와 전 어멈은 대체 어떤 관계일까? 또 구려족과는 무슨 관계일까?

전 어멈은 분명 축운궁주의 존재를 알고 있을 것이다. 하지만 축운궁주가 반드시 전 어멈의 존재를 안다고 할 수는 없을 듯했다.

그리고 전 어멈이 방금 제대 앞에서 보인 반응을 생각해 보면…… 전 어멈은 마치 고운원을 그리워하고 있는 듯했다. 그렇다면 고운원의 사람도 아닐 듯했다.

천 년이 흐르는 사이에 고씨 가문 후예들은 아예 고운원의 존재조차 알지 못하게 되었고, 현공대륙의 역사에는 고운원에 대한 어떤 기록도 존재하지 않았다. 그런데 전 어멈은 무엇 때문에 고운원을 그리워하는 것일까?

그리고 방금의 태도며 동작은…… 젊은 아가씨와 같은 그 몸짓은 전혀 선조를 생각하는 것 같지 않았다. 그보다는 오히려 좋아하는 사람을 그리워하는 듯한 느낌이었다!

그녀는…….

진민은 생각하면 생각할수록 섬찟해졌다. 그러나 그녀는 과감하게 탐색하기로 마음먹었다.

"고씨 가문에 그리도 오랫동안 숨어 있었던 것도 고운원 때문인가? 고운원의 초상화를 그린 것이 자네인가? 자네…… 첫 번째 장파인가! 자네는…… 자네가 고씨 가문에서 수십 년을 보내는 동안 외모도 화장으로 만들어 낸 것이겠지! 자네는

기령[2]이 아니니, 천 년 전 9품 진기를 수련해 불로불사의 몸을 얻은 모양이군!"

진민이 말을 마치자 염진과 택이 모두 깜짝 놀랐고, 전 어멈 역시 당황한 듯했다. 아무래도 그녀는 진민이 자신의 신분을 단도직입적으로 이야기하리라고는 생각지 못했던 모양이었다!

그녀는 진민을 한참 바라보다가 갑자기 감탄하듯 외쳤다.

"만만치 않군, 만만치 않아!"

전 어멈의 반응을 본 진민은 그제야 진정으로 경악했다.

진민이 다시 전 어멈이 계강란을 찾으려 하는 까닭을 고민하기 시작했을 때, 전 어멈이 갑자기 그녀의 목을 조르며 외쳤다.

"계강란은 어디에 있지! 어서 말해라! 그렇지 않으면 널 죽여 버릴 테니까!"

이 짧은 순간 진민은 이미 계책을 세운 다음이었다. 모험에 가까운 일이었지만, 지금은 위험을 무릅쓸 수밖에 없었다.

"정왕이 북강으로 보낸 건 허수아비지. 진짜 계강란은 천염국 동북부에 있는 희화진의 도요산 도요곡에 있다. 그 도요곡은 진양성 밖 도요곡과도 매우 비슷하지."

---

2 그릇의 영혼.

이 말을 들은 택과 염진이 서로를 바라보았다.

택이 알기로는, 황형과 형수는 정말로 계강란을 북강으로 데려갔다. 결코 어머니가 이야기한 그곳에 없었다.

그리고 염진이 아는 대로라면, 어머니가 이야기한 그곳은 바로 칠 숙부와 백리명천이 자주 만나던 곳이었다! 어머니는 대체 무엇을 하려는 것일까?

모험이 성공할 수 있을까

택과 염진으로서는 상황이 어떻게 돌아가는지 알 수 없었지만, 진민은 짧은 시간 동안 다음 상황을 모두 결정했다.

전 어멈을 바라보는 진민의 맑은 눈은 몹시도 지혜롭고 아름다웠다. 전 어멈조차 그녀의 눈에 매혹될 것만 같았다.

전 어멈이 냉랭하게 말했다.

"민 부인, 당신은 영리한 사람이니 나를 속인 결과가 무엇일지 알고 있겠지!"

진민이 여전히 눈을 빛내며 말했다.

"북해의 형세가 어찌 될지 알 수 없으니, 정왕 일행은 잠시 계강란을 북해로 데려가지 않기로 마음먹었을 뿐이다. 그들이 생각을 바꿨을지는 나도 모르지. 그러니 최대한 빨리 가 보는 것이 좋을 거야. 그렇지 않으면 나도 그 결과를 책임질 수 없으니까!"

전 어멈이 진민을 깊이 노려보더니 몸을 돌렸다.

진민은 물론 전 어멈이 직접 도요산으로 가기를 희망하고 있었다. 그렇게만 된다면 탈출할 기회가 생길 수도 있으니까. 그러나 전 어멈이 직접 갈지, 아니면 사람을 보낼지는 지금으로서는 알기 어려운 일이었다.

전 어멈이 떠난 후 진민은 겨우 안도의 한숨을 내쉬며 염진을 바라보았다.

"명신, 괜찮니?"

염진의 부상은 심하지 않았지만 가볍지도 않았다. 염진은 여전히 아팠지만, 어머니에게 따뜻하게 미소 지으며 말했다.

"조금 아파요. 많이 아픈 건 아니니까 걱정하지 마세요."

염진이 몸을 굴려 두 다리를 구부려 일어나 앉았다. 그리고 몸을 움직여 진민 가까이 오려는 순간에 진민이 소리쳤다.

"움직이지 마라!"

그녀의 말투는 상당히 엄숙했다. 진민으로서는 엄숙하게 이야기하는 것만으로도 염진에게 가장 사납게 대하는 것이었다.

염진은 입술을 비죽이면서 움직이지 않았다. 진민은 그대로 앉은 채 두 다리를 움직여 염진에게 다가갔다. 택도 재빨리 몸을 움직여 진민보다 먼저 염진 가까이 다가갔다.

"염진, 괜찮은 척하지 마. 피도 흘리고 있잖아. 분명 내상을 입은 거야. 일단 나에게 기대어 좀 쉬어."

염진이 몰래 택을 노려보았다. 염진으로서는 노려보는 것만으로도 택에게 가장 사납게 대하는 것이었다.

"출가한 사람은 남을 속이지 않아. 내가 많이 아프지 않다면 많이 아프지 않은 거야!"

택은 염진에게 화를 내려 했지만, 염진이 핏자국이 남은 입으로 그렇게까지 이야기하니 마음을 가라앉힐 수밖에 없었다. 그는 그 곁에 가만히 앉아 고개를 숙였다.

곧 진민이 그들에게 다가와 미간을 찌푸린 채 염진을 바라보았다. 그녀의 의술로는 안색만 보아도 대강의 상태를 짐작할 수 있었다. 큰 부상이 아니라는 것을 알면서도, 아이의 입가에 묻은 핏자국을 보고, 또 아이가 내동댕이쳐지던 순간을 떠올리니 아무리 강한 그녀라도 눈시울이 붉어질 수밖에 없었다.

진민은 염진의 상처에 대해서는 더 이상 묻지 않고 다정하게 말했다.

"명신, 어머니가 너를 안아 주고 싶구나. 괜찮니?"

아이가 큰 다음부터는 부득이한 경우를 제외하고 그녀는 아이에게 안아 주어도 될지 의논하듯 물어보곤 했다.

지금 그녀의 두 손이 묶여 있으니 당연히 아이를 안을 수가 없었다. 염진이 재빨리 제 몸을 어머니의 품에 기댔다.

"어머니, 정말 괜찮아요. 걱정하지 마세요."

진민이 아무 말 없이 고개를 숙여 제 턱을 염진의 머리에 문질렀다.

사실 그녀는 방금까지는 진정으로 이성적이지 못했고, 지금에 와서야 겨우 냉정을 찾을 수 있었다. 수많은 경우, 누군가를 무너뜨릴 수 있는 가장 강한 공격은 아이고, 또한 가장 깊은 공포를 위로할 수 있는 것도 아이일 수 있다.

택은 부끄러운 마음이 들어 결국은 참지 못하고 중얼거렸다.

"어머니, 저와 황형이 어머니와 염진을 여기에 끌어들였어요. 우린 사실……."

진민이 재빨리 택의 말을 막았다.

"택아, 우리는 남이 아니란다. 앞으로 그렇게 남처럼 이야기하는 것은 허락하지 않겠다.”

택이 그녀를 바라보며 고개를 끄덕인 다음, 가련하게 진민의 몸에 기댔다.

택의 말은 진민에게 한 가지 사실을 일깨워 주었다. 그녀가 말했다.

“나와 염진이 오지 않았다면 전 어멈이 너를 놓아주었을지도 모르겠다. 전 어멈은 너와 염진이 같이 있기를 바라지 않았지. 어쩌면 염진이 그녀의 일에…… 방해가 되는지도 모르겠구나!”

염진이 물었다.

“그럼 택아는 아주 위험한 건 아닌 건가요?”

사실 택만이 아니라 그들 모두가 아주 위험한 상태였다. 진민이 가볍게 한숨을 쉬며 속삭였다.

“방금 나는 전 어멈을 속였지. 전 어멈이 계강란을 찾지 못하면 쉽게 우리를 용서하지 않을 거야. 전 어멈이 그 사실을 알기 전에 우리는 탈출할 방법을 생각해야 한단다.”

염진과 택도 짐작하던 상황이었다. 진민이 한참 망설이다가 다시 말했다.

“우리가 도망칠 수 없다면, 고생할 각오를 좀 해야 할 거야. 가장 좋은 건 시간을 오래 끌면서 누군가 구하러 오기를 기다리는 거지. 전 어멈이 택아에게 무엇을 하고 싶은지는 몰라도, 최소한 우리는 전 어멈에게 있어 인질인 셈이다. 부득이한 경우가 아니면 우리를 죽이지는 않을 거야.”

염진이 고개를 끄덕였다. 반면에 택은 다급하게 말했다.

"어머니, 안심하세요. 절대로 계강란의 행방을 말하지 않을 테니까요!"

"어쩔 수 없는 경우라면 말해도 된다. 남신과 네 형수가 알아서 방어할 테니까."

택과 염진은 모두 진민의 뜻을 이해했다. 진민은 그 이상 설명하지 않고 다만 이렇게만 말했다.

"내 말대로만 하면 된다. 다른 건…… 나중에 이해하게 될 거야."

진민은 사실 완벽하게 확신하지 못하고 있었다. 자신이 암시한 것을 군구신과 비연이 과연 얼마나 알아챌까?

그리고 군구신이 그녀의 암시를 알아보더라도 과연 계강란을 지키러 가기까지 얼마나 시간이 필요할지……. 그래서 그녀는 결과를 알 수 없는 모험을 할 수밖에 없었다.

그녀 혼자 납치된 것이라면 죽는 한이 있더라도 끝까지 버텼을 것이다. 그러나 두 아이와 함께 있는 이상, 모험이 되더라도 어떻게든 아이들을 지켜야 했다.

진민 모자 세 사람이 납치된 소식은 곧 북강에 전해졌다.

서신을 읽는 군구신의 손이 떨리고 있었다. 서신이 바닥에 떨어지자 비연이 주워 모두와 함께 읽었고, 전부 경악했다.

비연이 중얼거렸다.

"우리가 결국은 전 어멈을 우습게 봤군!"

사실 그들이 안배한 시위들은 상당한 수였다. 게다가 진묵까지 보냈으니, 그들로서는 상당히 주도면밀하게 행동했다고 봐야 했다.

군구신이 잘생긴 미간을 일그러뜨리며 말했다.

"뭔가가 있어! 아무 흔적도 없이 정왕부에서 나간 것은 그렇다 치더라도, 궁에 들어가 세 사람을 납치하면서 시위들의 시선도 끌지 않다니! 전 어멈과 같은 노인이…… 대체 어떤 능력이 있는 거지?"

이 서신은 정왕부에서 날아온 것으로, 정왕부의 시위들이 먼저 전 어멈이 보이지 않는 것을 발견했다고 적혀 있었다. 시위들이 보고하기 위해 궁으로 갔으나 진민은 이미 보이지 않고, 대신 하인들 시신만 보게 되었다.

시신에 남은 흔적으로 보아 이미 살해당한 후 시간이 꽤 흐른 다음이었다. 즉 전 어멈이 진민을 납치하고 한참 후에야 사실이 드러난 것이다.

군구신이 여전히 생각에 잠겨 있는 사이, 당정이 먼저 말했다.

"나와 정역비가 돌아가서 찾아봐야겠어! 진묵도 오늘 분명 진양성에 도착했을 거야. 우리 세 사람이 협력하면, 최소한 실마리는 잡을 수 있겠지!"

군구신과 비연은 깊은 생각에 잠긴 얼굴로 당정에게 대답하지 않았다.

전다다는 당정이 계속 말하려는 것을 보고, 재빨리 충동적으로 굴지 말라는 듯 고개를 저어 보였다.

이때, 비연이 말했다.

"전 어멈은 계속 정체를 감추고 있다가, 이르지도 늦지도 않게 바로 지금 같은 때에 움직였어. 대체 무엇을 꾀하고 있는 걸까? 그리고 무엇 때문에 계속 택아와 염진을 떨어뜨려 놓으려 한 거지?"

민 이모의 마음을 알아차리다

군구신은 이렇게 중요한 때에 북강을 떠나서는 안 된다는 사실을 잘 알고 있었다. 또한 전 어멈이 사람을 납치한 데에는 분명 까닭이 있으리라는 것도 알고 있었다.

어머니 일행은 잠시 동안 생명의 위험이 없을 것이다. 하지만 그렇다고 마음이 놓이는 것은 아니었다.

군구신이 당정과 정역비에게 말했다.

"두 사람이 다녀와야겠어. 그리고 어서 운한각에 연락해서…… 부친께……."

당정은 물론 그럴 생각이었으나, 그녀가 대답하기도 전에 비연이 단호하게 말했다.

"홍두 언니, 가지 마. 일단 언니가 태부께 서신을 보내 줘. 태부의 부인과 아이가 납치되었고, 이쪽에서는 사람을 빼낼 수 없는 상황이니 태부가 알아서 하시라고!"

비연은 잠시 생각하다가 다시 말했다.

"잠깐! 상황도 좀 더 과장되게 적어 줘! 염진이 맞았다고 쓰는 것이 좋겠네. 중상을 입었다고 말이야. 그리고 민 이모가 거친 남자들에게 괴롭힘을 당했다고, 두 모자의 상황이 아주 위험하다고 말이야!"

운공대륙의 홍수로 인한 기아와 감염병은 기본적으로 정리된 상태니, 그들이 서신을 보내면 태부는 분명 다급하게 몸을 빼내 올 것이다.

비연은 양념을 더 쳐서 태부를 자극해서라도, 태부의 마음에 숨어 있는 것을 드러내게 할 작정이었다. 그렇지 않다면 태부의 성격으로 보아 쉽게 진심을 털어놓을 리 없었다.

비연의 말을 들은 모두는 말없이 그녀를 바라보았다. 비연역시 이런 일에 양념을 더한다는 것이 좋은 일은 아니라는 것을 알고 있었다. 그러나 그녀는 입 끝을 들어 올리며 말했다.

"다들 그렇게 나를 보지 마. 내가 다 책임질 테니까. 나중에 태부가 화를 내더라도, 모두와는 관계없는 일일 거야!"

모두는 여전히 아무 말도 하지 않고 군구신을 바라보았다. 다른 일이라면 비연이 결정하는 순간 모두 따랐을 것이다. 그러나 이 일만은 도저히 비연 혼자 마음대로 하게 둘 수 없었다.

염진이 중상을 입었다고 말하는 거야 그렇다 쳐도, 민 부인이 거친 남자들에게 괴롭힘을 당했다고 하는 것은……. 이런 거짓말은 함부로 해서는 안 되는 것 아닌가!

모두 군구신을 바라보았고, 비연 역시 군구신을 바라보았다. 군구신은 비연을 바라보며 미간을 찌푸렸고, 비연도 눈썹을 들어 올려 대답했다.

군구신이 잠시 망설이자 비연이 바로 미간을 찡그렸다. 당정은 숨소리도 내지 못하고 두 사람을 바라보았다.

결국 군구신이 고개를 끄덕였다.

"연아가 말한 대로 하자."

비연은 잠시도 지체하지 않고 다급하게 외쳤다.

"이 서신, 내가 직접 쓸래!"

모두가 알 수 있었다. 비연이 직접 쓰면 분명 방금 했던 이야기보다 배는 과장할 것이다!

곧 긴급한 서신이 운한각으로 출발했다. 군구신은 마음속으로는 조마조마했지만, 진양성의 상황을 이성적으로 정리했다.

그나마 다행인 것은 택이 납치되기 전에 대신할 사람을 북쪽으로 순행 보내는 것으로 해 놓았기 때문에, 당분간 택이 진양성에서 보이지 않아도 의심을 살 일은 없다는 것이었다.

시위들이 이미 성 안팎으로 수색 작업을 벌이고 있었으나, 진양성은 표면적으로는 여전히 조용했다. 군구신은 전 어멈의 의도를 완벽히 알 수 없어, 정역비로 하여금 친위대를 뽑아 진양성을 남몰래 지키며 택이 납치된 사실이 폭로되는 것을 막도록 했다.

이어지는 며칠 동안 그들은 소식을 기다리는 외에 계속 북해의 결전을 준비했다.

그러나 얼마 지나지 않아 그들의 생각을 뛰어넘는 서신이 한 통 도착했다. 바로 천염국 희화진 도요산에서 온 서신으로, 금인어족이 도요산에 들어왔다는 내용이었다!

천염국 희화진 도요산의 도요곡은 진양성 교외의 도요곡과 매우 비슷한 산골짜기로, 백리명천과 고칠소가 비밀리에 만나던 곳이었다.

고칠소는 원래 이곳을 남들에게 알리지 않았으나 백리명천이 축운궁주와 결탁한 후, 군구신과 비연에게는 알려 주었다. 그 이후 군구신과 비연은 이곳에 그물을 치고 기다렸다.

그러나 이게 웬일일까, 그들이 기다리던 백리명천 대신 이런 의외의 소식을 듣게 되다니!

비연이 의심스러운 듯 중얼거렸다.

"금인어족? 이건……."

모두 의혹이 서린 눈빛으로 서로를 바라보았다.

서신에 적힌 대로라면 금인어족이 몰래 골짜기에 들어와 마치 무언가를 찾는 것처럼 사방을 뒤졌다고 했다.

시위들은 처음에는 그들이 금인어족인 줄 모르고 포위해 잡으려 했다. 그러나 그들은 곧 물로 뛰어들어 도망쳤고, 시위들은 추격하던 중에야 그들이 금인어족이라는 사실을 알게 되었다!

백리명천의 일맥은 옥인어족이었고, 축운궁주의 수하들은 흑인어족이었다. 하소만을 제외하면 그들은 현공대륙에서 금인어족을 본 적이 없었다!

금인어족은 인어족 중에서 가장 존귀한 일맥으로, 결코 다른 일맥에게 지배당할 이유가 없었다. 즉, 이 금인어족은 결코 백리명천이 보낸 자들이 아니었다!

백리명천이 보낸 것이 아니라면 금인어족이 대체 무엇 하러 온 것일까? 그 골짜기는 백리명천과 칠 숙부에게 의미가 있다는 것 외에, 다른 이들에게는 그저 보통의 산골짜기일 뿐이었다.

비연은 뭔가 짚이는 것이 있어 재빨리 군구신의 팔을 잡았다. 군구신은 경악한 그녀의 얼굴을 보고 미간을 찌푸렸다. 그도 무언가 이상하다는 생각이 든 것이다.

비연이 말했다.

"이 금인어족이 대체 그곳을 어떻게 아는 거지? 무얼 찾고 있었던 거야? 그곳은 백리명천과 칠 숙부를 제외하면, 우리 몇 사람만이 아는 곳이잖아?"

군구신은 바로 깨닫고 외쳤다.

"어머니!"

이곳에 있는 그들 몇 사람 외에 이 일을 아는 사람은 어머니와 염진뿐이었다. 설마 어머니가 그들에게 정보를 주기 위해 일부러 금인어족을 그곳으로 보낸 것일까?

여기까지 생각이 이르자, 모두 뭔가 깨달은 듯한 표정이 되었다.

비연이 가장 먼저 말했다.

"전 어멈이 아무 흔적 없이 정왕부를 떠난 것도, 또 세 사람을 그렇게 빨리 납치한 것도 이상한 일이 아니었어! 수로를 이용했던 거야!"

당정이 서둘러 물었다.

"그렇다면, 전 어멈이 금인어족의 후예란 말이야?"

전다다가 다급하게 소리쳤다.

"이상해! 전 어멈이 도요곡으로 금인어족을 왜 보낸 거지? 거기 뭐 찾을 게 있다고?"

그렇다. 도요곡에는 아무것도 없지 않은가. 그들은 대체 무엇을 찾으려 했던 것일까?

비연이 외쳤다.

"알겠어! 전 어멈은 분명 민 이모에게서 뭔가를 들은 거야. 민 이모가 전 어멈을 속였겠지! 우리에게 정보를 주려고 말이야! 안타깝게도 그 금인어족을 잡지 못했지만!"

도요곡에 천라지망을 펼쳐 놓았으니 고수가 들어온다 해도 탈출하기는 어려운 상황이었다. 비연은 아마 민 이모가, 전 어멈이 보낸 사람이 꼬리를 잡힐 것으로 예상했으리라 생각했다.

비연의 말에 모두 조용해졌다. 군구신이 생각에 잠긴 듯한 목소리로 중얼거렸다.

"전 어멈은 대체 뭘 찾고 싶은 거지?"

그때 정역비가 참지 못하고 끼어들었다.

"전하, 전 어멈이 아는 일이 상당히 많은 것 같습니다! 설마 운한각이 어디 있는지 알고 싶은 것은 아니겠지요?"

군구신이 고개를 저었다.

"아닐 것이다."

그와 비연의 신분이 공개된 후, 대진국과 운한각은 더 이상 비밀스러운 존재가 아니었다. 전 어멈이 운한각에 관련된 비밀을 찾고 있을 가능성이야 있지만, 사람을 시켜 찾을 만큼 아둔하지는 않을 것이다! 전 어멈에게는 분명 얻고자 하는 다른 무엇이 있을 것이다!

군구신이 중얼거렸다.

"대체 뭘 찾고 싶은 거지?"

전다다가 말했다.

"우리가 가진 물건 중 갖고 싶은 게 있어서라면, 어째서 지금 와서 손을 쓴 거지? 그것도 이렇게 떠들썩하게 세 사람을 납치하면서?"

그 순간, 비연이 놀란 목소리로 외쳤다.

"알겠어! 전 어멈이 찾는 건 물건이 아니라 사람이야!"

모두 비연을 바라보았다. 비연은 안색이 변한 채 다시 말했다.

"전 어멈은 아마 계강란을 찾고 있을 거야!"

반드시 이겨야만 해

비연은 계강란을 제외하면, 자신들이 지닌 물건이나 사람 중전 어멈이 그렇게 얻고 싶어 할 것은 없다고 생각했다.

축운궁주가 그렇게나 계강란을 중요하게 여겼고, 또 전 어멈도 계강란을 찾고 있다. 그들에게 계강란은 대체 어떤 의미일까?

그리고 전 어멈은 대체 누구일까?

누군가에게 매수된 것일까, 아니면 그녀도 금인어족일까?

전 어멈이 만약 금인어족이라면, 고씨 가문에 수십 년 동안 잠복하고 있었다는 이야기가 된다. 정말 두려운 일이 아닐 수 없었다!

너무 많은 의문이 밀려와 비연과 군구신은 제대로 생각할 수도 없었다. 비연은 바로 결단을 내려 정역비에게 말했다.

"어서, 홍두 언니와 함께 직접 다녀와 줘요. 계강란을 지켜야 해! 수로를 피해야만 해요!"

금인어족이 돌아간 후 속았다는 것을 알게 된 전 어멈이 민이모에게 잘 대해 줄 리 만무했다. 민 이모와 염진은 계강란의 행방을 모르지만 택은 알고 있다. 택이 계강란이 어디 있는지 자백하게 될 가능성이 크니, 인어족이 수로를 통해 계강란을 납치하러 온다면 방어하기 어려울 것이다!

그들은 전투 전에 일단 계강란과 아금 숙부를 교환할 생각이었다. 아금 숙부의 안전을 확보해야만 축운궁주와 제대로 승부를 낼 수 있었다. 그런데 만약 계강란이 납치당한다면, 비연이 형세를 완전하게 장악할 수 없을 것이다.

당정과 정역비가 잠시도 지체하지 않고 바로 떠났다. 비연과 군구신은 불안한 표정으로 서로를 바라보았다.

전다다 역시 불안한 표정으로 중얼거렸다.

"민 이모가 이렇게 모험을 한 이상 분명 고생을 하시게 될 텐데. 염진과 택아는 그렇게 어린데…… 어떻게 하면 좋지! 전 어멈이 대체 민 이모를 어디에 가둬 두었을까?"

군구신이 냉정을 유지하려는 듯 탁한 숨을 내쉬고, 자리에 앉아 말없이 차를 몇 모금 마셨다. 비연은 그를 흘깃 보고는, 계속 서성거리는 전다다를 잡아끌어 자리에 앉혔다.

"가만히 좀 있어 봐. 보고 있으니까 나까지 머리가 터질 것 같잖아. 전 어멈의 정체는…… 너무 이상해. 좀 더 고민을 해 봐야겠어!"

이때 계속 침묵을 지키고 있던 목연이 입을 열었다.

"전하, 왕비마마. 제가 축운궁에 있던 수년간 금인어족을 본 적이 없고, 또한 축운궁주에게서 금인어족에 대한 이야기를 들은 적도 없습니다. 지금의 상황을 보면, 전 어멈은 결코 축운궁주, 백리명천과 한패는 아닌 것 같습니다. 전 어멈이 금인어족을 부릴 수 있다면 설마…… 운공대륙에서 실종된 백리 인어족과 관련이 있는 것은 아닐까요? 백리 인어족과 어주도는 대체 어떻게 되었습니까?"

군구신과 비연도 마침 이 문제를 고민 중이었다.

군구신이 계속 서 있던 목연에게 앉으라고 손짓했다. 앉을 자리는 단 하나 남아 있었는데, 하필이면 전다다 곁이었고 또 매우 좁았다. 전다다가 재빨리 비연에게 다가앉으며 자리를 넓혀 주었다.

목연은 원래 앉을 생각이 없었지만 전다다의 움직임을 보자 다가가 앉았다. 그러자 군구신이 운공대륙 백리족 상황을 설명하기 시작했다.

운공대륙의 백리 인어족은 10년 전 어주도에서 실종되었다. 일족 수백이 흔적을 전혀 남기지 않고 사라졌는데, 고칠소가 현재 알아낸 바에 따르면 어주도 지하에 강이 흐르고 있어 바다로 나갈 수 있었다고 했다. 이러한 사실로 추측해 보면, 백리 인어족이 그때 지하 강물을 통해 어주도를 떠난 듯했다.

운공대륙의 백리 인어족은 대진국에 충성을 다하고 있었고, 그때 어주도로 간 것도 유배처럼 보였으나 사실은 남몰래 어주도라는 신비한 섬을 조사하러 간 것이었다. 그러니 그들이 일부러 흔적을 감추고 어주도를 떠났을 리 없었다. 그들은 분명무슨 재난을 당했거나, 아니면 누군가에 의해 강으로 가게 되었거나, 어딘가에 갇혀 있거나, 아니면 납치당했을 것이다!

어주도는 황량하고 인적 없는 작은 섬으로, 대진국 동쪽 바다에 있어 현공대륙에서는 매우 멀었다. 세상 사람들은 그저 이 섬에 오른 후로는 무력을 쓸 수 없다는 규칙만 알 뿐, 이 규칙을 세운 사람이 누구인지, 규칙을 어기면 어떻게 되는지는 아무도 알지 못했다. 그러나 그동안 섬에 오른 자 중 감히 규칙을 어기는 자는 없었다.

목연이 물었다.

"규칙을 깨면 어찌 되는지 모르는데, 구태여 규칙을 깨 볼 이유는 없지 않습니까?"

비연이 웃으며 말했다.

"백리 인어족이 실종된 후, 의부께서 어주도에서 무력을 써 보신 적이 있어. 데려간 수하를 몇 대 때려 보셨지. 하지만 결과적으로는 아무 일도 벌어지지 않았어. 무력을 써서는 안 된다는 규칙은 거짓말이지만, 누구도 그 규칙을 깨려 하지 않았고, 그 규칙은 점점 더 깊은 뜻이 있는 것처럼 되어 버렸던 거지."

군구신이 생각에 잠긴 눈길로 목연을 바라보며 물었다.

"전 어멈이 이렇게 깊이 숨어 있었던 것은…… 대체 무엇 때문일까?"

전다다가 우울한 표정으로 말했다.

"여하튼 천 년 전 비밀과 관계가 없을 리가 없어! 어쩌면 전 어멈이 바로 예전 금인어족의 후예일지도 모르지!"

그 순간 비연에게 갑자기 떠오르는 것이 있었다.

"내가 고씨 저택에서 물에 빠졌다가 구출되었을 때, 일단 전 어멈의 거처로 옮겨져 옷을 갈아입었다고 했어! 그리고 전 어멈이 내가 원래 입고 있던 옷을 갖고 있었지! 어쩌면 전 어멈은 내가 고씨 가문의 적녀가 아니라는 사실을 그때부터 알고 있었을지도 몰라. 그래서 그 옷을 일부러 몰래 감춰 두었을지도!"

생각하면 생각할수록 등줄기가 쭈뼛해 오는 일이었다.

"작년에 전 어멈이 나에게 그 옷을 돌려줬어. 사실 그건……
나를 탐색해 보려던 거였던 거야!"

비연은 빙해의 사건 이후 몸과 영혼이 분리되었다. 고씨 가문
의 대소저가 그녀의 몸에 들어간 사이 그녀의 영혼은 고운원이
지배하는 빙해영경에 갇혀 있었다. 그들은 지금도 이 일을 완벽
하게 파악하지 못하고 계속 수수께끼로 남겨 두고 있었다! 그러
나 지금 보니 전 어멈은 예전에 이미 이 비밀을 알고 있었다!

전 어멈이 고씨 가문에 그리도 오래 숨어 있었던 것은 말할 것
도 없고, 비연의 옷을 지금까지 10여 년 동안 감춰 두고 있었던
것만 봐도 그녀가 숨기고 있는 것이 많다는 것을 알 수 있었다!

전다다가 몸을 웅크리더니 두 팔로 자신을 감싸 안으며 중얼
거렸다.

"그 늙은 어멈, 정말 무서운 사람이잖아!"

목연이 전다다를 자못 무시하는 듯한 눈빛으로 바라보았다.
다행히도 전다다는 그의 시선을 눈치채지 못했다. 아니었다면
두 사람은 분명 또 다툼을 벌였을 것이다.

비연은 안색이 창백해져 중얼거렸다.

"대체 무엇 때문에 고씨 가문에 숨어 있었던 거지? 단지 나
때문만은 아니었을 것 아냐!"

전다다가 말했다.

"고씨 가문에 또 어떤 비밀이 숨어 있는지, 우린 모르잖아!"

이 말은 비연뿐 아니라 군구신도 일깨워 주었다.

비연이 외쳤다.

"설마 고운원 때문에!"

거의 동시에 군구신도 외쳤다.

"설마 어머니를 고씨 저택에 가둬 두고 있는 것은 아니겠지?"

두 사람은 서로를 바라본 다음, 별다른 말을 주고받지 않고 각자 해야 할 일을 했다. 한 사람은 운한각에 서신을 보내 추측한 내용을 태부와 고칠소 등에게 알렸고, 다른 한 사람은 이미 진양성에 도착한 진묵에게 서신을 보내 남몰래 고씨 저택을 조사할 것을 명했다.

물론 진묵에게 절대적으로 조심해야 한다고도 당부했다. 확신이 없다면 절대로 풀을 쳐서 뱀을 놀라게 하는 일이 있어서는 안 된다고.

섣달 보름이 점점 가까워지고 있었다. 비연 일행의 추측은 모두 추측일 뿐이었다. 어쨌든 그들은 할 수 있는 일을 하며 소식을 기다리는 수밖에 없었다.

시간이 나는 듯이 흘러갔다. 섣달 14일 밤, 그들은 운한각으로부터 소식을 받았다. 고 태부가 이미 현공대륙으로 출발했다는 소식이었다.

그들이 기뻐하는 와중에, 당정과 정역비에게서도 계강란이 납치되었다는 소식이 도착했다! 납치한 자들은 바로 금인어족으로, 당정과 정역비가 도착했을 때는 이미 늦었다고 했다.

비록 진양성에서 아무 소식도 오지 않았지만, 비연과 군구신은 민 이모와 두 아이의 상황이 아주 좋지 않을 것이라 짐작할 수 있었다. 그렇지 않다면 이렇게 빨리 자백했을 리 없으니까.

전투 전에 이런 나쁜 소식을 받으니 아무래도 타격이 꽤 컸다. 비연 일행은 한참 동안 방 안에 조용히 앉아 있었다.

밤이 깊었을 때 전다다가 몸을 일으키며 말했다.

"계강란을 잃었으면 그만이지, 뭐. 내일 우리 아버지를 걱정할 필요는 없어! 우리가 축운궁주를 참패시키면…… 아버지를 구하지 못할 리가 없잖아?"

비연도 전다다에게 담담한 미소를 보내며 몸을 일으켰다.

"바로 그거야! 내일 일단 축운궁주와 백리명천을 해치우고, 그다음에 전 어멈에게 이 빚을 갚아 주자!"

군구신과 목연도 고개를 들었다. 목연은 한마디도 하지 않았지만, 진지하게 고개를 끄덕였다.

군구신도 기운을 북돋듯 말했다.

"계강란이 없으니, 우리는 반드시 이겨야 해! 목연, 너는 내일 전아와 아금 숙부를 잘 살펴봐 줘. 다른 건 모두 우리에게 맡기고!"

결단코 길지 않은 이 밤, 눈은 더욱 거세게 흩날리고 바람은 얼어붙을 듯 차가웠다.

다음 날, 눈보라가 멈추고 해가 떠올랐다. 비연 일행은 잠시 모든 복잡한 일을 잊고 함께 북해로 향했다!

네가 어떤 물건인지

햇빛이 환해빙원을 비추고 있었다. 얼음에 반사되는 빛에 눈이 부셨다. 눈으로 뒤덮인 은빛 세계가 몹시도 순수해 보였다. 마치 빛으로 이루어진 세상처럼.

그러나 정오 무렵인데도 햇빛에서는 온기가 느껴지지 않았다. 바람이 불지 않는 빙원은 빛이 있다 해도 매우 추웠다.

이때, 비연 일행이 몽족 지하 궁전 출구를 통해 나왔다. 비연과 군구신이 앞장섰고, 전다다와 목연이 뒤를 따랐다. 그리고 시위 몇 명이 따라오고 있었다.

이 시위들은 한 달 전에 군구신이 설족 족장에게 명령해 뽑은 자들로, 모두 무공이 뛰어날 뿐 아니라 물에도 익숙한 자들이었다. 인어족을 상대하는 이상, 막을 수는 없다 해도 어쨌든 대비는 해야 했다!

비연이 하늘을 보고 말했다.

"시간이 거의 됐어. 가자!"

그녀는 축운궁주에게 섣달 보름 정오에 환해빙원 북쪽 끝에서 만나자고 통보했다. 그곳은 현공대륙의 북쪽 끝, 북해안이었다. 그들이 있는 곳에서는 빙천 하나만 돌아가면 바로 도착할 수 있었다.

비연이 걸어 나가려 하자 군구신이 막아섰다. 그는 그녀의 바람막이를 단단히 여며 준 후 손을 꽉 잡고 걷기 시작했다. 두 사람 다 차갑고 엄숙한 표정이었다.

그들 뒤를 전다다가 걷고 있었다. 평소라면 그녀는 비연과 군구신이 연인만 챙기고 동생은 뒷전이라고 투덜거렸을 것이다. 그러나 지금은 농담할 기분이 아니었다.

전다다의 아직 앳된 얼굴도 팽팽하게 긴장해 있어 상당히 엄숙해 보였다. 그녀는 제 옷깃을 여미고, 모자를 단단히 눌러쓰고는 걸어 나갔다. 발걸음에도 단호함이 어려 있었다.

목연이 빠르게 쫓아가더니 무표정한 얼굴로 속삭였다.

"잠시 후 아버지를 뵈어도 충동적으로 굴어선 안 돼."

전다다는 그에게도 엄숙한 표정으로 말했다.

"안심해도 좋아, 잘 알고 있으니까. 우리 오늘 꼭 이길 거야!"

일행은 썰매에 올라타 북으로 향했다. 마침내 정오가 되었을 때 그들이 북해안에 도착했다. 하늘에 걸린 해가 빙원 전체를 아득하게 비추고 있었다.

비연 일행은 빠른 속도로 썰매를 달려 북해로 향했다. 곧 북해안에 한 쌍의 남녀가 서 있는 것을 발견할 수 있었다.

거리가 가까워짐에 따라 두 사람의 모습이 점점 또렷하게 보였다. 바로 축운궁주와 백리명천이었다. 축운궁주는 그들을 바라보고 있었고, 백리명천은 등을 돌리고 있었다.

축운궁주는 늘씬한 몸에 화려한 황금빛 옷을 입고, 검은 가면을 쓴 채 머리를 틀어 올리고 있었다. 그녀는 오만한 자세로 뒷짐을 진 채 서 있었는데, 그 모습은 도저히 침범할 수 없을 만큼 존귀하고 패기만만해 보였다.

그에 비해 언제나 의기양양하던 백리명천은 매우 기운 없어 보이는 모습이었다. 그는 검은 옷을 입은 채 몸을 꼿꼿하게 세우고, 두 손은 몸 양쪽으로 늘어뜨리고 있었다.

백리명천을 잘 아는 것이 아니었다면 비연 일행은 그 조용하고 외로워 보이는 뒷모습을 보고 그가 백리명천이라는 것을 알아보지 못했을 것이다. 일단 그가 검은 옷을 입고 있는 것조차 처음 보는 일이었다.

비연과 군구신은 백리명천이 뭔가 이상하다는 생각이 들어 서로를 바라보고는 재빨리 멈춰 썰매에서 내렸다.

축운궁주와 백리명천은 거대한 바위 위에 함께 서 있었고, 비연 일행은 땅에 서 있었기 때문에 높낮이가 달랐다. 비연 일행이 다가감에 따라 축운궁주의 시선도 그들을 쫓았다.

마침내 비연 일행이 걸음을 멈추자 축운궁주는 높은 곳에서 오만하게 그들을 내려다보며 한 명, 한 명 가늠해 보았다. 그녀는 의미심장하게 목연을 바라보더니 군구신이 지고 있는 건명보검으로 시선을 옮겼다가 마침내 비연에게로 향했다. 분명 처음 만나지만 그녀는 비연 일행을 아주 잘 알고 있는 것 같았다.

축운궁주가 냉랭하게 물었다.

"계강란은?"

과연, 처음으로 묻는 말이 계강란이었다.

비연은 눈썹을 치켜세운 채 타고난 패기를 마음껏 발산했다. 그녀는 단 한마디도 하지 않았으나 그 기세만으로도 높은 곳에 있는 축운궁주를 압도했다.

축운궁주는 비록 비연에 대해 아주 잘 알고 있었지만, 이 순간 비연의 눈에 어린 얼음처럼 차가운 기운을 보자 두려워지고 말았다.

축운궁주는 도저히 이해할 수 없었다. 겨우 스무 해를 산 젊은 여자가 어찌 이런 기운을 지닌 걸까? 그녀는 뜻밖에도 비연의 시선을 피하고 싶은 충동마저 느꼈다. 물론, 그렇게 하지는 않았다!

축운궁주가 곧 다시 물었다.

"계강란은 어디에 있지?"

군구신 일행은 모두 차가운 얼굴로 대답하지 않았다. 비연은 더더욱 축운궁주에게 즉답을 해야 할 필요성을 느끼지 않았다. 축운궁주가 그들을 가늠해 보았으니 그녀도 축운궁주를 한번 제대로 가늠해 보아야 하지 않을까?

사람을 가늠해 본다는 것은 어떤 의미에서는 지극히 경멸을 담은 행동이었다!

비연은 차가운 눈으로 축운궁주를 바라보았다. 그녀의 입가에는 냉소가 어려 있었다. 비연이 살짝 눈을 내리까는가 싶더니 시선을 축운궁주의 두 다리로 떨어뜨렸다. 그다음 천천히 고개를 들며 축운궁주를 살펴보았다.

그 누가 우러러보는 것이 존경을 담은 행동이라 했던가? 비연은 높은 곳의 축운궁주를 올려다보고 있었으나, 그것은 경멸을 품은 행동이었다. 비연의 눈빛은 축운궁주에게 그녀가 아무리 높은 곳에 서 있다 해도 결국은 아래 등급의 사람일 뿐이라고 이야기하고 있었다.

축운궁주는 비연이 이러리라고는 예상치 못해 순식간에 분노하고 말았다.

"망할 계집, 무엇을 보고 있는 게냐?"

비연은 아무 말도 듣지 못한 것처럼 계속 축운궁주를 살펴보았다. 천천히 올라온 시선이 마침내 축운궁주의 눈과 마주 보게 되었을 때 비연이 말했다.

"네가 대체 어떤 물건인지 보고 있었지. 그렇게 두꺼운 가면을 쓰고 있는 것을 보니, 너는 분명……."

비연이 웃으며 계속 말했다.

"얼굴을 드러낼 자신이 없는 모양이군!"

축운궁주가 발끈하여, 바로 몸을 날리며 냉랭하게 말했다.

"썩을 계집, 본존이 네 입을 갈기갈기 찢어 주마!"

비연은 바로 축운궁주가 내려오기만을 기다리고 있었다. 그녀로서는 축운궁주를 경멸하는 말을 한번 던진 것만으로 충분했다. 그녀는 축운궁주와 입씨름을 벌일 만큼 그렇게 한가하지 않았다.

비연이 일부러 축운궁주를 자극한 것은 바로 이 기회를 틈타 백리명천을 탐색하기 위함이었다.

축운궁주가 이 정도로 화를 내고 있는데도 백리명천은 뜻밖에도 미동도 하지 않았다. 이런 모습은 결코 그의 풍격이 아니었다. 백리명천은 분명 음모를 꾸미고 있었다! 대체 무슨 꿍꿍

이일까?

군구신은 물론 비연의 뜻을 알아챘다. 그도 백리명천의 상태를 제대로 파악할 수 없었지만, 일단 경계는 하고 있었다.

군구신은 재빨리 앞으로 나서서 비연을 제 몸으로 보호하며 축운궁주에게 차갑게 물었다.

"능 가주는 어디 있지?"

군구신이 묻자 축운궁주가 발걸음을 멈추더니 냉랭한 목소리로 말했다.

"능 가주를 보고 싶다면 일단 본존에게 계강란을 보여 줘라!"

비연과 군구신이 가장 두려워하던 일이 마침내 다가왔다. 계강란이 없는 이상, 그들은 능 가주를 볼 수조차 없을 가능성이 있었다. 그러나 그들은 여전히 태연자약한 모습을 유지했다. 곁에 있던 전다다와 목연도 마찬가지였다.

비연이 일부러 코웃음을 치며 말했다.

"축운궁주, 아무래도 오해한 모양이군! 본 왕비가 오늘 온 것은 너와 높고 낮음을 겨루기 위해서지, 인질을 교환하기 위해서가 아니다! 이렇게 하는 것이 옳겠지. 오늘 너와 내가 겨뤄, 이긴 자는 왕이 되고 패자는 도적이 되는 법에 따르기로 하지. 진자가 무조건 상대에게 복종하는 거야. 본 왕비가 진다면 계강란을 너에게 넘길 뿐 아니라, 우리 일행 모두 네 마음대로 해도 좋다! 그리고 네가 진다면 능 가주와 현한보검을 본 왕비에게 돌려주는 것은 물론이고, 너와 백리명천도 모두 본 왕비 마음대로 처리하겠다. 자, 네 생각은 어떠냐?"

각자의 승산

비연의 말에 축운궁주가 곧 큰 소리로 웃기 시작했다.

그녀가 계속 북강에 있었던 것은 비연과 군구신이 오기를 기다리기 위해서일 뿐 아니라, 봉황력과 건명력을 찾기 위해서기도 했다.

축운궁주는 지금도 비연이 어떻게 다시 살아났는지, 봉황력이 어떻게 비연의 죽음에도 소실되지 않았는지 온전하게 알고있지 못했다. 다만 비연의 신분이 드러난 후에는, 봉황력이 이미 비연에게 돌아갔으리라는 것만은 확신하고 있었다!

진기의 최고 등급은 9품이지만, 신력의 최고 등급은 10품이다! 즉 그녀가 진기를 잃지 않았다 해도 비연의 적수가 될 수는 없었다.

지금 그녀는 진기를 잃었을 뿐 아니라 매일 몸도 쇠약해지고 있었다. 그런 그녀가 어떻게 직접 비연과 싸울 수 있겠는가? 그녀가 그렇게 많은 피를 낭비하며 백리명천을 그리도 오래 길들인 것은 바로 지금 그를 이용하기 위해서였다.

혈루는 건명력과 맞설 수 있을 정도로 강력한 힘이니, 혈루로 봉황력을 대적한다면 그야말로 식은 죽 먹기였다! 축운궁주는 오늘 백리명천으로 하여금 비연을 상대하게 할 작정이었다. 그녀는 자신이 이길 거라고, 그것도 완벽하게 이길 거라고 믿고 있었다.

축운궁주는 군구신은 아예 안중에도 두고 있지 않았다. 군구신은 건명보검을 얻은 후 지금에야 북해에 왔다. 건명력이 건명보검으로 되돌아갔다면 분명 그녀가 느끼지 못했을 리가 없었다.

설사 건명력이 정말로 건명보검으로 되돌아갔다 해도 군구신이 이렇게 짧은 기간에 건명력을 부작용 없이 장악했으리라고는 믿을 수 없었다!

예전에 건명보검과 건명력이 분리되지 않은 때에도, 천부적인 재능을 타고난 구려족의 검녀가 장장 12년 동안 수련한 끝에야 겨우 장악하게 된 건명력이 아닌가.

어쨌든 비연이 이리 오만하게 말한 이상, 축운궁주도 계강란에 대한 생각은 잠시 접어 두기로 했다. 어차피 비연과 군구신을 잡는다면 계강란을 보지 못할 일은 없지 않은가?

"본존도 오늘 인질을 교환하러 온 것이 아니다!"

축운궁주는 눈을 가늘게 뜬 채 비연을 바라보며 외쳤다.

"이긴 자는 왕이 되고 패자는 도적이 된다! 좋아! 애야, 이건 네가 먼저 말한 거다! 후회하지나 말아라!"

후회? 비연은 하마터면 웃을 뻔했다. 그녀는 축운궁주보다 훨씬 더 승리에 대한 확신에 차 있었다!

이 세상에 건명력을 압도할 힘이 존재할까? 또한 비연은 긴명력과 서정력을 제외하고 봉황력을 억누를 힘이 이 세상에 또 존재하리라고는 생각할 수 없었다. 건명력과 서정력을 지닌 이가 모두 자신과 한편인데, 비연이 무서워해야 할 이유가 있을까?

오늘 그녀가 유일하게 두려워했던 것은 바로 축운궁주가 계강란을 만나겠다고 고집을 부리지나 않을까 하는 것이었다. 그러나 지금 화제를 돌리는 데 성공한 이상, 이미 반은 이긴 것이나 마찬가지였다!

남은 것은 축운궁주가 속임수를 쓰거나, 진 다음에 아금 숙부를 내세워 그들을 위협하지 않도록 하는 일밖에 없었다.

비연은 이미 계획을 세워 놓았다. 그녀는 축운궁주를 물리칠 뿐 아니라, 결투의 기회를 틈타 축운궁주를 사로잡을 생각이었다. 그리고 축운궁주의 생명으로 위협한다면, 백리명천도 아금 숙부를 내주지 않을 수 없을 것이다!

비연은 당장이라도 손을 쓰고 싶어 견딜 수 없었다. 그녀는 바로 장검을 뽑아 들고 냉랭한 목소리로 외쳤다.

"한번 내뱉은 말은 주워 담을 수 없는 법!"

비연은 스스로 축운궁주를 상대하고, 군구신으로 하여금 백리명천을 상대하게 할 생각이었다. 백리명천이 어떤 술수를 부리건 모두 헛수고일 것이다.

축운궁주는 그 모습을 보고 바로 뒤로 물러난 다음, 일부러 경멸 어린 목소리로 말했다.

"망할 계집, 본존이 체면을 좀 봐 주었다고 정말 자기가 뭐라도 되는 줄 아는 모양이지? 너는…… 하하, 본존이 직접 손을 쓸 가치도 없다!"

비연이 속으로 살짝 당황하며 물었다.

"그건 무슨 뜻이지? 손을 쓰지 않겠다면, 설마 마음이 바뀐 건가?"

축운궁주는 전혀 찔리는 기색 없이 냉소하며 백리명천을 바라보았다.

"너를 상대하는 데는 본존 수하의 개 한 마리면 충분하지!"

뭐라고? 백리명천과 싸우라는 말인가? 그리고…… 백리명천이 축운궁주 수하의 개 한 마리……라고?

어떻게 이럴 수 있지?

백리명천의 저 오만한 성격이라면, 죽는다고 해도 타인의 수하가 될 수는 없을 것이다!

비연뿐 아니라 군구신을 포함해 모두 의아한 표정을 지었다. 전부 백리명천을 바라보며 점점 더 이상한 느낌을 받고 있었다.

그리고 이 순간, 모두에게서 등을 돌린 채 계속 눈을 감고 있던 백리명천이 천천히 눈을 떴다. 그의 요사스러울 정도로 매력적인 입술이 살짝 위로 올라가더니, 잔잔한 미소가 떠올랐다. 그런 그의 모습은 신비스럽고도 매력적이었으며, 그 무엇에도 구속받지 않을 듯 오만해 보였다!

고요한 가운데 축운궁주가 차갑게 명령했다.

"백리명천, 비연을 잡아 와라!"

백리명천의 입가가 더더욱 큰 곡선을 그렸다. 그는 이 순간을 너무나 오래 기다려 왔다.

백리명천은 천천히 몸을 돌려 모두를 바라보았다. 물론 방

금까지 얼굴에 드러나 있던 감정은 사라지고, 무표정한 얼굴이
되어 있었다.

그의 두 눈에도 빛이 보이지 않았다. 그렇다고 목연의 재처
럼 타 버린 눈빛 같지는 않았고, 진묵의 감정 없는 담담한 눈빛
같은 것도 아니었다. 그의 눈동자는 그저 텅 비어 있었다. 마치
영혼을 잃은 것처럼.

그 텅 빈 눈동자에 비연의 모습이 가득 차는 순간, 백리명천
은 속으로 냉소했다.

'우리 연아, 오랜만이다. 본 황자가 너를 얼마나 보고 싶어
했는지 아느냐?'

그리고 비연은 백리명천을 본 순간 더욱 경악했다.

비연이 바로 축운궁주에게 물었다.

"대체 백리명천에게 무슨 짓을 한 거지?"

축운궁주는 기분이 꽤 나아진 듯, 가볍게 바위 위로 뛰어오
른 다음 비연에게 대답했다.

"본존은 너희들끼리 원한을 꽤 오래 쌓아 온 줄 알았는데. 그
것도 바다같이 깊은 원한을 말이야. 그런데 백리명천에게 그리
관심을 보이다니, 의외인걸?"

비연이 반박했다.

"우리의 원한이 얼마나 깊건 너와는 상관없는 문제지! 백리
명천의 사부는 계속 백리명천을 기다리고 있어. 백리명천을 데
려가기 전, 네가 그에게 무슨 짓을 했건 내가 백리명천의 사부
를 대신해 너에게 똑같이 갚아 주겠다!"

비연의 이 말은 거짓이 아니었다. 그들은 천옥성에 있을 때 이미 백리명천을 의부에게 넘기기로 결정했다.

물론 그렇다고 해서 비연의 이 말이 온전히 진심인 것도 아니었다. 그녀는 절반쯤은 일부러 백리명천을 시험하는 중이었다.

'사부'라는 단어를 듣는 순간 백리명천의 마음이 아련해졌다. 그러나 그는 어떤 반응도 보이지 않았고, 축운궁주는 큰 소리로 웃기 시작했다.

"본존에게 갚아 주겠다고? 너에게 그럴 능력이 있는지 한번 볼까?"

말을 마친 축운궁주는 백리명천에게 명령했다.

"시작해라!"

비연이 의심스러워하고 있을 때, 군구신이 그녀 앞으로 나서더니 건명보검을 뽑으며 비연을 제 뒤로 숨겼다. 이 순간 군구신의 눈은 온화하지 않고, 냉랭한 기운으로 가득 차 있었다.

"본 왕을 쓰러뜨리기 전에는 어떤 남자라도 본 왕의 여자와 겨룰 자격이 없지!"

군구신은 본래 북해의 이 전투에서 비연에게 손을 쓸 기회를 주지 않을 생각이었다. 그런데 하물며 백리명천이라니.

게다가 지금 영혼이 빠져나간 듯한 백리명천의 모습은……
마치 축운궁주의 허수아비가 된 것 같았다.

축운궁주는 아마 연아가 다시 봉황력을 얻었다는 사실을 추측하고, 직접 손을 쓰지 않고 백리명천을 대신 내보내기로 했을 것이다. 여기에는 분명 숨겨진 음모가 있었다! 군구신의 추측이 틀리지 않는다면, 아마 축운궁주가 백리명천을 믿을 만한 이유가 있을 것이다!

비연은 군구신과 다투지 않고 한옆으로 물러섰다. 그녀는 직접 축운궁주를 주시하기로 마음먹었다.

축운궁주가 군구신을 흘깃 보더니 조소하며 외쳤다.

"쯧, 건명보검이 대단하기는 하지. 백리명천, 조심하도록 해라!"

백리명천의 눈가에 그 누구도 눈치채지 못할 비웃음이 스쳐 갔으나, 그는 여전히 평온하게 대답했다.

"예!"

축운궁주는 더욱 기쁜 표정으로 덧붙였다.

"물론, 손에 정을 남겨 둘 필요도 없다!"

축운궁주의 말이 끝나는 순간, 백리명천이 바로 검을 뽑아 들더니 군구신을 향해 휘둘렀다.

승부를 결정하는 것은 누구

백리명천이 극히 빠른 속도로 검을 뽑아 군구신을 찔러 갔다. 그러나 그가 아무리 빠르게 움직인다 해도 군구신보다 빠를 수는 없었다.

군구신은 몸을 피하지도 백리명천의 검을 막지도 않고, 자신도 건명보검을 들고 맞섰다.

백리명천이 한 걸음 먼저 검을 뽑기는 했지만 군구신이 검을 뽑는 순간, 공수가 역전되었다. 이렇게 전광석화와도 같은 순간이 지나가고, 두 사람은 검 끝을 맞댄 채 대치하고 있었다.

검 끝이 서로 닿아 있는 상황은 무척 위험한 순간이었다. 검 끝이 상대의 거대한 힘을 버텨 내다가 조금이라도 밀리게 되면 검이 망가질 뿐 아니라 사람까지 다칠 수 있었다! 그러니 지금이야말로 진정으로 능력을 겨룰 때였다.

고수들이 겨룰 때 승부는 단 한순간에 결정이 나곤 하지만, 군구신과 백리명천 입장에서는 지금 막 시작된 승부나 마찬가지였다. 어쨌든 그들은 아직 진정한 능력을 내보이지 않은 상태였으니까.

백리명천을 바라보는 군구신이 깊고 검은 눈동사에 한동안 보인 적 없던 냉정함이 담겨 있었다. 이 순간 그는 마치 무정한 살수와도 같았다. 그의 눈에 비치는 것은 오로지 목표뿐이었고, 그 외 모든 것은 그와 무관하게만 느끼고 있었다.

백리명천도 군구신을 바라보고 있었다. 그의 눈동자는 감정을 느끼지 못하는 시신처럼 텅 비어 있었다. 그의 눈 안에 있는 것도 오로지 목표뿐이었다.

군구신을 공격해야 한다, 군구신을 죽여 버려야 한다. 그것이 바로 이 순간 그의 유일한 사명이었다!

곁에 있던 비연도 그들을 긴장한 채 바라보며 군구신이 건명력을 발휘하기를 기다리고 있었다. 그리고 축운궁주도 똑같이 긴장한 상태로 백리명천이 혈루의 힘을 쓰기를 기다리고 있었다!

갑자기 군구신이 건명보검에 힘을 싣더니 순식간에 백리명천을 압도했다. 백리명천은 예상 밖이라 피하지 못하고 뒤로 한 걸음 물러섰다! 그러나 그는 긴장하지 않았다.

백리명천의 눈에 차가운 웃음이 스쳐 갔다. 그의 성격대로라면 이 순간 군구신에게 제대로 도전하지 않고는 배기지 못했을 것이다. 그러나 그는 즐거운 기분으로 군구신에게 한번 양보하기로 마음먹었다. 군구신이 승리를 확신하는 순간, 이러지도 저러지도 못하게 만들어 주리라!

백리명천은 다른 한 손도 검을 쥔 채 계속 버텼다. 군구신이 다시 한번 힘을 발휘해 백리명천을 계속 후퇴하게 했다! 그러나 백리명천은 여전히 반격하지 않고 굳세게 버티기만 했다.

전다다가 작은 소리로 말했다.

"백리명천이 겨우 저 정도일 리는 없겠지?"

비연 역시 속삭였다.

"겨우 저 정도 능력이었다면 축운궁주가 저렇게 기고만장해 있을 리 없지. 일단 상황을 계속 지켜봐야 할 것 같아!"

이 순간, 축운궁주는 이상한 점을 발견하지 못하고 있었다. 그녀는 예전에 몇 번이나 백리명천을 시험해 보았다. 그때마다 백리명천은 뒤로 물러날 곳이 없어져서야 혈루의 힘을 발휘하곤 했다. 축운궁주는 다음 순간이면 백리명천이 분명 반격하리라 생각했다!

그녀는 군구신을 바라보며 혀를 차면서도 감탄하듯 중얼거렸다.

"정왕이 확실히 능력은 대단하군!"

군구신은 그런 축운궁주는 신경 쓰지 않고 건명보검을 손에 쥔 채 세 번째로 백리명천을 압박했다. 이번에는 한 걸음 물러나게 하는 정도가 아니라 계속 뒷걸음질을 치도록 압박했다.

군구신의 검이 강하게 백리명천의 검에 맞서고 있었다. 백리명천으로서는 검을 빼내고 싶다 해도 빼낼 수 없는 상황이었다!

군구신이 빠르게 앞으로 나갔고, 백리명천은 부득이하게 뒷걸음질 쳤다. 일단 멈추게 되면 곧 패배할 수밖에 없었다!

인정하지 않을 수 없었다. 건명력과 혈루의 힘을 제외하고 본다면 군구신의 무공은 백리명천보다 한참 위였다! 군구신에게는 백리명천을 낭패하게 만들 방법이 수도 없이 많았다!

그리고 이 순간 군구신의 눈빛은 맑았고, 마음 역시 마치 거울처럼 밝게 빛나고 있었다. 그는 백리명천이 결국 반응해 올 거라는 사실을 알고 있었다. 군구신이 이렇게 압박하는 것은 백리명천의 진정한 능력을 발휘하게 하기 위함이기도 했다!

이렇게 군구신은 계속 앞으로 걸어갔고 백리명천은 북해에 닿을 때까지 뒷걸음질을 쳤다. 군구신의 움직임은 점점 더 빨라졌고, 백리명천은 더 이상 당해 낼 수 없는 상황임이 분명했다! 지켜보던 모두 긴장하기 시작했다.

갑자기 군구신이 영술을 사용해 찰나의 순간 백리명천을 해안까지 밀어붙였고, 백리명천은 완전히 뒤로 물러날 수밖에 없었다.

군구신이 갑자기 발걸음을 멈추는 순간, 백리명천은 창졸간의 일이라 대응하지 못하고 그대로 비틀거리다 쓰러지고 말았다. 그와 동시에 그의 검도 바닥에 떨어졌다. 군구신은 그 순간을 놓치지 않고 단숨에 검 끝을 백리명천의 얼굴로 향했다.

이 순간, 시간마저도 정지된 것 같았다!

백리명천은 이대로 패배하는 것일까?

그럴 리가!

백리명천의 텅 비어 있던 두 눈동자가 순식간에 사악한 기운으로 가득 찼다. 그의 입가가 슬며시 올라가는가 싶더니, 갑자기 검을 아래에서 위로 휘둘러 군구신의 건명보검을 공격했다. 그와 동시에 백리명천의 손에서 살기로 충만한 힘이 폭발하듯 터져 나와 검날을 타고 군구신에게로 밀려갔다.

혈루의 힘이었다. 이 힘이 얼마나 강한지 주변 모든 이들이 영향을 받을 정도였다.

축운궁주는 만족스러운 미소를 지었고, 비연 일행은 경악했다. 백리명천에게 대응할 방법이 있으리라 생각하긴 했지만, 이렇게 강력한 힘을 얻었을 줄이야.

아니, 그의 힘은 강력할 뿐만 아니라 사악함으로 가득 차 있어 지켜보는 이들조차 두려움을 느낄 수밖에 없었다. 그리고 가장 중요한 것은, 백리명천의 힘이 군구신이 장악한 건명력과 막상막하라는 것이었다!

대체 어찌 된 일인가?

백리명천의 일검이 흉흉한 기세로 군구신에게로 향했다. 건명보검을 쥐고 있던 군구신의 손도 그 힘에 위로 높이 밀려났다.

군구신은 가장 가까운 거리에서 혈루의 힘을 느꼈고, 속으로 놀라고 있었다. 그가 들고 있던 검이 건명보검이 아니었다면 아마 이 힘에 완전히 부서지고 말았을 것이다! 검을 들고 있던 손도 마치 피와 살이 분리되는 것처럼 고통스러웠지만, 군구신은 여전히 건명보검을 놓지 않고 있었다.

군구신의 검은 푸른 하늘로 향해 있었고, 백리명천의 검은 그 아래에서 군구신에게로 향해 있었다. 승부가 철저히 역전된 것처럼 보였다!

백리명천의 눈에 음험한 웃음기가 떠오르는가 싶더니 그가 속삭였다.

"군구신, 본 황자는 월레 너를 집기만 할 생각이었지만 지금은 생각이 바뀌었다. 본 황자는 너를 죽일 것이다!"

말을 마친 그는 혈루의 힘 중 8할을 써서 두 손으로 검을 잡고, 사납게 군구신의 가슴을 베어 갔다!

그러나 그의 검 끝이 군구신의 심장을 찌르려는 순간, 건명보검이 순식간에 군구신의 가슴 앞을 막았다. 그 움직임이 어찌나 빠른지, 백리명천은 방향을 바꿀 틈도 없었다. 그의 검 끝은 결국 건명보검의 검날을 찌르게 되었다.

백리명천의 입가에 떠오른 웃음기는 더욱 사악해졌다. 그는 제 모든 혈루의 힘을 검날에 담고 다시 군구신을 찔러 갔다.

"죽어라!"

그와 동시에 군구신의 눈동자가 차갑게 반짝였다. 그도 건명력을 건명보검으로 소환해 백리명천을 막으며 외쳤다.

"패배를 인정해라!"

백리명천의 눈에 경악의 빛이 어렸다.

그리고 이 순간, 정과 사가 대치하는 바로 이 순간, 두 힘이 균형을 이루며 부딪치는 이 순간, 군구신과 백리명천 모두 뒤로 밀려나 거의 동시에 얼음 바닥 위에 쓰러졌다. 두 사람 모두 내상을 입었는지 계속 피를 토해 내고 있었다.

축운궁주가 이해할 수 없다는 눈빛으로 계속 고개를 저었다.

"아니야, 아냐! 어떻게 이럴 수가……! 어떻게 건명력을 장악한 거지? 믿을 수 없어! 대, 대체…… 누구인 거야? 누구인 거냐고?"

그리고 바로 그 순간, 비연은 멍한 표정을 짓고 있던 전다다를 사납게 밀어내며 속삭였다.

"목연과 함께 그를 지키러 가! 축운궁주는 나에게 맡기고!"

건명력과 혈루, 두 힘이 어떠한지는 모두 느낄 수 있었다. 두 힘은 막상막하였다. 바꿔 말하자면 군구신과 백리명천은 승패를 가릴 수 없었다!

그들이 계속 전투를 벌일 수 있는 상황이라면, 두 사람의 성격으로 보아 분명 벌써 일어나 다시 전투를 시작했을 것이다. 그들이 피를 토하며 쓰러져 있다는 것은 분명 심각한 상황이라는 이야기였다. 그렇다면 이 전투의 승패를 결정할 수 있는 것은 바로 그녀와 축운궁주였다!

비연은 축운궁주에게 또 어떤 무서운 힘이 있는지는 알지 못했다. 그녀가 아는 것은 단 하나, 반드시 이겨야 한다는 것이었다. 그녀는 어떻게든 축운궁주를 잡아야만 했다.

비연은 몸을 날려 축운궁주의 등 뒤에 착지했다. 그녀의 검은 이미 축운궁주에게로 향하고 있었다.

"검을 뽑아라! 본 왕비와 결판을 내자!"

축운궁주는 그제야 정신을 차리고 돌아보았다. 저도 모르는 사이에 그녀의 눈에 공포가 어렸다…….

후회, 이번만은 아니야

축운궁주는 오래도록 생각에 잠겨 있었다.

설사 그녀가 원했던 대로 비연 일행이 바로 북해에 오도록 위협하지는 못했다 해도, 어쨌든 그녀는 계속 오늘의 이 전투를 기다려 왔다.

그러나 지금의 상황은…….

축운궁주는 군구신과 백리명천이 맞수를 이룬다는 사실을 이해할 수 없었다. 그녀로서는 도저히 이 현실을 받아들일 수 없었다. 어쨌든 그들의 실력을 비교하면…… 군구신이 지지만 않는다면 비연 쪽이 이길 것이었기에!

축운궁주는 눈앞으로 다가오는 비연의 검에 저도 모르게 비틀거리며 뒷걸음질을 치다가 하마터면 넘어질 뻔했다! 그녀는 겨우 정신을 차리고, 다급하게 다시 몇 걸음 뒤로 물러나 비연과 거리를 벌렸다.

그 모습을 본 비연이 살짝 멈칫했다. 그녀는 있는 힘을 다해 이 결전을 준비해 왔다. 그런데 축운궁주가 이런 반응을 보이다니…….

백리명천은 그리도 오래 숨겨 오던 진정한 힘을 오늘에야 발휘했다. 설마 축운궁주에게 또 다른 계략이 있는 것일까? 그 계략은…… 대체 어떤 것일까?

"정말이지…… 이제 됐어!"

비연은 중얼거리며 두 손으로 잡은 보검을 높이 들었다. 그녀는 과감하고도 명쾌한 동작으로 10품 봉황력을 소환했다. 보검이 울음소리를 내며 떨리기 시작하더니, 아득한 하늘에 거대한 봉황허영이 나타났다!

축운궁주는 그만 넋이 나가고 말았다.

봉황력이다!

빙해의 이변 이후 지금까지 그녀가 계속 찾던, 10년 동안이나 찾아 헤매던 봉황력!

그 봉황력을 이 순간에 보다니!

축운궁주의 무공은 이 자리에 있는 그 누구보다도 고강했다. 그러나 눈앞에 있는 것은 신력이었다. 그것도 10품의 신력! 신력 앞에서 그녀가 대체 무엇을 할 수 있을까?

"능 가주……."

축운궁주가 중얼거렸다. 마침내 자신이 지닌 최후의 패를 생각해 낸 것이다.

"고비연, 멈춰!"

그러나 이미 때는 늦었다!

봉황력이 비연의 손으로 모여든 상태였다. 이 순간, 강력한 힘이 검날을 타고 뻗어 나갔다. 축운궁주가 말을 끝내는 순간, 비연은 보검을 쥔 채 사납게 앞을 베어 갔다!

비연이 냉랭하게 외쳤다.

"무슨 능력이건, 있다면 어서 꺼내 봐라! 더 숨길 필요 없다!"

"안 돼!"

축운궁주는 경악하며 몸을 돌려 북해로 도망쳤다. 그러나 그녀가 몇 걸음 도망치기도 전에 비연의 검이 얼어붙은 땅을 갈랐고, 축운궁주는 얼음 바닥을 통해 전달된 힘에 튕겨 나가고 말았다!

땅에 쓰러진 축운궁주의 가면 아래로 선혈이 흘러내리기 시작했다. 직접 칼에 맞은 부상은 아니었지만, 축운궁주의 내상은 가볍지 않아 보였다!

그 모습을 본 비연은 의아하여 속으로 중얼거렸다.

'축운궁주, 저건 또 무슨 속임수지?'

어쨌든 비연도 그렇게 많이 신경 쓸 여유가 없었다. 그녀는 다시 검을 휘둘렀고, 10품 봉황력이 다시 한번 사나운 기세로 축운궁주를 베어 갔다.

패기 넘치는 공격을 마주하자 축운궁주는 반격은 고사하고 말 한 마디 내뱉을 여유조차 챙길 수 없었다. 그녀에게 남은 방법은 도망뿐이었다. 축운궁주는 북해로 도망쳤다!

그러나 비연은 이미 이 상황을 예상했다. 그녀는 앞으로 달려가면서 축운궁주가 아니라 북해 쪽으로 검을 여러 번 휘둘렀다.

그녀의 힘이 실린 검이 파죽지세와 같이 해안선을 가르는 순간, 거대한 눈보라와 격렬한 풍랑이 일어났다. 축운궁주는 아예 바닷속으로 뛰어들 수 없었고, 바닷속에서 잠복 중이던 흑인어족 병사들도 감히 밖으로 나올 엄두를 내지 못했다.

축운궁주는 해안선에서 멀어지는 수밖에 없었다. 그러나 그녀가 해안선에서 멀어지는 순간, 비연이 숨 한번 돌릴 여유도 주지 않고 공격하기 시작했다!

축운궁주가 노한 목소리로 외쳤다.

"망할 계집! 멈추지 않는다면, 능……."

그러나 축운궁주는 자신의 말을 끝맺을 수도 없었다. 비연의 검기가 다시 한번 그녀에게 휘몰아쳐 왔다.

비록 그렇게 가까운 거리는 아니었지만, 10품 봉황력의 힘은 결코 무시할 수 없는 것이었다. 축운궁주는 더 말을 잇지 못하고 계속 도망칠 수밖에 없었다. 실수로라도 부상을 당하기라도 한다면, 그녀는 그대로 잡힐 수밖에 없는 상황이었다!

비연은 축운궁주가 반격하지 않고 도망치기만 하는 것을 보고 의아한 표정을 지었다. 그리고 사실 축운궁주에게 별다른 능력이 없는 것은 아닌지 의심하기 시작했다.

그러나 그녀는 여전히 신중하게 굴었다. 비연은 공격을 늦추지 않았을 뿐 아니라 오히려 한 번, 또 한 번, 더욱 빠르고 격렬하게 공격했다.

축운궁주는 이제 정말 여유가 없었다. 그녀는 도망조차 치지 못하고 그 자리에서 계속 몸을 피하고만 있었다. 그리고 봉황력의 여파에 계속 내상을 입었다.

검기에 한두 번 맞는 징도였다면 그녀도 어떻게든 버틸 수 있었을 것이다. 그러나 비연은 뜻밖에도 열 번이 넘게, 멈추지 않고 섬을 휘둘렀다. 축운궁주는 철저하게 견제당하고 있었다!

그녀는 마침내 견디지 못하고 재빨리 몸을 틀어 검기를 피한 후, 아예 바닥으로 드러누운 다음 휘파람을 불었다.

비연이 빠르게 추격해 장검으로 축운궁주를 찔러 갔다. 백리 명천이 방금 교활하게 굴던 것을 떠올렸기 때문에, 비연은 군구신이 그랬던 것처럼 잠시도 멈추지 않았다.

그녀의 이번 일격은 축운궁주의 오른쪽 어깨를 관통했다. 이제 축운궁주는 어깨 하나를 쓸 수 없게 되었다!

축운궁주는 화가 나서 포효했다.

"고비연, 멈춰라! 멈추지 않으면 능 가주의 목숨을 보장할 수 없다!"

이 순간, 비연은 마침내 축운궁주에게 아무 능력도 없다는 사실을 확신했다! 됐다, 그녀가 이겼다!

비연이 차갑게 눈을 빛내며 축운궁주의 어깨에서 장검을 뽑아 다시 다른 쪽을 찔러 갔다.

축운궁주는 다급하게 검을 들어 검날로 비연의 검 끝을 막아 냈다. 비연은 과감하게 봉황력의 3할을 써서 축운궁주의 검을 부숴 버렸다. 그녀의 검이 다시 축운궁주의 왼쪽 어깨를 파고들 때, 뒤에 있던 전다다가 다급하게 외쳤다.

"아빠! 멈춰! 언니, 멈춰! 어서 멈추란 말이야!"

등 뒤에서 무슨 일이 벌어지고 있는 걸까?

아금 숙부가 끌려 나온 것일까?

비연의 검이 살짝 멈추는 듯했으나, 그녀는 결국 돌아보지도 멈추지도 않고 계속 힘을 가했다! 그녀의 검은 사납게 축운궁주의 왼쪽 어깨를 관통했다!

비연은 확실히 한번 마음먹으면 아주 매서워지는 성격이었다. 그러나 지금 이 행동은 그녀의 매서운 성격 때문이 아니라, 가장 안전한 방법이기에 한 행동이었다!

축운궁주가 두 어깨에 부상을 입으면 두 손을 쓸 수 없게 되는 것이나 마찬가지다. 그렇게 되면 아무리 대단한 능력이라도 발휘할 수 없게 되고, 심지어 도망칠 수조차 없게 된다! 이제 다시 담판을 짓는다고 해도 그들이 훨씬 유리해진 것이다!

축운궁주는 고통으로 눈을 가늘게 뜨고 노한 목소리로 말했다.

"고비연, 후회할 거다!"

등 뒤에서 다시 한번 전다다의 외침이 들려왔다.

"아빠! 아빠!"

비연은 마음속에 밀려오는 양심의 가책을 무시하며 냉랭하게 말했다.

"본 왕비가 후회할 일이 많다 한들, 이번만은 아닐 거다!"

그녀는 축운궁주의 목에 검을 가져다 댄 채 그녀를 잡아끌었다. 그리고 그와 동시에 해안가를 바라보았다.

군구신과 백리명천이 언제부터인지 다시 싸우고 있었다. 목연과 전다다가 시위들과 함께 해변에 서 있었고, 북해에서는 인어족 병사 여럿이 수면 위로 떠올라 있었다. 그중 한 병사가 아금 숙부를 잡고 있는 것이 보였다. 아금 숙부는 두 손을 뒤로 포박당한 것이 분명했다.

비연은 군구신이 이길 수 있을지 확신할 수 없었다. 그러나 그가 지는 일은 없을 것이다!

그녀는 군구신 쪽은 바라보지 않고 축운궁주를 끌고 해안가로 성큼성큼 걸어갔다. 가까이 가자 인어족이 한 손으로 아금 숙부의 몸을 잡고, 다른 한 손으로는 머리카락을 움켜쥐고 있는 것을 볼 수 있었다.

아금 숙부의 얼굴은 온통 젖어 있었고, 안색은 창백했으며, 입술도 파랗게 질려 있었다. 그리고 의식을 잃은 채 계속 몸을 떨고 있었다. 분명했다. 이 인어족들이 방금 아금 숙부의 머리를 물속에 빠트린 것이다!

이렇게 추운 날, 얼음처럼 차가운 물에!

인어족을 제외하면, 아무리 대단한 사람이라 해도 북해에 잠시만 몸을 담근다면 바로 동사할 수밖에 없다!

제기랄!

비연이 축운궁주를 잡은 것을 보자 인어족 병사는 다시 한번 아금 숙부의 머리카락을 움켜잡더니 바닷물 속으로 밀어 넣었다. 그와 동시에 위협하듯 외쳤다.

"우리 궁주님을 놓아 드려라! 아니라면 절대로 멈추지 않을 것이다!"

누가 누구를 위협하는가

인어족이 아금 숙부의 머리를 물속에 넣는 순간, 전다다가 경악하여 다시 비명을 질렀다.

"아빠!"

북해의 물이 이리도 찬데…….

그녀의 부친은 얼마 버티지 못할 것 같았다. 이대로 계속한다면, 분명 목숨을 잃게 될 것이다!

딸인 전다다로서는 이 순간 도저히 냉정할 수 없었다! 그녀는 비연을 바라보며 외쳤다.

"연아 언니, 우리 아빠를 구해 줘!"

비연이라고 상황의 심각성을 모르지 않았다. 그녀 역시 초조했다. 그러나 겉으로는 여전히 담담하고 냉정한 표정을 유지하고 있었다.

비연은 마음을 단단히 먹고는, 전다다를 쳐다보지도 않고 인어족에게 냉랭하게 물었다.

"본 왕비가 너희 궁주를 놓아준다면, 너희는 능 가주를 놓아줄 건가?"

인어족이 망설이지 않고 재빨리 대답했다.

"반드시!"

비연도 빠르게 말했다.

"좋아! 어서 능 가주를 놔줘! 우리 이야기를 해 보자고!"

인어족도 다급한 듯 별다른 흥정 없이 능 가주의 머리를 다시 끌어 올렸다. 그 모습을 본 축운궁주가 바로 외쳤다.

"멈춰!"

인어족은 그 말을 듣자마자 바로 다시 능 가주를 물속에 밀어 넣었다.

축운궁주는 뜻밖에도 비연은 상대조차 하지 않고 전다다를 바라보며 냉랭하게 말했다.

"본존을 놓아주어라. 그러지 않으면 네 아비의 죽음을 보게 될 거다!"

그러고는 다시 인어족에게 명령했다.

"본존이 물에 들어가기 전까지는 그대로 있도록!"

인어족이 즉시 대답했다.

"예!"

전다다는 더욱 다급해졌다. 그러나 그녀가 애원하려 했을 때, 목연이 갑자기 등 뒤에서 그녀의 허리를 안더니 손으로 입을 막았다. 전다다가 발버둥을 쳤지만 어떻게 해도 그의 힘을 이길 수는 없었다.

그녀는 목연에게서 벗어날 수도, 말을 할 수도 없었다! 전다다는 다급한 나머지 그의 다리를 걷어찼다.

목연은 그녀에게 걷어차이면서도 속삭였다.

"네 아버지는 저들에게 있어 가장 큰 패야. 저들이 쉽게 네 아버지를 죽일 리 없다고! 좀 냉정해져 봐!"

비연은 그런 그들을 흘깃 바라보고는 속으로 안도했다. 그녀의 생각도 목연과 같았다. 축운궁주가 그녀의 손에 있는 이상, 그녀가 강하게 버티기만 한다면 축운궁주도 쉽게 아금 숙부를 죽게 내버려 두지 못할 것이다.

오히려 그녀가 쉽게 타협한다면 축운궁주는 자유를 얻고 아금 숙부를 놓아주지 않을 수도 있었다. 아니, 오히려 아금 숙부를 해칠 수도 있었다!

설사 아금 숙부의 생명을 걸게 되더라도, 오늘의 도박은 피할 수 없었다!

비연의 눈이 차갑게 빛났다. 그녀는 불시에 축운궁주의 가면을 벗겨 버렸다!

창졸간의 일이라 너무 놀란 나머지 축운궁주가 큰 소리로 외쳤다.

"망할 계집, 뭘 하려는 거냐!"

주위의 모든 이들도 깜짝 놀랐다. 모두 알다시피, 축운궁주 수하의 인어족이라 해도 축운궁주의 진짜 얼굴을 본 이들은 많지 않았다.

비연의 검은 계속 축운궁주의 어깨 위에 놓여 있었다. 그녀는 몸을 돌려 축운궁주 앞으로 가서, 눈을 가늘게 뜨고 그녀의 얼굴을 살펴보았다.

축운궁주의 얼굴은 윤곽이 또렷할 뿐 아니라 젊고 아름다웠다. 그야말로 누가 보더라도 미인이라 부를 만한 얼굴이었다!

평소였다면 비연은 비웃는 말 몇 마디를 던졌을 것이다. 그러나 지금은 아금 숙부의 목숨이 급해 쓸데없는 말은 단 한마디도 할 수 없었다.

그녀는 머리에 꽂고 있던 비녀를 뽑아 축운궁주의 얼굴에 가져다 댔다. 그녀는 계속 축운궁주를 바라보면서도, 바닷속 인어족을 위협했다.

"능 가주를 놓아주어라! 그러지 않으면 본 왕비가 너희 궁주의 얼굴을 긁어 버릴 것이다!"

이 말을 들은 인어족이 경악했다. 그러나 방금의 명령 때문인지 인어족은 감히 멋대로 행동하지 못하고 축운궁주의 명령을 기다리고 있었다.

축운궁주의 눈에 황망한 빛이 스쳐 갔으나, 그녀는 곧 그 눈빛을 감추고 말했다.

"본존을 놓아주지 않을 생각이라면, 지금 바로 능 가주의 목숨을 취하도록 하겠다!"

비연은 그 이상 쓸데없는 말은 하지 않고 눈빛을 차갑게 빛내며, 비녀 끝으로 축운궁주의 볼을 사납게 그어 내렸다!

"악!"

축운궁주가 고통에 비명을 질렀다. 비연은 속으로 계속 능 가주가 버틸 수 있는 시간을 계산하면서, 망설이지 않고 다시 비녀로 사납게 내리그었다!

그러나 이번에 그은 곳은 얼굴이 아니라 축운궁주의 옷이었다. 비연은 축운궁주의 가슴께에 깊은 금을 만들어 놓았다!

비연이 노한 목소리로 말했다.

"능 가주를 놓아주지 않는다면, 본 왕비가 반드시 너희들에게 궁주의 몸을 감상하게 해 주겠다!"

축운궁주의 비명이 갑자기 멈췄다. 인어족들은 모두 당황했고, 곁에 있던 목연과 전다다마저 깜짝 놀랐다. 그들 중 누구도 비연이 이렇게까지 단호할 줄은 생각지 못한 것이다!

비연은 자신이 너무 잔인하다는 것을, 그리고 이런 수단은 하류나 쓸 법한 것이라는 걸 알고 있었다. 그러나 그녀는 머뭇거리는 빛 없이 계속 축운궁주의 가슴 부분 옷자락을 찢으며 노한 목소리로 외쳤다.

"아직도 계속해 볼 생각인가?"

그녀는 무엇 때문에 이리 저속하게 굴고 있는 걸까?

어쩔 수 없다. 비천한 일을 하기 위해서라면 아무리 고상한 수단을 쓴다 해도 저속해질 수밖에 없고, 고상한 일을 하기 위해서라면 아무리 비천한 수단을 쓴다 해도 절대 저속하지 않을 것이다!

그녀는 아예 축운궁주의 찢어진 옷자락을 잡고 노한 목소리로 외쳤다.

"본 왕비가 최후의 기회를 주겠다! 그만하지 못할까!"

인어족들은 여전히 멍한 표정이었고, 축운궁주가 놀라 비명을 질렀다.

"그만! 그만해라! 어서!"

천 년을 살아온 축운궁주가 겨우 스물 먹은 젊은 여자에게 정말로 질 것인지는 확신하기 어려운 문제였다. 그러나 지금 명확한 것은, 축운궁주가 비연의 손에 떨어진 후 대치하는 과정에서 이미 열세에 몰렸다는 것이었다.

인어족은 그제야 정신을 차린 듯 서둘러 아금의 머리를 물 밖으로 빼냈다. 아금은 정말로 마지막 숨을 남겨 놓고 있던 차였다.

그는 심지어 비연 일행을 바라볼 힘도 없는 모양이었지만, 그래도 입가를 슬며시 들어 올렸다. 그는 비연을 탓하지 않고, 오히려 그녀의 방식을 인정하는 듯했다.

전다다와 목연이 안도의 한숨을 내쉬었다. 그러나 여전히 시선을 바다에서 떼지 못하고 있었다.

축운궁주가 다급하게 말했다.

"이 망할 계집, 아직도 날 놔주지 않을 테냐?"

이제 급할 것이 없어진 비연이 반문했다.

"본 왕비가 너를 놔주겠다고 했던가? 능 가주를 뭍으로 모셔 와라, 당장!"

축운궁주는 화가 나서 얼굴이 일그러졌다.

"썩을 계집, 죽고 싶은 모양이지!"

"누가 죽고 싶어 하는지는 네가 더 잘 알 텐데!"

비연이 속삭이며 눈썹을 치켜세웠다. 그리고 그 순간, 그녀는 축운궁주의 얼굴이 이상하다는 것을 눈치챘다.

축운궁주의 볼에 난 상처에서는 여전히 피가 흐르고 있었다. 선혈이 얼굴을 타고 흘러내리며 그녀의 얼굴에 두껍게 쌓인 화장을 씻어 내고, 그 아래 주름진 피부를 조금씩 드러냈다.

비연이 의심쩍은 표정으로 물었다.

"네 얼굴은……?"

얼굴?

축운궁주는 잠시 멈칫하는가 싶더니 곧 경악했다. 그녀는 방금 비연 때문에 놀라 자신이 누구인지, 얼굴에 어떻게 화장을 하고 있는지조차 잊을 지경이었다. 지금에야 그녀는 겨우 제 얼굴의 상태를 인지했다!

그녀는 무의식적으로 손을 뻗어 제 얼굴을 가리려 했지만, 안타깝게도 그녀의 두 손은 꼼짝도 할 수 없는 상태였다.

비연이 조심스럽게 손을 뻗어 만져 보려 하자 축운궁주가 비명을 질렀다.

"건드리지 마!"

그러면서 비연을 걷어차려 했다.

비연이 재빨리 축운궁주 옆으로 피하자, 검날이 축운궁주의 급소에 더욱 가까워졌다.

비연이 웃으며 생각했다. 아무래도 축운궁주의 급소를 또 하나 알아낸 것 같다고!

비연이 속삭였다.

"보아하니 다른 사람들이 네 진짜 얼굴을 보는 것이 두려운 모양이지? 셋까지 세겠다. 능 가주를 놓아주지 않으면, 일단 저들에게 네 얼굴을 보게 하고, 그다음엔 네 몸을 보여 주겠다!"

축운궁주는 원한으로 이를 악물었다. 당장이라도 비연을 갈기갈기 찢어 버리고 싶어 견딜 수 없었다!

그러나 지금 축운궁주에게는 타협 외의 다른 방법은 남아 있지 않았다. 그녀는 비연이 수를 세기도 전에 인어족에게 명령했다.

"뭍으로 올라와라. 능 가주를 놓아주도록!"

축운궁주가 말하면서 소리 없이 오른쪽 발끝을 세웠다.

그녀는…… 무엇을 하려는 것일까?

목연의 분노

파도가 넘실거리는 가운데, 인어족이 능 가주를 해안 쪽으로 데려오고 있었다. 그 모습을 본 전다다와 목연이 기뻐했다. 비연 역시 기뻐하며 축운궁주를 잡은 채 바다를 바라보았다.

축운궁주는 발끝을 세운 채 소리 없이 힘을 주고 있었다. 두 손은 움직일 수 없었지만 다리는 여전히 힘을 줄 수 있었다.

그녀는 마음속 분노를 억누르며 인어족이 뭍에 올라오기를 기다렸다. 상황을 보아 비연에게 반격을 가하고 몸을 빼낼 생각이었다.

그녀는 반드시 비연의 손에서 벗어나야 했다. 그렇지 않으면 그녀의 모든 비밀이 드러나고 말 테니까!

인어족이 점점 더 가까이 오자 전다다와 목연도 다가갔으며, 시위들 역시 전다다를 따라갔다. 양쪽 모두 명령을 기다리고 있었다. 모두의 신경이 능 가주에게 쏠려 있어, 축운궁주의 이상한 행동을 눈치챈 사람은 아무도 없었다.

마침내 인어족들이 능 가주를 뭍으로 데려왔다. 인어족은 뭍에 올라오는 순간 온몸에 물방울이라고는 하나도 보이지 않았다. 그러나 능 가주는 온몸이 푹 젖어 있었고, 옷이며 머리에 얼음이 맺히고 있었다.

능 가주는 온몸을 덜덜 떨면서도 이를 악물고 마지막 남은 의식을 유지하려고 애썼다. 인어족은 바로 그를 놓아준 다음 세 걸음 뒤로 물러났다!

능 가주는 두어 걸음 비틀거린 후 겨우 안정된 자세로 섰다.

"아빠!"

전다다가 기쁘고도 초조한 목소리로 외치며 앞으로 달려 나가려 했다.

"거기 서라!"

능 가주가 외쳤다. 비록 그의 목소리는 매우 허약하게 들렸지만, 결코 무시할 수 없는 위엄이 배어 있었다. 그는 지금, 아마도 평생 처음으로 딸에게 사납게 이야기하는 중이었다.

전다다는 바로 걸음을 멈추고 자신이 또다시 충동적이었다는 사실을 깨달았다. 목연이 재빨리 시위들에게 능 가주를 모셔 오라고 눈짓했다.

시위들이 가까이 다가가자 능 가주는 마침내 견디지 못하고 정신을 잃었다. 다행히도 군구신이 이곳에 오기 전 세심하게 시위들에게 모포를 준비시켰다. 그러지 않았으면 능 가주는 설족의 얼음집으로 옮겨지기도 전에 목숨을 잃었을 것이다.

전다다와 두 시위가 재빨리 모포로 능 가주를 감쌌다. 목연은 여전히 냉정하게 시위들을 이끈 채 해안가의 인어족을 경계하고 있었다.

비연은 이미 축운궁주의 등 뒤로 옮겨 가 있었다. 그녀는 여전히 검을 축운궁주의 목에 들이댄 채 전다다를 바라보았다. 멀지 않은 곳에서는 무기 부딪치는 소리가 끊임없이 들려왔다.

군구신과 백리명천이 격렬하게 싸우고 있었다.

모든 것이 이 정도면 순조롭게 돌아가는 것처럼 보였다!

전다다가 능 가주를 모포로 거의 다 감쌌을 즈음, 비연이 말했다.

"전아, 일단 아버님을 모시고 돌아가도록 해!"

그들은 능 가주를 몽족 지하 궁전으로 데려가 옷을 갈아입히고, 가능한 한 빨리 설족의 땅으로 데려가 치료를 받게 해야 했다. 능 가주는 겉으로 보기에는 그저 정신을 잃고 있는 것 같았으나, 사실 온몸 곳곳에 동상을 입었을 것이 분명했다.

전다다는 사나운 눈초리로 축운궁주를 노려보았다. 당장이라도 달려 나가 축운궁주의 가죽을 벗겨 버리고 싶었다. 그러나 이번에는 그녀도 냉정을 지켰다.

전다다는 알겠다고 답한 후, 바로 시위들을 향해 외쳤다.

"어서 가자! 지하 궁전으로!"

전다다 일행이 떠났다. 비연은 축운궁주와 계산해야 할 빚이 아직 남아 있었다!

비연이 냉랭하게 질문했다.

"현한보검은?"

천옥성에 있을 때 비연은 그저 현한보검의 검집만을 얻을 수 있었다. 진정한 보검은 아직 축운궁주에게 있었다.

축운궁주가 인어족에게 눈짓하며 대답했다.

"현한보검이 어디 있는지는 나만이 알고 있지. 나를……."

비연은 인내심 없이 축운궁주의 말을 끊었다.

"본 왕비의 인내심에는 한계가 있다. 계속 그런 식으로 군다면 반드시 후회하게 해 주겠다!"

축운궁주의 눈가에 음험한 빛이 스쳐 가는가 싶더니 곧 대답했다.

"현한보검은 북해 아래, 보물 상자에 숨겨져 있지. 열쇠는 내 소매 속에 있다!"

비연은 바로 시위에게 명해 열쇠를 찾게 했다. 시위는 정말로 열쇠를 하나 찾아냈으나, 그 열쇠를 본 목연이 분노하여 외쳤다.

"거짓말! 그건 보물 상자의 열쇠가 아닙니다!"

축운궁주가 반문했다.

"이게 보물 상자의 열쇠가 아니라면 무엇의 열쇠지?"

목연의 안색이 갑자기 새파랗게 질렸다. 소매 속에 감춰진 그의 손은 이미 주먹을 쥐고 있었다. 그는 축운궁주는 바라보지도 않고 진지한 표정으로 비연에게 말했다.

"그건 보물 상자의 열쇠가 아닙니다. 지금 축운궁주는 사기를 치고 있습니다!"

축운궁주가 차가운 목소리로 말했다.

"이건 보물 상자의 열쇠다! 본존이 이 상황에서 무슨 사기를 칠 수 있다는 말이냐? 고비연, 열쇠는 이것뿐이니 믿건 말건 마음대로 해라!"

비연은 당연히 목연을 믿었다. 그러나 정확히 표현할 수는 없었지만 뭔가 이상하다는 생각이 들었다.

그녀가 막 입을 열려고 했을 때, 갑자기 목연이 달려오더니 축운궁주의 옷깃을 잡고 외쳤다.

"이게 무슨 열쇠인지는 당신이 잘 알고 있겠지! 솔직하게 말하지 않는다면 내가 지금 당장 당신을 죽여 버리겠어!"

비연은 목연이 이렇게 분노하는 모습을 처음 보았다.

아니, 목연이 이렇게 분노할 수 있으리라고 상상한 적조차 없었다. 그녀는 조금 불안한 기분이 들었지만, 목연을 말릴 수도 없었다. 그저 검 손잡이를 단단히 잡고 만일의 일에 대비할 뿐이었다.

축운궁주가 잠시 목연을 바라보더니 갑자기 큰 소리로 웃기 시작했다.

"너도 알고 있는 거지? 응? 하지만 네가 나를 죽인다 해도 변하는 것은 없을 텐데……."

목연은 점점 더 분노하여 날카로운 목소리로 외쳤다.

"그만! 현한보검은 대체……."

축운궁주는 여전히 큰 소리로 웃으며 목연의 말을 잘랐다.

"네가 나를 죽인다 해도, 과거 네가 내 것이었다는 사실을 바꿀 수는 없지!"

목연이…… 축운궁주의 것이었다고?

비연은 경악했고, 목연은 갑자기 그대로 굳어 버렸다.

축운궁주가 기다리고 있던 게 바로 이 순간이었다. 그러나 그녀가 온 힘을 다해 다리를 뻗으려 했을 때, 멀지 않은 곳에서 얼음 조각이 날아오더니 군구신의 목소리도 함께 들려왔다.

"연아, 다리를 조심해!"

비연이 재빨리 정신을 차렸고, 축운궁주도 깜짝 놀랐지만 바로 오른쪽 다리를 들어 사납게 비연의 무릎을 걷어찼다!

그 짧은 순간, 비연의 검이 사납게 아래로 향하는가 싶더니 축운궁주의 정강이를 공격했다!

너무나 긴급한 상황이었기에 비연은 검의 등으로 내리칠 수밖에 없었다. 그러나 이 일격에는 더욱 강한 봉황력이 실려 있어 하마터면 축운궁주의 정강이뼈에 금이 갈 뻔했다!

축운궁주는 고통으로 인해 제대로 서 있지도 못하고 주저앉았다. 그와 동시에 목연이 사납게 그녀를 바닥으로 쓰러뜨리고는 이미 피가 흥건한 축운궁주의 얼굴에 장검을 들이댔다.

곁에 있던 인어족 모두 검을 쥐고 앞으로 나오려 했고, 시위들은 모두 활을 당겼다. 일촉즉발의 상황이었다. 그러나 축운궁주가 다시 한번 패한 이상, 비연 일행이 여전히 절대적인 주도권을 쥐고 있었다!

비연은 곁에서 여전히 격전을 벌이고 있는 군구신을 곁눈질했다. 마음이 따뜻해졌다.

그는 이런 상황에서도 계속 그녀를 신경 쓰고 있었다. 군구신에게 있어 그것은 일종의 습관이 되어 버린 것 같기도 했다. 방금 그가 일깨워 주지 않았다면 축운궁주는 이미 도망쳤을 것이다.

비연은 군구신을 흘깃 바라보고는 바로 정신을 가다듬었다! 그녀는 목연을 바라보며 한참 망설였지만 결국 '축운궁주의 것'

이었다는 말을 무시하기로 마음먹었다.

그녀는 인어족을 한번 훑어보고는 축운궁주 가까이 다가갔다. 위협을 섞은 말은 이미 질리도록 했다. 비연은 그 이상 아무 말도 하고 싶지 않았다.

그녀는 조용히 손수건을 꺼내 축운궁주의 얼굴을 닦기 시작했다. 그녀가 정말로 행동으로 옮기지 않는다면 축운궁주는 그녀가 그저 우스갯소리를 했다고만 여길 것 아닌가!

비연이 얼굴을 닦아 내기 시작하자 축운궁주는 완벽하게 무너지고 말았다. 그녀는 눈을 감고 큰 소리로 외쳤다.

"여봐라, 현한보검을 가져와라! 어서!"

그러나 비연은 손을 멈추지 않고 냉랭하게 말했다.

"하소만도 함께 데려와!"

축운궁주가 재빨리 눈을 떴다.

"그게 무슨 뜻이지?"

비연이 말없이 손에 힘을 주었다. 축운궁주의 왼쪽 볼에 두껍게 쌓인 화장이 모두 지워졌다.

비연은 축운궁주의 얼굴에 비밀이 있다는 것을 발견했을 때 축운궁주가 그리 젊지 않을 거라는 사실은 눈치챘었다. 그러나…… 축운궁주의 얼굴이 이럴 줄이야!

비연이 경악하여 중얼거렸다.

"어떻게……."

축운궁주의 진짜 얼굴

축운궁주의 얼굴이 어떻다는 것일까?

"멈춰! 망할 계집, 멈추란 말이다!"

축운궁주는 거의 울부짖었다. 화를 내는 것일까, 아니면 다급해서일까. 그녀의 눈이 순식간에 붉어졌다.

그러나 비연은 손을 멈추지 않았다. 그녀는 계속 축운궁주의 얼굴을 닦아 화장을 깨끗하게 지워 냈다.

마침내 축운궁주의 얼굴을 보는 순간, 비연은 경악하여 차가운 숨을 들이마셨다. 그리고 주변에 있던 이들은……. 목연과 비연의 시위들이건, 아니면 인어족들이건 모두 경악했다!

축운궁주의 비밀은 정말로 놀라운 것이었다!

그녀의 얼굴 왼쪽은 남자의 것이었고 오른쪽은 여자의 것이었다. 음양이 뒤섞인 얼굴이라니!

그리고 이 음양이 뒤섞인 얼굴은 주름으로 꽉 차 있었다. 핏발이 서 있는 두 눈이 놀라울 정도로 붉어져 있었고, 남자 얼굴은 흉악하게, 그리고 여자 얼굴은 악랄하게 일그러져 있었다.

비연이 자신도 모르게 중얼거렸다.

"불가능해……. 어떻게 사람이 이렇게 생길 수 있지?"

그녀가 다시 손에 힘을 주었다. 이 음양이 뒤섞인 얼굴이 화장으로 만들어 낸 얼굴이라면 이미 지워졌을 테지만……. 도저히 믿을 수 없었다.

비연은 곧 축운궁주의 목까지 더듬어 보았지만, 어떤 이상한 점도 찾아낼 수 없었다. 가면을 쓰고 있거나 한 것이 아니었다.

비연은 여전히 의아한 표정으로 중얼거렸다.

"원래…… 원래 이렇게 생긴 거야?"

축운궁주가 불시에 다른 다리로 비연을 걷어찼다.

"죽여 버릴 테다! 널 죽일 거야!"

비연은 피하지 않았다. 축운궁주는 어차피 그녀를 걷어찰 수 없었으니까.

거의 동시에 목연이 다리를 들어 사납게 축운궁주의 무릎을 밟았다!

"가만히 있지 못해!"

그의 목소리에는 명백하게 살의가 깔려 있었다. 비연은 다시 한번 축운궁주가 했던 말을 떠올렸다. 그러나 지금은 그 말의 의미를 생각할 여유가 없었다.

축운궁주는 금인어족인 동시에 음양이 뒤섞인 얼굴을 지니고 있으니, 분명 그들이 알고 싶어 하는 비밀의 해답을 지니고 있을 것이다!

비연은 어떻게든 빨리 하소만과 현한보검을 돌려받아야 했고, 또 축운궁주를 다른 곳으로 옮겨야 했다. 이곳에는 결계가 많으니, 오래 머물기에는 적합하지 않았다.

비연은 방금의 질문을 이어 갔다.

"모르는 척하지 마. 하소만은 어디 있지?"

비록 축운궁주가 그들에게 보낸 서신 속에서 하소만을 언급하지는 않았지만, 하소만은 북해에서 실종되었다. 그러니 축운궁주의 손에 떨어졌을 가능성이 컸다.

축운궁주는 노한 눈으로 비연을 노려보며 한참 동안 아무 대답도 하지 않았다.

비연의 검이 그녀의 찢어진 옷자락을 건드리자 축운궁주가 겨우 말했다.

"난 몰라! 본 적도 없다고!"

비연도 화가 났다.

"계속 고집을 부려 보든가!"

그러고는 검을 움직이자 축운궁주가 말없이 눈을 감았다. 그녀의 눈가로 눈물이 흐르기 시작했다!

이건…….

비연은 손을 멈췄고, 목연 역시 놀랐다.

축운궁주가 어떤 사람인데…….

그녀는 절대로 눈물로 동정을 사거나 상대를 속일 사람이 아니었다. 축운궁주는 정말로 놀랐거나, 아니면 정말로 억울한 모양이었다.

설마 그들이 축운궁주를 오해한 걸까? 하소만이 정말로 축운궁주에게 없는 걸까? 그렇다면 하소만은 지금 어디에 있는 걸까?

하소만은 북해에서 실종되었다. 사고가 난 것이 아니라면, 이 모든 일의 배후에 또 다른 사람이 있다는 의미였다!

비연과 목연은 의아한 표정으로 서로의 얼굴만 바라볼 뿐이었다. 그때였다. 바닷속으로 들어갔던 인어족들이 비연이 그리워하던 현한보검을 찾아 되돌아왔다!

비연은 현한보검을 받아 들고 가볍게 두어 번 쓰다듬은 후, 지니고 있던 검집 안에 넣었다. 그리고 시위들에게 인어족을 포박하라고 명령했다.

비연 역시 목연과 함께 직접 축운궁주를 묶었다.

비연이 말했다.

"목연, 네가 축운궁주를 끌고 가라! 기억해. 우리가 왔던 길을 되짚어가야 한다. 결계에 빠지거나 해서는 안 돼!"

비연이 말을 끝내는 순간, 갑자기 누군가가 그들 앞으로 날아와 착지했다. 바로 군구신이었다!

군구신은 본래 부상이 있던 데다, 백리명천과 오래 결투하다 보니 상처가 더욱 심해져 있었다. 그의 얼굴은 창백하게 질려 있었고, 입가에는 핏자국도 보였다.

미간을 찌푸린 군구신의 온몸에서 평소에는 잘 보이지 않는 스산한 기운이 흐르고 있었다.

그는 건명보검을 쥔 채, 추격해 오는 백리명천을 차가운 눈초리로 바라보며 비연에게 속삭였다.

"어서 피해, 조심하고!"

사실 백리명천이 먼저 비연에게로 오려 했지만, 군구신의 속도가 더 빨랐기 때문에 먼저 와서 막아선 것이었다!

두 사람은 계속 승부를 가리지 못하고 있었다. 백리명천이 비연에게 오려 한 것은 분명 그녀를 잡기 위해서일 것이다. 군구신이 어떻게 그렇게 되도록 내버려 둘 수 있겠는가?

곧 백리명천도 그들 앞에 착지했다. 군구신에게서 열 걸음도 채 떨어지지 않은 거리였다. 그의 안색 역시 좋지 않았고, 입가 역시 피로 얼룩져 있었다. 흐트러진 검은 머리카락은 바람에 나부끼고, 낭패한 몰골에서는 처량한 느낌마저 들었다.

그의 시선이 군구신을 넘어 비연에게로 향했다. 곧 그의 입매가 살며시 올라가더니, 미친 듯이 웃기 시작했다.

"하하, 우리 연아가 정말 대단하지! 본 황자가 너를 몇 달이나 기다려 왔다. 오늘 절대로 도망치지 못할 거다!"

비연이 무어라 말하기도 전에, 계속 눈을 감고 있던 축운궁주가 맹렬한 기세로 눈을 떴다. 그리고 도저히 믿을 수 없다는 듯 백리명천을 한참 동안 바라보았다. 그러더니 마침내 뭔가 깨달은 듯 노한 목소리로 외쳤다.

"백리명천, 너! 감히 나를 속이다니!"

그러나 백리명천은 축운궁주를 아예 쳐다보지도 않았다. 그의 시선은 계속 비연에게 머물러 있었다.

비연은 원래 목연으로 하여금 축운궁주를 끌고 가게 한 다음 자신은 군구신을 도와 백리명천을 상대할 생각이었다. 하지만 백리명천이 자신 앞까지 온 이상, 비연으로서도 예의를 차릴 필요가 없었다.

그녀는 성큼성큼 앞으로 나가 군구신 곁에 선 뒤 현한보검을 뽑아 들고 냉랭하게 말했다.

"도망? 그런 생각은 할 필요 없다! 오늘 본 왕비가 네 피로 이 보검에 제사를 지낼 테니까!"

말을 마친 그녀는 봉황력을 소환한 후 백리명천을 향해 검을 휘둘렀다. 군구신도 한마디 말도 없이 함께 검을 들어 백리명천을 공격했다.

백리명천과 군구신은 서로 상처를 입도록 치열하게 싸웠지만 우열을 가리지 못했다. 그런 상황에 무공을 조금이라도 아는 사람이 끼어든다면 승부는 뻔했다. 하물며 비연과 같이 10품 신력을 지닌 사람이 끼어들었으니 그 결과는 말해 무엇할까?

백리명천이 몸을 피하며 노한 목소리로 외쳤다.

"두 사람이 한 사람을 상대하다니! 비열한!"

군구신은 말없이 환영처럼 움직여 백리명천의 등 뒤로 착지했고, 비연은 백리명천을 향해 돌진했다. 두 사람은 앞뒤에서 백리명천을 협공하기 시작했다.

비연이 냉랭하게 말했다.

"비열한 것으로 따지자면 너를 이길 자가 없지! 자, 검을 받아라!"

봉황력이 담긴 비연의 검기가 백리명천을 덮쳐 갔다. 백리명천은 도망칠 방법이 없어 혈루의 힘으로 봉황력을 되돌려 보내는 수밖에 없었다.

그러나 그 순간, 군구신 역시 검을 휘둘렀다. 건명력이 검기로 변해 백리명천을 공격했다!

백리명천이 돌아보았지만, 몸을 피하거나 대항하기에는 이미 늦어 있었다. 그러나 그는 이미 대항하지 않기로 마음의 준비를 끝낸 것처럼 보였다. 그는 강력한 힘이 자신을 덮쳐 오는 것을 보면서도 의기양양하게, 사악할 정도로 매력적인 미소를 띠고 있었다.

건명력이 백리명천을 덮치는 순간, 흰 그림자 하나가 스쳐 가는가 싶더니 전광석화와도 같이 백리명천을 안고 옆으로 피했다.

그 찰나의 순간에도 건명력이 담긴 검기는 계속 앞으로 뻗고 있었다. 바로 비연을 향해.

"연아! 피해!"

군구신이 고함치며 앞으로 달렸으나 이미 늦었다.

비연은 막 되돌아온 봉황력을 거둔 다음이었다. 그녀가 눈을 들어 앞을 바라보는 순간, 웅혼한 기세의 건명력이 그녀의 복부를 강타했다!

"악……!"

그녀는 비명을 지르며 뒤로 날아갔다…….

말을 하려 해도 눈물이 먼저 흘러

충격을 받고 날아간 비연은 쿵 소리와 함께 땅에 쓰러졌다!

그 순간, 본래 건명력을 받아 내야 했던 백리명천을 포함하여 모든 이들은 얼이 빠졌다. 아무 대비도 없이 건명력을 받아 낸다면, 요행히 죽지 않는다고 해도 목숨의 절반쯤은 잃는 것이나 마찬가지였다!

"연아!"

"우리 연아!"

군구신과 백리명천이 동시에 외쳤다. 그리고 그와 동시에 비명을 지르듯 소리친 사람이 있었으니 바로 축운궁주였다.

"고운원!"

고운원?

모두 그제야 정신을 차리고 돌아보았다.

백리명천 뒤에 백의를 입은 남자가 서 있었다. 백리명천보다 머리 하나는 큰 키에 꼿꼿한 자세, 반쯤 묶은 먹빛 머리카락에 눈보다 희어 보이는 백의를 차려입은 모습은 존귀하고도 세상을 초월한 듯한 느낌이었다.

그는 바로 연운간의 은거 의원 고顧운원이었고, 비연이 고집스럽게 인징받고자 했던 백의 사부 고孤운원이었다.

그가 고顧운원인지 아니면 고孤운원인지는 이미 중요하지 않았다! 중요한 것은 그가 방금 백리명천을 구하며 간접적으로나마 비연에게 상처를 입혔다는 사실이었다.

비연은 방금 일어났던 일을 제대로 보지 못한 상태였다. 그녀는 축운궁주가 고운원이라 외치는 것을 듣자마자, 중상을 입은 상태에서도 두 손으로 땅을 짚은 채 억지로 고개를 들었다. 그리고 마침내 고운원을 보게 되었을 때, 그녀는 결국 목에 고여 있던 피를 토해 냈다!

"연아!"

군구신이 환영처럼 움직여 비연 곁으로 이동했다.

"연아!"

백리명천도 군구신과 동시에 외치더니 비연에게로 뛰어가려 했다. 그러나 바로 그 순간 고운원이 그의 어깨를 누르며 물었다.

"가서 무엇 하려고? 비연이 걱정되나?"

백리명천은 그제야 발걸음을 멈췄고, 자신과 고운원이 목연이 이끄는 궁수대에게 포위되어 있음을 발견했다. 그는 고운원의 질문에는 대답하지 않고, 계속 비연에게서 시선을 떼지 않고 있었다. 본래 원한으로 가득 차 있던 그의 눈빛에는 저도 모르게 걱정스러움이 어리고 있었다.

군구신이 비연을 부축해 앉힌 다음, 비연이 늘 지니고 다니던 단약을 복용시켰다. 그리고 자신의 내공을 주입해 그녀의 심맥을 보호했다.

비연은 그제야 고운원에게서 시선을 돌려 군구신을 바라보았다. 그녀는 자신이 대체 어떤 상황인지도 알 수 없었다. 오장

육부가 모두 아팠고, 온몸의 피가 들끓고 있는 것 같았다.

비연은 군구신에게 하고 싶은 말이 있는 듯 입을 벌렸지만, 한마디도 내뱉지 못하고 다시 피를 토해 냈다. 온몸의 힘이 그대로 사라져 버린 것만 같아 제대로 앉아 있을 수도 없을 지경이었다. 비연은 군구신 품에 쓰러졌다.

하고 싶은 말이 이리도 많은데…… 하고 싶은 일도 많은데. 그리고 보고 싶은 사람도 그렇게나 많은데…….

그러나 이 순간, 그녀는 너무나 피곤했다. 어서 눈을 감고 자고만 싶었다. 비연은 군구신의 품에서 잠을 자기 시작했다.

"연아, 자면 안 돼! 연아, 제발! 자지 마! 눈을 떠! 눈을 뜨라고! 연아!"

군구신은 다급한 나머지 눈마저 붉어져 있었다. 그 역시도 이미 중상을 입은 상태였지만, 억지로 내공을 사용해 비연의 상처를 치료했다.

방금의 건명력이 얼마나 강력했는지 그보다 잘 아는 사람은 없었다. 그는 방금 백리명천의 생명을 빼앗기 위해 제 안의 건명력을 거의 다 분출했었다! 실사 백리명천이 대비하고 있었다 해도 죽을 수 있을 만한 힘이었다. 그런데 아무 대비도 하고 있지 않던 비연은……. 그녀는…… 죽을 수도 있다!

"연아, 버텨야 해! 제발 버텨 줘. 내가 꼭 너를 살려 줄게! 반드시!"

군구신은 한 번, 또 한 번, 비연의 체내로 내공을 주입했다. 마침내 그 역시 버티지 못할 지경이 되었다. 안 그래도 핏자국이 있던 입가에서는 계속 선혈이 흘러내리고 있었다. 그러나 그는 여전히 포기하지 않았다! 군구신은 한 번, 또 한 번, 고집스럽게 버텨 냈다!

고남신의 연 공주는 결코 그의 손에 죽을 수 없다!

군구신의 정왕비는 더더욱 그러했다!

갑자기 군구신이 온 힘을 다해 자신에게 남아 있는 내공 전부를 비연의 체내로 쏟아부었다. 그는 살짝 멈칫하더니, 곧 입에서 선혈을 쏟아 냈다. 그의 핏방울이 비연의 볼이며 눈꺼풀 위에까지 튀었다.

안색은 창백했고, 피는 유달리 붉었다. 그야말로 몸서리쳐지는 모습이었다! 그러나 비연은 이미 눈을 감은 채, 아무것도 느끼지 못하는 것처럼 미동도 하지 않았다.

언제부터일까. 군구신의 눈은 이미 눈물로 가득 차 있었다. 그의 두 눈은 충혈된 것처럼 붉어진 상태였다. 그는 비연을 한참 동안, 아주 한참 동안 바라보았다. 마침내 그의 두 손도 무력하게 늘어졌다. 힘이 다한 것이다.

그의 눈에 어린 눈물이 점점 더 많아졌다. 그는 혼을 잃은 것처럼 그대로 멍하니 있었다. 몇 번이고 입을 벌렸지만, 가장 사랑하는 '연아'라는 말이 입 밖으로 나오기도 전에 눈물이 먼저 흘러내렸다.

슬픔이 극에 달하면, 말을 하려 해도 눈물이 먼저 흐르는 법이다.

곁에 있던 목연은 이미 활을 쏘라는 지시를 내렸다. 그러나 백리명천은 미동도 하지 않고 여전히 비연만을 바라보고 있었다. 고운원이 환영처럼 움직이며 백리명천을 대신해 하나하나 모든 화살을 막아 냈다.

백리명천은 마치 주변의 모든 것을 잊은 것처럼, 붉어진 눈으로 그대로 굳어 있었다. 군구신은 더더욱, 이 세상 전부를 잃은 듯한 표정이었다.

군구신은 비연과의 세계에 완전히 빠져 있었다. 그의 눈에서 계속 흐르는 눈물이 비연의 얼굴까지 적시고 있었다.

군구신은 고개를 흔들었다. 믿을 수 없었다!

방금까지만 해도 모두 아주 순조로웠는데…… 승리가 눈앞에 있었는데! 한순간에 어찌 이렇게…….

"아니야…….”

군구신은 오열했다. 그가 신경 쓰지 못하는 사이에 눈물이 비연의 눈꺼풀 위로 흘러내렸고, 갑자기 비연의 긴 속눈썹이 살며시 떨리기 시작했다. 그 모습을 본 군구신은 다급하게 눈물을 훔치고 비연을 뚫어지게 바라보았다!

정말이었다. 비연의 속눈썹이 떨리고 있었다! 비연이 아직 살아 있다!

군구신은 심장이 허공에 걸려 있는 것만 같았다. 그는 감히 움직일 수도, 아니 숨조차 쉴 수 없었다. 그는 긴장하여 비연의 눈을 바라보았다.

살며시, 아주 살며시 비연이 눈을 떴다. 그와 동시에 그녀의 등 뒤에 날개를 편 봉황의 환영이 나타났다. 거대한 봉황의 날개가 점차 모이더니 군구신의 몸을 그대로 통과해 비연을 감쌌다.

비연은 군구신을 바라보고, 다시 백리명천과 고운원을 바라보았다.

어째서일까. 그녀는 마치 다른 세상에 있는 것 같은 느낌이 들었다. 모든 것이 낯설고…… 또 아주 멀게만 느껴졌다. 마치 어린 시절로 돌아간 것처럼 눈앞의 이들이 낯설어 보였고, 또 다음 생이 시작된 것처럼 눈앞의 이들이 멀어 보였다.

혹시 사람이 죽을 때가 되면…… 이런 착각이 생기기 쉬운 것일까? 아니면 사람이 죽을 때가 되면 정신이 맑아지는 걸까?

비연은 어쩐지 전혀 피곤하지 않았다. 그저 아프기만 했다. 느낄 수 있는 모든 곳이 다 아팠다. 몸 안의 피는 여전히 들끓고 있어 언제라도 그대로 솟구쳐 나올 것만 같았다.

마침내 비연의 시선이 군구신의 얼굴로 돌아왔다. 그녀는 그제야 군구신이 울고 있다는 것을 발견했다. 그의 얼굴은 온통 눈물투성이였다.

그녀의 영 오라버니가…… 그녀의 정왕 전하가…… 어째서 이리 울고 있을까?

비연은 그에게 말을 건네고 싶었지만, 그녀에게는 말 한마디 건넬 힘도 남아 있지 않았다.

"연아, 연아……? 봉황력이야? 봉황력이 너를 살려 준 거야?"

군구신은 여전히 비연을 안은 채 움직이지 못하고 있었다. 그가 긴장하고 또 긴장하는 가운데, 갑자기 누군가가 그들을 향해 날아오더니 무겁게 바닥에 쓰러졌다.

목연이었다!

군구신은 그제야 주위를 둘러보았다. 멀지 않은 곳에 궁수들이 모두 죽어 있는 것이 보였다. 백리명천은 원래의 자리에 그대로 서 있었고, 고운원이 한 걸음 한 걸음 그들에게 다가오고 있었다.

고운원…… 그는 대체 무엇을 하려는 것일까?

당연히 목숨을 걸고 지킨다

고운원의 눈동자에서는 이미 비언이 알던 그 세속을 초월한 빛은 보이지 않았다.

모두가 기억하는 융통성 없는 그 눈도 아니었다.

이 순간 그는 백의 사부도, 은거 의원도 아니었다. 그는 마치 사람이 변해 버린 것처럼 한 걸음 한 걸음 다가오더니, 입 끝을 살짝 들어 올리며 사악한 미소를 지었다. 분명 신선과도 같은 자태건만, 이 순간의 그는 높은 곳에서 억조창생을 경멸하는 마귀처럼 보였다!

대체 무엇을 하려는 거지?

군구신은 재빨리 비언을 바닥에 내려놓은 다음, 건명보검을 들고 비언 앞을 막아섰다!

군구신에게는 사실 힘이 별로 남아 있지 않았다. 그는 건명 보검을 얼어붙은 땅에 꽂은 뒤 그것을 지팡이 삼아, 겨우 몸을 곧게 폈다.

그는 봉황력이 비언의 생명을 지켜 줄 수 있을지 확신할 수 없었다. 하지만 이 순간에도 봉황허영은 아직 사라지지 않은 채 비언을 감싸고 있었다. 그는 그 무엇도 이 순간 비언을 건드리게 할 수 없었다!

군구신은 고운원이 점차 가까이 오는 것을 보며 건명력을 소환하려 해 보았다. 그러나 건명력은 소환되는 즉시 흩어져 버렸다.

어떻게 해야 할까?

군구신의 눈빛은 여전히 담담했고, 심지어 단호해 보이기까지 했다. 그 누구라도 그가 속으로 얼마나 초조한지 알아챌 수 없을 것이다.

그는 포기하지 않고 계속 건명력을 소환했다. 그러나 계속 실패만 거듭할 뿐이었다.

마침내 고운원이 군구신과 비연에게서 겨우 다섯 걸음 떨어진 곳에서 발걸음을 멈췄다. 그가 눈썹을 치켜세운 채 비연을 흘깃 보더니, 곧 시선을 군구신의 두 손으로 옮겼다. 그리고 작은 소리로 웃기 시작했는데, 그 모습은 지극히도 사악해 보였다.

지금 고운원의 모습을 보면, 그동안 사악해 보인다 생각했던 백리명천의 웃음은 아무것도 아닌 것으로 느껴질 정도였다.

고운원은 대체 어떤 사람인 것일까! 대체 그의 진면목은 어떤 모습일까?

눈이 힘없이 감기고 있었지만, 비연은 억지로 버텨 내며 고운원을 노려보았다.

'아니야…… 그는 사부가 아니야…… 백의 사부가 아니라고! 아니야!'

예전에 그녀는 사부를 몇 번이고 의심하고, 또 몇 번이나 욕하고…… 심지어 원망하기도 했다! 그러나 진실을 마주해야 하는 이 순간이 되자 그녀는 원망은 고사하고 의심조차 하고 싶지 않았다. 그녀는 아예 그를 인정하는 일 자체를 거부하고 있었다!

그녀의 백의 사부는 덕과 재주를 겸비한 이로, 밝은 달을 품은 듯 웃는 남자였다. 저렇게 음험한 소인배가 그녀의 백의 사부일 리 없지 않은가? 저렇게 무섭게 웃는 이가 어떻게 그녀의 백의 사부일 수 있을까?

그러나 고운원의 공격이 비연의 마지막 집념을 산산조각 냈다!

고운원이 냉소하며 군구신에게 말했다.

"비켜라! 본존이 저 아이를 10년 동안 키웠다. 이제 저 아이가 봉황력으로 본존에게 보답해야 할 때다!"

봉황력?

그가…… 봉황력을 원하고 있다고?

그러나 비연이 죽는다면 봉황력도 함께 소실될 터였다.

예전에 그는 대체 어떤 방법으로 비연의 영혼을 지키고 또 봉황력을 지켰던 걸까? 그리고 지금 그는 또 무엇을 하려는 걸까?

"꿈도 꾸지 마시지."

군구신의 분노는 하늘을 찌를 듯했다. 찰나의 순간 건명력이 그의 손에 모이는가 싶더니, 그가 검을 들어 사납게 고운원을 베어 갔다!

군구신의 속도는 극히 빨랐으나, 고운원의 속도는 더욱 빨랐다. 고운원의 몸이 환영처럼 움직이는가 싶더니, 공중에서 사라지는 것처럼 군구신의 검을 피했다!

그렇다. 고운원이야말로 영술을 창시한 자니, 그 누구도 그보다 빠를 수는 없었다.

건명력의 기세가 휘몰아치자 한바탕 눈보라가 일어났다. 고운원이 한옆으로 피한 채 흥미롭다는 듯 군구신을 바라보았다.

군구신은 제 힘의 극한까지 쓰고 있었다. 그는 건명보검을 얼어붙은 땅 깊숙이 박아 넣고 두 손을 손잡이에 얹고 있었는데, 몸이 점차 앞으로 기울어지고 있었다. 제대로 서 있지도 못하고 입가에 다시 피를 흘리면서도 군구신은 제 모든 힘을 건명보검에 불어넣었다.

고운원이 눈썹을 치켜세운 채 바라보더니 희미하게 웃기 시작했다.

"그렇게 조급해할 것 없다. 본존이 봉황력을 얻으면, 너에게 진정한 영술이 무엇인지 보여 줄 테니까."

말을 마친 그는 몸을 환영처럼 움직여 비연 쪽으로 갔다. 군구신의 눈이 무서울 정도로 차게 빛나는가 싶더니 그 역시 재빨리 위치를 옮겼다. 뜻밖에도 그가 고운원보다 더 빠르게 움직여 다시 한번 비연 앞을 막아섰다.

군구신의 안색은 무어라 형용할 수 없을 정도로 창백했고, 입가에서는 끊임없이 피가 흐르고 있었다. 그러나 그의 눈에 어린 분노는 조금도 줄어들지 않았다. 군구신은 고운원을 차갑게 바라보며 말했다.

"나, 군구신의 시신을 밟기 전에는 비연에게 손가락 하나 댈 수 없을 것이다!"

고운원의 눈에 놀랍다는 빛이 스쳐 갔으나, 곧 사악한 냉소가 그 빛을 대신했다.

"본존도 마침 같은 생각을 하고 있었다!"

말을 마친 고운원의 몸이 환영처럼 움직여 비연의 등 뒤로 자리를 옮기더니 그녀를 공격했다.

군구신도 지극히 빠른 속도로 자리를 옮겨, 검을 휘둘러 적시에 고운원을 막아 냈다!

고운원은 손을 거둔 후 바로 다시 자리를 옮겼고, 군구신은 다시 추격했다. 그렇게 두 사람은 비연 주변을 돌며 서로를 가늠해 보기 시작했다.

놀라운 것은 군구신이 고운원보다 단지 한 걸음 뒤처지고 있다는 점이었다. 게다가 군구신의 속도가 점점 더 빨라지고 있었다. 마침내 그는 고운원이 손을 쓰기도 전에 한 걸음 먼저 검을 휘두르기 시작했다.

결국은 고운원이 멀리 착지했다. 그의 눈에 숨길 수 없는 경악의 빛이 떠올랐다. 그는 중상을 입은 군구신이 이렇게 폭발적인 힘을 보여 줄 거라고는 생각지 못한 것이다!

군구신은 고운원에게 숨 돌릴 기회도 주지 않고, 기세를 몰아 추격했다. 고운원이 몸을 피하려는 바로 그 순간, 군구신은 갑자기 사납게 일검을 내리쳤다. 건명력이 파죽지세로 고운원을 강타했다.

고운원은 다급하게 피하다가 그만 넘어져 뒹굴고 말았다. 확실히 낭패한 몰골이었다.

군구신의 입가에 흐르는 피는 지금까지도 멈추지 않고 있었으나, 이제는 흐른다는 말로 표현할 수 없을 지경이었다. 피가 그야말로 쏟아지고 있었다.

그는 제 몸을 극한까지 사용하는 것으로도 모자라 다음 생까지 끌어당겨 쓰는 중이었다! 이 순간 군구신은 의지의 힘으로 간신히 버티고 있었다!

그는 고운원이 일어나지 못하고 있는 틈을 타서 다시 한번 억지로 건명력을 소환한 다음 건명보검을 높이 들었다. 그러나 검을 내리치려던 그 순간, 결국 버티지 못하고 피를 토해 내더니 비틀거리며 주저앉았다.

그의 입에서 계속 흐르는 선혈이 순백으로 얼어붙은 땅을 붉게 물들였다. 보기만 해도 마음이 아픈 광경이었다!

그는 다음 생의 힘까지도 모두 써 버린 것일까?

그는 그렇게 그녀를 사랑했다. 철이 들기 시작했을 때부터 지금까지, 약수가 3천이라 해도 표주박 하나만을 취하듯 그렇게.

세 번의 생에 걸친 인연이라는 것이 정말로 존재할까? 다음 생을 지금 빌려 와 살 수는 없는 것일까?

군구신은 이제 일어날 힘도, 검을 쥘 힘조차도 없었다. 고운원이 몸을 일으키는 것을 본 군구신은 바로 건명보검을 포기하고, 비연 쪽으로 기어가기 시작했다.

비연은 군구신이 힘을 극한까지 쓰고 있다는 것을 알고 있었다. 그러나 마침내 그의 얼굴을 제대로 보게 되었을 때, 군구신의 입가에서 끊임없이 흐르는 피를 보았을 때 비연은 경악하고 또 무너져 내렸다.

눈물이 걷잡을 수 없이 흘러내렸다. 그러나 입 밖으로는 아무 말도 나오지 않았다. 비연은 그저 마음속으로 통곡할 뿐이었다.

'멈춰! 군구신, 멈추란 말이야⋯⋯. 내가 당신을 구해 줄 테니까! 당신, 지금 제정신이야? 고남신, 명령이야! 어서 멈춰! 멈추라고!'

눈물이 비연의 시야를 흐릿하게 했다. 군구신은 그런 그녀를 바라보며 조금씩 몸을 움직였다. 그의 두 눈동자는 맑게 빛나고 있었지만, 그의 시선은 어딘가 모호해 보였다.

그의 의식 역시 흩어지고 있었다. 그는 제 앞에 있는 이가 그의 연 공주인지, 아니면 그의 정왕비인지 구분할 수 없게 되어 버렸다.

점차 그의 귓가에 익숙한 목소리가 메아리치기 시작했다.

10여 년 전 부친과 자신의 대화가.

'남신, 영족의 사명은 수호다. 오늘부터 네 평생의 사명은 연 공주를 지키는 것이다. 기억하겠느냐?'

'아버지, 안심하십시오. 평생 연 공주에게 잘해 줄 것입니다.'

'아니다. 수호한다는 것은 잘해 주는 것이 아니란다. 지킨다는 것은 목숨을 걸고 해야 하는 것이다.'

'아버지, 안심하십시오. 저는 연 공주에게 잘해 줄 뿐 아니라, 당연히 목숨을 걸고 지킬 테니까요.'

모두가 계산이었다

"나는 목숨을 걸고 너를 지킬 거야……."

군구신이 중얼거리며 정신을 다잡았다. 그의 시선도 점차 맑아지고 있었다. 마침내 앞에 있는 비연의 모습이 또렷하게 보이기 시작했다.

그는 비연을 향해 미소 지었다. 흐르는 피 속에서 피어난 미소는 여전히 사월의 봄바람처럼 다정했다.

비연은 그의 미소를 본 순간, 마치 아무 일도 없었던 것만 같은 착각에 사로잡혔다. 겨울이 가 버리고 봄이 다시 되돌아온 것만 같았다.

군구신은 계속 앞을 향해 가고 있었다. 그의 연아를 향해, 그의 세계의 끝을 향해, 그의 운명의 결승점을 향해.

그러나 그들의 세상 안에 갑자기 누군가가 끼어들어 그들의 운명을 바꿔 버렸다.

고운원이 순식간에 자리를 옮겨, 공중에서 솟아난 것처럼 비연 앞에 섰다. 그는 그녀를 등진 채 군구신을 바라보며 흥미롭다는 듯 웃기 시작했다.

"본존이 방금 말했듯이, 주급해할 것 없다. 본존은 네가 건명력을 얻기를, 또 네가 건명보검을 얻기를, 건명력을 장악하기를 기다리고 있었지. 그렇게 계속 기다려 왔는데 지금 조금 더 기다리지 못할 이유가 없지. 본존이 봉황력을 얻고 나면, 다음 차 례는 바로 너다!"

바닥을 짚고 있던 군구신의 손이 주먹을 쥐었다. 그는 분노 하고 있었다!

그들이 예전에 했던 추측이 모두 옳았다. 고운원이 이 모든 것을 주재했고, 그들을 제 손바닥 위에 올려놓고 희롱하고 있 었다. 그들은 그에게 이끌려 한 걸음 한 걸음 오늘의 이 상황에 이르렀다!

고운원은 봉황력을 원한다고 했다. 그리고 또 건명력을 원한 다고? 그렇다면 서정력은? 고운원은 대체 무엇을 하고 싶은 것 일까?

군구신의 눈에 하늘을 무너뜨릴 듯한 분노가 어리는 가운데 고운원의 웃음소리가 더욱 커져 갔다.

"네가 만약 본존에게 복종하겠다면, 네 목숨은 살려 주마!"

군구신이 가볍게 미소 지었다. 그 미소에는 지극한 경멸의 뜻이 담겨 있었다.

고운원을 무시하고 다시 한번 앞으로 기어가기 시작했다. 마 치 벽에 부닥쳐도 고집스럽게 고개를 돌리지 않는 어린아이처 럼.

고운원은 그를 잠시 바라보다가 우아한 자세로 몸을 돌려 비 연을 바라보았다. 그녀는 여전히 봉황허영의 거대한 날개에 안 긴 채 바닥에 쓰러져 있었다.

지금 비연은 무척이나 약해진 상태로, 겨우 숨만 쉬고 있을 뿐이었다. 온전히 눈을 감지도 못하고 살짝 뜨고 있었다. 비연은 아무 말 없이 조용했지만, 가늘게 뜬 그녀의 눈에서는 경천동지할 원한이 배어 나오고 있었다!

비연은 그를 증오하고 있었다. 진심을 담아!

오장육부가 모두 고통스러웠고 피는 여전히 들끓고 있었다. 그러나 그녀는 이 모든 것이 자신의 부상 때문인지, 아니면 원한 때문인지 알 수 없었다!

10여 년에 걸친 덫쯤이야, 그녀는 운이 나빴다 치고 넘어갈 수 있었다!

그러나 이 순간, 고운원은 군구신에게 상처를 입혔다. 그녀는 이것만은 영원히 용서할 수 없었다! 그녀는 제 목숨을 버리는 한이 있더라도, 당장 고운원과 동귀어진하고 싶어 견딜 수가 없었다!

고운원은 비연의 원한 어린 눈길을 피하지 않고, 심지어 그녀 앞에 웅크려 앉더니 아주 당연하다는 듯이 말했다.

"우리 연아, 얘야, 사부를 그렇게 볼 필요 없다. 예전에 사부가 없었다면 너는 이미 죽었을 목숨이지. 지금 사부는 그저 당연히 지녀야 할 것을 되찾으려는 것뿐이다!"

당연히 지녀야 할 것이라고?

모두가 계산이었다!

그때 그녀는 그에게 구해 달라고 한 적 없었다!

비연 스스로도 어디서 힘이 솟았는지 알 수 없었지만, 갑자기 눈을 크게 뜨고 고운원을 노려보았다.

그녀는 말을 하고 싶었다. 반박하고 싶었고, 그가 부끄러워할 때까지 욕하고 싶었다. 그러나 아무리 입을 벌려도 목소리가 나오지 않았다.

그리고 그 순간, 그녀는 자신이 너무 약해져 몸을 움직이거나 말을 할 수 없는 것이 아니라 몸 전체가 속박되어 있다는 사실을 깨달았다!

어떻게든 이 상황에서 빠져나가야 했다! 그녀는 힘을 모아 봉황력을 소환해 보았다.

고운원은 그런 비연의 움직임을 깨달은 듯 눈을 차갑게 빛내더니, 갑자기 그녀의 목을 조르기 시작했다.

그 모습을 본 군구신이 외쳤다.

"멈춰!"

이 순간 군구신이 다시 주먹을 쥐었다. 그는 다시 제 몸의 극한을 불러낼 생각이었다.

그러나 어째서일까. 그는 지금 힘의 극한을 불러내는 것이 아니라, 뭔가를 깨트리고 있다는 느낌을 받았다!

그는 무엇을 깨트리려는 것일까?

그는 무엇에 속박당해 있는 것일까?

그러나 지금 군구신은 그렇게 많은 것을 생각할 여유가 없었다. 그는 두 손을 꽉 쥔 채 힘을 모아 다시 한번 건명력을 소환해 보았다. 그가 살아 있는 한, 비연에게 무슨 일이 생기게 할 수는 없었다!

그들 두 사람 모두 노력하고 있었다. 그러나 군구신의 움직임은 지극히 빨랐다!

예상 밖이었던 것은, 이 위기일발의 순간 설랑 대설이 갑자기 공중에서 나타났다는 것이었다.

대설의 커다란 머리가 아무 예고도 없이 고운원을 들이받았다! 고운원이 순간적으로 피했고, 대설은 쿵 소리가 나도록 얼어붙은 땅에 나뒹굴고 말았다!

얼마나 아플까! 대설은 담이 작고, 죽음을 두려워하는 만큼 아픈 것도 무서워하는데!

고운원이 한옆에 착지했다. 대설은 뜻밖에도 통증은 신경 쓰지 않고 고개를 들어 다시 한번 달려 나갔다.

고운원이 다시 피했지만, 대설이 다시 덤벼들었다. 고운원은 이 갑작스러운 상황을 막아 내기 어려운 듯, 땅에 떨어져 있던 시위의 활과 화살을 다급하게 집어 들어 대설을 겨눴다.

평소였다면 대설은 순식간에 빙려서로 변신해 그 자리에 땅을 파고 숨었을 것이다. 그러나 이 순간 대설은 가장 용맹한 전사가 되어 있었다.

푸른 얼음처럼 빛나는 대설의 두 눈은 날카롭고 차갑게 제게로 날아오는 화살을 노려보았다. 대설은 피하지 않고 계속 앞으로 달려 나갔다.

화살이 이마에 박히려는 순간, 대설이 살짝 고개를 숙이더니 땅으로 몸을 굴려 피했다. 화살은 그의 이마를 스치고 길게 날아갔고, 대설은 앞발로 힘차게 땅을 내디뎌 고운원에게 덤벼들었다!

고운원은 다시 피하지 못하고 그 자리에 선 채, 왼손에 들고 있던 활을 내던지고 오른손으로 검을 들었다. 그리고 환영처럼 재빠르게 공중으로 뛰어올라 대설을 맞이했다.

고운원이 대설의 머리 근처를 스쳐 지나는 순간, 그의 오른손에 들린 검이 사납게 대설의 등을 찔렀다!

"우······."

대설이 갑자기 머리와 앞발을 들며 울부짖었다. 그의 등에서 뿜어져 나온 선혈이 사방으로 튀었다. 그리고 거의 동시에 고운원이 몸을 일으키더니, 대설의 머리를 사납게 걷어차고 그 반동으로 한옆에 다시 착지했다.

고운원이 땅에 내려앉는 순간, 대설의 거대한 몸이 그대로 무너져 내렸다.

대설은 군구신에게 적지 않은 시간을 벌어 주었다. 이 순간 군구신은 이미 비연 가까이에 도착해 있었다.

그러나 그 순간, 군구신도 동작을 멈춘 채 공포에 젖은 눈으로 대설을 바라보았다!

"안 돼······."

군구신은 담이 작은 대설을 좋아하지 않았다. 그러나 그 누구도 대설을 상처 입히게 둘 수는 없었다!

그의 두 손등에 푸른 힘줄이 솟아올랐다. 주먹 쥔 손도 떨리기 시작했다. 마치 건명력이 돌아와 천천히 모이고 있는 것 같았다!

비연도 대설을 보고 있었다. 대설의 주인으로서 그녀는 군구신보다 더 공포스러웠고, 더 분노했다! 그녀는 이제 고운원을 증오하는 정도가 아니라 살의를 품었다!

그녀는 두 주먹을 꽉 쥐었다. 그녀의 몸 전체가 긴장으로 팽팽하게 굳어 있었다. 그녀를 감싸고 있는 것은 이제 봉황허영이 아닌 봉황력이었다!

봉황력은 분명 그녀의 것이었다. 그러나 그녀도 연유는 알 수 없었지만, 이 순간 그녀는 이 힘에서 벗어나고 싶었다! 봉황력의 족쇄를 풀어 버리고 싶었다!

고운원이 대설의 거대한 몸 뒤에서 걸어 나왔다. 비연과 군구신 모두 그를 바라보았다. 그들은 암암리에 힘을 모았다. 자신을 가두는 속박에서 벗어나기 위해, 원한을 풀기 위해, 복수하기 위해!

곧이다!

곧이야!

아주 약간의 시간만 더 있다면, 그들은 분명 해낼 수 있을 것이다!

그러나 이게 웬일일까. 고운원의 몸이 환영처럼 움직이더니 비연 앞으로 자리를 옮겼다.

"그만. 시간을 더 낭비할 필요는 없겠지."

말을 마친 고운원이 재빨리 비연의 목을 조르기 시작했다. 그러나 그가 손에 힘을 주는 순간, 등 뒤에서 검 한 자루가 그를 겨눴다.

"본 황자가 말하지 않았던가. 비연은 본 황자의 것이니 그 누구도 건드릴 수 없다고! 축운궁주도 손댈 수 없고, 너 역시 손댈 수 없다! 어서 멈춰!"

등 뒤의 사람은 바로, 계속 곁에서 지켜보고 있던 백리명천이었다……

뜻밖에도 어찌할 줄 모르고

백리명천은 진심이었다.

그러나 고운원은 그를 안중에도 두지 않았다. 여전히 비연의 목을 조르며 미소 지을 뿐이었다.

"백리명천, 네 목숨도 본존의 것이라는 사실을 잊지 마라! 이 하늘 아래 본존을 제외하면 그 누구도 네가 혈루의 부작용을 억누르도록 도와줄 수 없으니까! 본존도 무척 궁금하군. 너에게 있어 본존의 목숨이 중요한지, 아니면 우리 연아의 목숨이 중요한지!"

혈루?

부작용?

이건 무슨 의미일까?

비연과 군구신 모두 깜짝 놀랐다. 백리명천과 고운원이 결탁했다…… 이것은 그들의 추측을 한참 뛰어넘는 일이었다!

그러나 이 순간 그들에게는 깊이 생각할 여력이 없었다. 백리명천의 움직임이 그들에게 시간을 좀 벌어 주었고, 그들은 이 마지막 기회를 잡아야 했다! 두 사람 모두 자신의 손에 힘을 모으는 데 집중하기 시작했다.

그러나 고운원은 손에 자비를 두지 않았다. 그가 갑자기 비연의 목을 더욱 거세게 조르기 시작했다. 비연은 정신을 집중

할 수 없었을 뿐 아니라, 숨조차도 곧 끊어질 것 같았다! 그녀의 손에 모이고 있던 힘은 점차 약해지고 있었다. 곧 어딘가로 흘러가 버릴 것처럼.

"멈춰!"

백리명천의 목소리가 놀라울 정도로 사나웠다. 상황을 모르는 이가 들었다면, 그가 고운원과 사람을 다투는 것이 아니라 사람을 구하러 왔다고 생각할 터였다.

그러나 고운원은 오히려 손에 힘을 더해, 이제는 비연의 몸을 들어 올리다시피 했다.

목이 졸린 채 공중에 떠 있게 된 비연은 손에 모였던 힘이 갑자기 전부 사라져 버림을 느꼈다. 그녀는 겨우 실눈을 뜬 채 그를 바라보았다. 눈빛이 무어라 표현할 수 없이 복잡했다.

그러나 고운원의 눈빛은 이미 담담했다. 아니, 심지어 나른한 기색마저 보였다. 승리를 확신하게 되자 그는 이 상황이 심각하다고 여기지도 않는 것 같았다.

비연은 이미 버틸 수 없었다. 그저 곧 죽겠구나 하고 생각할 뿐이었다. 그녀는 너무나 익숙한, 그리고 너무나 낯선 고운원의 눈을 바라보았다.

고운원과 같은 사람이야말로 진정으로 무정한 이가 아닐까. 아니면…… 그녀가 그와 보낸 10년은 본래 있어야 했던 것이 아니었던 걸까. 그녀는 예전에 빙해에서 목숨을 잃었어야 했던 것인지도 모른다…….

비연은 이미 어지러워지는 생각을 걷잡을 수가 없었다.

그러나!

고운원이 갑자기 몸을 굽히더니 울컥 선혈을 토해 냈다. 그리고 그 순간 그의 손에서도 힘이 빠졌다.

찰나의 순간이었지만 고운원이 비틀거렸고, 비연 역시 그대로 주저앉았다. 그리고 이 순간, 비연은 백리명천이 고운원 등 뒤에 서 있는 것을 볼 수 있었다.

백리명천은 검을 땅에 늘어뜨리고 있었지만 손은 허공으로 불쑥 나와 있었다. 의심할 바 없이 그가 방금 고운원에게 일격을 가한 것이다!

백리명천은 고운원을 한참 바라보다가 비연에게로 시선을 돌렸다. 그는 본래 계속 비연을 겁박할 생각이었다. 그러나 비연의 이렇게 연약한 모습을 보자 그는 그대로 굳어 버리고 말았다. 심지어 대체 어찌해야 할지도, 자신이 원래 무엇을 했는지도 알 수 없었다.

그는 그렇게 멍하니 서서 계속 비연을 바라보았다.

비연 역시 그를 바라보았다. 그러나 그녀의 눈은 경계심으로 가득 차 있었다. 그녀는 기운을 차리자마자 다시 몰래 봉황력을 모으기 시작했다.

고운원이 갑자기 고개를 들더니 다시 비연의 목을 조르기 시작했다. 그러자 백리명천이 고운원의 어깨를 잡고는 혈루의 힘을 발휘했다.

고운원은 그에게 제압당한 듯 무력하게 늘어지며 차가운 목소리로 말했다.

"죽고 싶은 모양이군!"

백리명천은 아무 대답도 하지 않았지만, 손을 떼지도 않았다. 그의 시선은 시종일관 비연의 눈에서 떠나지 않았다.

고운원이 얼어붙은 땅 위를 누르고 있던 손으로 주먹을 쥐는가 싶더니, 화염의 환영이 그의 손등 위로 나타났다. 희미하던 환영은 점차 뚜렷하게 변해, 마치 그의 손등 위에서 정말로 불꽃이 타오르는 것처럼 보이게 되었다.

곧 백리명천의 미간에도 화염의 환영이 나타났다. 이 화염은 바로 고운원의 손등에서 타오르는 불꽃처럼 점점 뚜렷해지더니 사실처럼 변해 갔다. 이제 그의 이마에서도 불꽃이 타오르고 있는 것 같았다.

백리명천이 갑자기 미간을 찌푸리더니 고운원의 어깨를 놓았다. 백리명천은 제 머리를 감싼 채 고통스러운 표정을 지었다. 그리고 그가 고통스러워하면 할수록 화염은 더욱 격렬하게 타올랐다.

아프다!

머리 전체가 불에 타오르듯 고통스러웠다. 그리고 이 작열하는 느낌이 곧 머리에서 그의 사지로 퍼져 나갔다. 그는 온몸이 불구덩이에 던져진 것처럼 고통스러웠다. 그는 결국 참지 못하고 노한 목소리로 외쳤다.

"고운원, 멈춰!"

고운원은 여전히 원래의 자세를 유지한 채, 비연 앞에 한쪽 무릎을 꿇었다. 완벽한 윤곽을 그리고 있는 그의 얼굴은 그 누구도 넘보지 못할 만큼 존귀해 보였고, 저 높은 곳에서 내려다보는 듯한 위엄이 넘쳐흐르고 있었다. 그러나 고개를 숙이고 있어, 그 누구도 지금 이 순간 그의 표정을 볼 수는 없었다.

그는 백리명천에게 대답하지도, 고개를 들지도 않았다. 그저 화염이 불타오르는 손을 천천히 들더니 다시 비연에게로 향할 뿐이었다.

비연은 발버둥을 쳤지만, 아무리 노력해도 봉황허영의 날개에서 벗어날 수는 없었다. 그녀는 발버둥을 포기하고, 점차 다가오는 고운원의 손을 보며 최선을 다해 봉황력을 모아 보았다.

봉황력이 다시 모였다. 이제 아주 잠시의 시간만이 필요했다. 아주 잠시만…… 잠시만 방해받지 않는다면 그녀는 성공할 수 있었다!

갑자기 고운원의 손이 다시 그녀의 목을 조르기 시작했다. 그녀는 무의식적으로 이를 악물고 최후의 노력을 견지했다.

고운원이 다시 힘을 주었다! 이 위기의 순간, 백리명천이 갑자기 제 몸을 날려 사납게 고운원을 들이받았다. 고운원이 쓰러지고 말았다!

고운원이 비연을 비끼며 쓰러졌고, 백리명천은 비연 앞에 쓰러졌다. 이 순간, 백리명천의 미간에 타오르던 화염은 이미 사라진 다음이었다. 이제는 그 전체가 거대한 화염의 환영에 휩싸여 있었다.

지금 백리명천이 얼마나 고통스러울지는 아마 하늘만이 알 터였다. 백리명천은 눈을 감은 채 요사스러울 정도로 아름다운 얼굴을 일그러뜨렸다. 그러나 이 순간에도 그는 고집스럽게 중얼거리고 있었다.

"본 황자를 제외하면 그 누구도 우리 연아를 건드릴 수 없다! 절대로!"

그는 정말 그녀를 납치하고 싶은 것일까?

아니면…… 비연을 구하고 싶은 것일까?

비연은 잠시 당황했으나, 지금은 깊이 생각할 여유가 없었다. 그녀는 차라리 눈을 감기로 했다. 아주 잠시만, 아주 잠시만…….

그러나 고운원이 곧 몸을 일으키더니, 한쪽 무릎을 꿇은 채 백리명천에게 말했다.

"그 누구도 본존을 막을 수 없다. 너를 포함해서!"

말을 마친 그는 곁에 있던 화살을 들어 맹렬한 기세로 비연을 향해 쏘았다. 바로 그때, 군구신이 무형의 속박에서 벗어나 건명력을 폭발시켰다. 그리고 비연 역시 자신을 묶고 있던 족쇄에서 벗어나 10품 봉황력을 폭발시켰다!

예전보다 강력해진 그들의 힘에 주변의 모든 것이 흔들리기 시작했다. 고운원과 백리명천은 물론이고, 고운원이 비연에게 날린 화살도 함께 흔들리며 방향을 잃었다.

두 힘은 곧 서로에게 부딪쳤다. 찰나의 순간 비연을 지키고 있던 봉황허영이 하늘 높이 떠올랐고, 그와 동시에 공중에 한 줄기 황금 빛이 나타나 주변을 물들이며 황금색 용의 환영으로 변했다.

용과 봉황은 잠시 대치하는가 싶더니 마침내 합일을 이루었다. 그리고 다음 순간, 합일을 이루었던 건명력과 봉황력이 다시 서로에게서 떨어졌다.

구름이 모인 하늘 아래, 건명력과 봉황력이 마치 한 마리의 용과 봉황처럼 서로 다른 방향을 향해 지극히 빠른 속도로 날아가고 있었다. 바로 자신들의 주인을 향해.

비연과 군구신은 동시에 힘에 휩쓸려 날아가 저 멀리 떨어졌다.

마침내, 모든 것이 고요해졌다…….

여덟 번째 구현침

모여 있던 검은 구름이 흩어졌다. 북해의 하늘은 여전히 잿빛이었다. 끝없이 아득한 빙원 위에, 모든 이들이 사방에 흩어진 채 쓰러져 있었다.

차가운 바람이 불어오고 있는 것이 아니었다면, 바다에서 파도가 용솟음치고 있는 것이 아니었다면 이 세상은 시간조차 정지된 것처럼 보였을 것이다. 방금의 격전이, 심장을 떨리게 하는 그 무서운 장면들이 마치 일어나지 않았던 것처럼.

날카로운 바람이 고운원의 먹빛 머리카락이며 백의를 나부끼게 했다. 그러나 얼마 지나지 않아 그 머리카락도 백의도 투명해지더니 환영으로 변해 갔다. 고운원의 몸 전체가 그림자처럼 환영으로 변하고 있었다.

환영으로 변한 그의 가슴에 화염이 불타고 있는 것이 희미하게나마 보였다. 화염이 점차 커지더니 고운원의 몸 전체를 뒤덮기 시작했다.

그는 혼수상태에 빠진 것처럼 눈을 감고 있었다. 그러나 이 순간, 그의 입가는 가볍게나마 곡선을 그리고 있었다. 어딘가 나른한 듯한, 그리고 또 어딘가 심술궂은 매력이 넘치는 미소였다.

갑자기 그 화염이 꺼지더니 그의 몸도 그대로 사라져 버렸다. 그러자 백리명천 주변의 화염 역시 갑자기 사라졌다.

작열하던 통증이 사라지자 백리명천이 천천히 눈을 떴다.

"우리 연아……."

눈을 뜨자마자 연아의 이름을 부른 백리명천이 몸을 일으켜 주변을 둘러보았다. 한참을 둘러보다 보니 저 멀리 몽족 지하 궁전 쪽에서 사람들 한 무리가 썰매를 타고 빠르게 다가오는 것이 보였다.

저건…….

그는 잠시 당황했지만, 곧 정신을 가다듬었다!

구원병이다! 비연 일행의 구원병이 도착한 것이다!

제기랄, 그는 방금 뜻밖에도…….

그는 더 깊이 생각하지 않기로 하고 재빨리 몸을 일으켰다. 그러나 똑바로 서지도 못하고 비틀대다 하마터면 다시 쓰러질 뻔했다.

그는 간신히 몸을 세운 다음 사방을 둘러보았다. 비연과 군 구신이 먼 곳에 쓰러져 있었고, 고운원은 보이지 않았다.

방금 그는 건명력과 봉황력이 동시에 나타난 것을 생생하게 느꼈다. 그러나 대체 무슨 일이 벌어졌던 것인지는 도무지 알 수 없었다.

고운원 그 자식은……? 설마 먼저 도망친 것일까?

사람들이 점점 더 가까이 다가오고 있었다. 비연은 그들이 다가오는 방향에 쓰러져 있었다. 백리명천은 비연을 바라보며 잠시 머뭇거리다가, 결국은 중상을 입은 몸을 돌려 북해로 도망치기 시작했다.

비연 일행을 구하러 온 이들은 전다다와 당정 등이었고, 소 부인도 함께였다. 전다다는 지하 궁전을 통해 부친을 설족의 의원에게 부탁한 후 잠시도 지체하지 않고 궁수들을 이끌고 돌아왔다. 그러다 마침 당정과 정역비, 소 부인도 만나 함께 온 것이다.

백리명천을 가장 먼저 발견한 사람은 소 부인이었다. 그녀는 즉시 명령했다.

"궁수들, 어서!"

궁수들이 즉시 백리명천을 추격하며 화살을 날리기 시작했다. 그러나 안타깝게도 거리가 꽤 떨어져 있었다. 백리명천은 부상이 있었으나 화살을 피해 북해로 뛰어들었다.

인어족이 물속으로 뛰어들었는데, 추격할 수 있을 리 만무했다. 소 부인은 그 이상 백리명천을 쫓지 않고 계속 앞으로 달려 나오다가 곧 땅에 쓰러져 있는 비연을 발견했다.

그들은 지하 궁전을 빠져나올 무렵 북해안의 거대한 움직임을 느꼈기 때문에 큰일이 벌어졌다는 사실은 짐작하고 있었다. 안타깝게도 그들이 한 걸음 늦었지만.

비연이 정신을 잃고 쓰러져 있는 것을 보자 언제나 냉담한 표정의 소 부인도 안색이 변했다. 그녀는 다급하게 썰매에서 뛰어내리다가 비연 곁에 넘어졌다. 그녀는 아픈 것도 신경 쓰지 않고 기어가 비연을 재빨리 안았다.

"연 공주님, 괜찮으세요? 연 공주님, 깨어나세요! 저를 놀라게 하지 마시고요!"

소 부인은 비연을 따뜻하게 감싸며 계속 그녀를 불렀다. 그러나 비연은 여전히 혼수상태였다. 소 부인은 비연의 맥을 짚은 후, 다행히 큰 문제는 없다는 것을 알고 안심했다.

정역비는 군구신을 향해 달려갔다. 군구신 역시 비연과 마찬가지로 정신을 잃고 있었다. 정역비가 군구신을 업고 소 부인 곁으로 왔다.

소 부인은 군구신의 맥을 짚은 후 의심스럽다는 듯 말했다.

"맥도 안정적이고 내상을 입은 것도 아니야! 대체 어찌 된 일이지?"

그들로서는 방금 무슨 일이 벌어졌는지 알 방법이 없었다. 전다다는 군구신이 백리명천과 결전을 벌였고, 두 사람 모두 중상을 입었다고 이야기했었다! 그들 세 사람 모두 잘못 들은 것이 아닌데……. 설마 전다다가 거짓말을 한 것일까?

소 부인이 물었다.

"전아는?"

전다다는 막 중상을 입은 목연과 대설을 찾아내 시위들에게 도움을 청하고 있었다. 소 부인이 재빨리 다가가 맥을 짚었다. 그리고 목연이야말로 심한 내상을 입을 상태임을 알아차렸다.

그리고 대설은…… 소 부인으로서는 진단을 내리기 어려웠으나, 눈을 감은 채 깨어나지 않는 것을 보면 역시 상처가 심하다는 것을 확신할 수 있었다.

전다다가 다급하게 말했다.

"어떻게 대설까지……. 대체 무슨 일이 벌어진 거죠?"

그때 당정이 멀리서 그들에게 손을 흔들며 외쳤다.

"어서 이리로 와 봐!"

전다다 일행이 가 보니 포박당한 축운궁주와 인어족 병사들이 모두 바닥에 쓰러져 있었다. 인어족 병사들은 혼수상태에 빠져 있었고, 정신을 차리고 있는 것은 축운궁주뿐이었다.

축운궁주의 얼굴을 본 모두 깜짝 놀라 숨을 들이마셨다.

소 부인과 당정은 축운궁주를 알지 못했다. 전다다가 축운궁주의 옷차림이며 머리 모양을 눈에 담아 두지 않았다면, 아마 전다다도 눈앞의 이 괴이한 늙은 여자가 그 거만하던 축운궁주라는 사실을 믿을 수 없었을 것이다.

모두 의아한 표정으로 서로의 얼굴을 바라보는 가운데, 축운궁주는 마치 자신만의 세계에 빠진 것처럼 아무 반응도 보이지 않았다. 그녀는 깨어 있는 상태였지만 영혼을 잃기라도 한 것처럼 두 눈이 텅 빈 채, 입으로는 알아듣기 어려운 말을 중얼거리고 있었다.

마침내 전다다가 분노한 목소리로 물었다.

"무슨 일이 있었던 거지? 네 얼굴은…… 네 얼굴은 어찌 된 거야?"

축운궁주는 전다다에게 눈길 한번 보내지 않고 여전히 같은 말만 중얼거리고 있었다. 마치 거대한 타격을 입은 것처럼.

전다다는 궁금한 마음에 다시 한 걸음 다가갔고, 마침내 축운궁주의 말을 알아들을 수 있었다.

"고운원⋯⋯ 고운원⋯⋯ 고운원⋯⋯."

전다다가 깜짝 놀라 물었다.

"고孤운원? 고顧운원? 그가 왔었다고?"

그러나 축운궁주는 아무것도 듣지 못한 것처럼 여전히 자기만의 세계에 빠져 계속 중얼거리고 있었다.

전다다가 계속 질문하려 했지만, 소 부인이 끼어들었다.

"이곳은 오래 머물 만한 곳이 아니니 일단 모두 돌아가는 것이 좋겠어. 연 공주님이 깨어나시면 그때 심문해도 늦지 않아."

그들은 이렇게 비연, 군구신, 목연, 거기에 축운궁주와 인어족 병사들까지 모두 데리고 갈 수 있게 되었다.

다만 대설의 몸집이 너무 컸기에 대체 어떻게 옮겨야 좋을지 알 수 없었는데, 전다다가 무심결에 몇 번 쓰다듬자 대설이 순식간에 빙려서로 변했다. 전다다는 재빨리 대설을 안아 제 호주머니에 소중하게 넣었다.

소 부인은 모두와 함께 가지 않고 북해안에서 수색 작업을 시작했다. 그녀는 결계를 몇 곳 찾았지만, 안타깝게도 그 안에서 별다른 것은 발견하지 못했다. 그녀는 의외의 상황을 방지하기 위해 이 결계들을 전부 풀어 버린 다음에야 북해안을 떠났다.

모든 이들이 사라진 후에야 아득한 북해는 다시 고요함을 되찾았다. 하늘에서는 갑자기 눈보라가 날리기 시작했다.

해안에 화염 하나가 또렷하게 나타났다. 그러자 한 사람의 그림자도 점차 명확하게 나타나기 시작했다.

고운원이 다시 나타난 것이다.

그는 한쪽 무릎을 꿇고 한 손으로 땅을 짚은 채, 다른 한 손으로는 가슴을 누르고 있었다. 그의 손가락 사이에는 금침이 하나 끼어 있었는데, 바로 구현침이었다. 그는 이 침을 두 개 남겨 두었다. 하나는 비연을 위해, 그리고 하나는 자기 자신을 위해.

그는 구현침을 제 심장께로 조금씩 찔러 넣으며 희미하게 웃기 시작했다.

"천 년 동안 이렇게 야단법석을 떨어 본 적도 없군. 오늘 비록 졌지만, 하하, 아주 재미있었어! 아주 신났다고!"

너는 그를 아주 좋아하지

사흘 후.

설족의 얼음집 안, 비연과 군구신이 동시에 깨어났다.

비연의 의식은 여전히 북해안에 머물러 있었다. 그녀는 눈을 뜨자마자 일어나 앉으며 비명을 질렀다.

"군구신!"

군구신은 그녀 곁에 누워 있었다. 그는 그녀의 비명을 듣자마자 그녀의 손목을 잡으며 속삭였다.

"여기 있어."

비연이 다급하게 돌아보았다. 잔잔하게 미소 짓고 있는 군구신을 보고서야 그녀는 겨우 안도의 한숨을 내쉬었다.

이때, 곁을 지키던 당정도 안도의 한숨을 내쉬었다.

당정이 놀리듯 말했다.

"이것 봐, 이것 봐. 정신을 잃은 상태에서도 계속 제 낭군님만 생각하고!"

비연이 그제야 곁에 있는 당정을 발견했다. 그녀는 아직 좀 몽롱한 상태였다. 비연이 고쳐 앉으며 물었다.

"나…… 우리…… 구해 준 거야?"

당징이 말했다.

"우리가 좀 늦었어. 대체 무슨 일이 있었는지도 모르는걸. 너희가 깨어나 우리에게 알려 주기만을 기다리고 있었는데. 너희 두 사람 모두 사흘 밤낮을 정신을 잃고 있었어. 만약 계속 깨어나지 않았다면 우리는 대체 어떻게 해야 할지도 몰랐을 거야!"

비연은 미간을 찌푸린 채 생각에 잠겼다. 군구신도 몸을 일으켰다. 그는 곧 제 내상이 전부 회복되었음을 발견했다. 아니, 심지어 환골탈태한 느낌마저 들었다.

이게 어찌 된 일인가?

이때, 비연도 자신의 몸이 예전과 다르다는 것을 눈치챘다. 정확히 표현할 수는 없었지만, 감각이 예전과는 달랐다.

군구신이 말했다.

"설마 건명력과 봉황력이 우리를 지켜 준 걸까?"

비연은 감히 확신하지 못하고, 일단 당정에게 물었다.

"고운원과 백리명천은? 그리고 축운궁주…… 설마 도망친 것은 아니겠지?"

당정이 어쩔 수 없다는 듯 고개를 저었다.

"고운원은 보지도 못했는걸. 백리명천이 도망치는 것만 봤어. 대체 무슨 일이 있었던 거야? 어서 말해 봐!"

비연은 잠시 기억을 되살린 후 그간 있었던 일을 모두 이야기했다.

당정은 깜짝 놀랐다. 고운원이 그런 사람이었다니! 그리고 비연과 군구신 모두 중상을 입은 상태에서 스스로를 치유했다니……. 지금 비연과 군구신의 몸에는 상처라고는 전혀 보이지 않았다.

소 부인이 참지 못하고 물었다.

"설마…… 건명력과 봉황력이 두 분을 지켜 준 걸까요?"

"무학에, 죽음에 이르면 오히려 살아난다는 이야기가 있지요."

군구신이 대답하며 손을 뻗어 건명력을 소환했다.

과연…… 그가 비록 아직 건명검술의 세 번째 깊은 뜻을 깨닫지는 못했지만, 건명력을 예전보다 훨씬 능숙하게 부릴 수 있었다.

그 모습을 본 비연도 재빨리 봉황력을 소환했다. 그녀 역시 비슷한 느낌을 받았다. 그녀는 이미 10품 봉황력을 자유롭게 다룰 수 있으니 승급할 가능성은 없었다. 그러나 그녀도 이제 봉황력을 예전처럼 힘들이지 않고 마음껏 부릴 수 있었다.

소 부인이 말했다.

"새옹지마라더니, 어쨌든 두 분께 아무 일도 없으니 다행입니다!"

군구신과 비연은 아무 말 없이 미간을 찌푸린 채 생각에 잠겼다. 두 사람 모두 고운원을 떠올리고 있었다.

군구신은 자신이 고운원과 힘을 겨루던 과정을 생각하고 있었고, 비연은 머릿속에서 고운원의 그 사악한 표정을 떨쳐 내지 못하고 있었다.

그때 전다다가 두 사람의 생각을 끊었다.

"연아 언니, 형부랑 언니 몸 상태가 괜찮으면 어서 축운궁주를 심문해 보는 게 어떨까? 축운궁주는 곧 미칠 것 같아. 지금 당장 심문하지 않으면 나중에는 아무것도 알아낼 수 없을지도 몰라!"

미친다고?

비연과 군구신은 깜짝 놀랐다.

"그게 대체 무슨 소리야?"

비연의 물음에 전다다가 대답했다.

"직접 가서 보면…… 알 거야."

군구신과 비연은 다급하게 침상에서 내려왔다.

비연이 문밖으로 나서려 했을 때, 목연과 아금 숙부가 없다는 것을 깨닫고 물었다.

"전아, 아버지는 괜찮으신 거야? 그리고 목연은?"

전다다가 대답했다.

"아버지는 동상을 입었어. 의원 말에 따르면, 반년 정도만 치료하면 좋아지실 거래. 이곳은 날도 춥고 약재도 모자란 편이라, 일단 아버지를 흑삼림으로 가시게 했어. 우리 어머니가 흑삼림으로 오셔서 돌봐 주실 거야."

비연이 안도의 한숨을 내쉬었다.

"치료할 수 있다니 정말 다행이야. 아니었다면, 정말 네 어머니께 어떻게 말씀드려야 했을지……."

전다다가 덧붙였다.

"목연도 괜찮아. 며칠 더 침상에서 쉬어야 할 것 같지만."

비연은 고개를 끄덕이며 군구신과 함께 축운궁주가 갇혀 있는 얼음집으로 향했다.

얼음집의 문을 여는 순간, 축운궁주가 형틀에 묶여 있는 것이 보였다. 머리를 풀어헤친 그녀는 고개를 숙인 채 계속 같은 말만 반복하고 있었다. 비연 일행이 들어가도 그녀는 미동도 없이, 여전히 중얼거리고 있을 뿐이었다.

비연과 군구신은 서로의 얼굴을 바라본 다음, 가까이 다가가 귀를 기울였다.

축운궁주가 반복하는 말은 바로 '고운원'이었다.

비연과 군구신 모두 아주 잘 기억하고 있었다. 고운원이 나타났을 때, 바로 축운궁주가 비명을 질렀기에 모두 알 수 있었다.

축운궁주는 분명 고운원을 알고 있다! 게다가 고운원에게 집착하고 있는 것 같지 않은가!

고운원을 알고 있고, 또한 음양이 뒤섞인 얼굴을 가진 축운궁주. 축운궁주는 대체 어떤 사람일까? 백리명천은 무엇 때문에 그녀의 허수아비가 되었을까? 그리고 또 어떻게 고운원과 결탁한 거지?

비연에게는 의문이 너무도 많았다.

그녀는 의자를 가져와 앉은 다음, 제대로 심문할 준비를 했다.

"넌 대체 누구지?"

비연이 다시 물었다.

"백리명천과는 무슨 관계야? 고운원과는? 혈루는 대체 무엇이지?"

그녀는 계속 물었다.

"천 년 전에 대체 무슨 일이 있었지? 몽족은 어떻게 멸족된 거야?"

비연이 또 한 번 물었다.

"계강란을 키운 것은 무엇 때문이었지?"

비연이 계속 물었으나 축운궁주는 아무것도 듣지 못한 것처럼, 미동도 없이 계속 '고운원'이라는 말만을 반복했다.

비연의 눈가에 복잡한 빛이 스쳐 갔다.

"너와 고운원은 대체 무슨 관계지? 설마…… 정말로 천 년을 살아온 건가? 예전에 구려족의 노예였던 거야?"

마침내 축운궁주의 중얼거림이 멈췄다.

비연은 자신이 축운궁주의 아픈 부분을 찔렀음을 직감하고 계속 물었다.

"네 얼굴은 대체 어찌 된 거야? 설마 예전에 구려족이 인어족 노비들에게 음양이 뒤섞인 화장을 하게 했던 것도 너와 상관있는 건가?"

이 말을 들은 축운궁주가 사나운 기세로 고개를 들어 비연을 바라보았다.

그녀는 사흘 전보다 훨씬 늙어 보였다. 주름이 가득한 반남, 반녀의 얼굴이 흉악하게 일그러지니 마치 늙은 요괴처럼 보였다. 그러나 가장 무서운 것은 얼굴이 아니라 살의로 가득 찬 그녀의 눈동자였다.

그 눈을 똑바로 쳐다보면서도 비연은 겁내지 않고 계속 축운궁주를 자극했다.

"고운원을…… 아주 좋아하지?"

찰나의 순간, 축운궁주의 눈에서 타오르던 분노의 불길이 사라지더니, 대신 무어라 이름 붙일 수 없는 애수가 그 자리를 메웠다. 삼월에 내리는 안개비처럼 담담하고도 몽롱하게 젖어 가는 그 애수는…… 아마 축운궁주로서도 도저히 떨쳐 버릴 수 없는 것일 터였다.

축운궁주는 대체 그를 얼마나 좋아하기에 언제 어디서건, 또 누구에게건 '좋아한다'는 말을 들으면 모든 기분을 잊고 그저 애수만을 느끼는 걸까.

비연은 그저 추측했을 뿐이었지만, 축운궁주의 이러한 반응을 보니 마음에 짚이는 것이 있었다.

그녀의 눈이 영리하게 반짝였다. 그리고 그녀는 바로 축운궁주를 위협했다.

"고운원은 지금 본 왕비의 손에 떨어진 상태다. 본 왕비가 무엇을 묻건 솔직하게 대답하는 것이 좋을 거야. 아니면 너는 남은 평생 그를 보지 못하게 될 테니까!"

축운궁주의 눈빛이 갑자기 변했다.

"감히!"

비연이 몰래 냉소했다.

축운궁주는 확실히 곧 미칠 모양이었다. 축운궁주는 북해안에서 건명력과 봉황력에 의해 쓸려 나간 후에도 정신을 잃지 않았으니 고운원이 도망쳤다는 것을 알 텐데, 뜻밖에도 이리 속아 넘어가다니!

여하튼 잘된 일이었다.

이 약점을 잡은 김에 솔직한 이야기를 들어야 했다. 사랑을 경험한 사람이라면 모두 알 수밖에 없었다. 사랑은 사람을 바보로 만드니까.

비연이 미소 지으며 말했다.

"그럼 일단 그의 두 손을 잘라, 내 너에게 보여 줄까?"

너와 나는 낯선 사람

사랑 한 번에 평생을 바보처럼 지냈다.

비연은 거짓으로 위협한 것에 지나지 않았지만 축운궁주는 공포에 질린 표정으로 외쳤다.

"안 돼! 그러지 마!"

그동안 축운궁주를 계속 강적이라 생각해 왔기 때문일까? 이렇게 황망한 표정의 그녀를 보니 조금 실망하지 않을 수 없었다.

그러나 비연은 곧 그런 생각을 떨치고, 가까이 다가가 냉랭한 눈초리로 축운궁주를 바라보며 말했다.

"그럼 본 왕비에게 대답해라. 너는 대체 누구냐?"

축운궁주는 비연을 한참 동안 바라보았다. 갑자기 그녀의 눈에 눈물이 차오르는가 싶더니, 큰 소리로 웃기 시작했다.

음양이 뒤섞인 늙은 얼굴 때문일까. 울고 있는 건지 웃고 있는 건지 비연은 도무지 분간할 수가 없었다.

"내가 누구냐고? 하하, 나는 인어족의 죄인이지!"

인어족의 죄인이라고?

비연뿐 아니라 그녀 뒤에 있던 군구신도 모두 의아한 표정을 지었다.

비연이 재빨리 물었다.

"그건 무슨 의미지?"

축운궁주는 이제 웃지 않았다. 그녀는 계속 눈물을 흘리며, 울먹이는 목소리로 말했다.

"내 얼굴이 원래부터 이랬던 것은 아니었어. 내 얼굴은 무척 아름다웠지……. 그래, 그때 나는 인어족 여자 중 가장 아름다웠고……. 그래, 구려족 검녀보다도 아름다웠어. 그저, 그저 내가 그를 좋아했기 때문에, 그 여자가 그 사실을 알게 되어서…… 그녀는 제 울분을 풀기 위해 내 얼굴에 음양을 뒤섞어 문신했지. 그리고 족장에게 제안하더군. 구려족 노비인 인어족은 모두 음양이 뒤섞인 화장을 해야 한다고…… 신분을 구분하기 위해서 말이야."

그녀의 말은 적지 않은 정보를 담고 있었다!

모두 의아한 얼굴로 서로를 바라보았다.

비연이 재빨리 물었다.

"네가, 정말 천 년 전에도 살아 있었던 거군! 대체 어떻게 그럴 수 있는 거지? 너도 기령인가?"

축운궁주는 슬픔과 부끄러움에 잠겨 있었다. 그녀는 고개를 숙인 채 비연을 제대로 쳐다보지도 않았지만, 그래도 사실대로 대답했다.

"천 년 전 나는 이미 9단계 진기를 수련한 상태였어. 대완만의 경지에 도달해 불로불사의 몸을 얻었지."

비연도 현공대륙에서 기를 수련하는 체계를 알고 있었다. 확실히 수련이 극에 달하면 불로불사의 몸을 얻게 된다는 이야기가 있었다. 그러나 천 년 전에 이미 그 경지에 도달한 인물이 있었다니!

비연이 계속 물으려는데 축운궁주가 갑자기 흥분하여 외쳤다.

"만약 10년 전 빙해의 이변으로 인해 진기가 사라지지 않았다면, 내가 오늘 이러한 처지로 전락하지 않았을 것이다! 이렇게 괴이한 모습으로 늙어 버리지 않았을 거라고! 이 모든 것은 다 너희들이 저지른 일이야! 너희들이!"

그들이 저지른 일이라고?

이 모든 것은 기씨, 혁씨, 소씨, 세 가문과 천 번 만 번 찢어 죽여도 시원치 않을 단목요가 시작한 것이었다! 축운궁주는 혁소해와 단목요를 제 아래 두고 있었으면서, 다른 사람에게 죄를 물을 자격이 있다고 생각하는 걸까?

그러나 비연은 이 순간 축운궁주와 시비를 가릴 마음이 없었다. 그녀는 어떻게든 마음속 의혹을 풀고, 천 년 전의 진상을 알고 싶을 뿐이었다.

비연이 말했다.

"빙해의 이변으로 인해 진기가 사라졌고, 너는 늙어 갈 뿐 아니라 이제 명도 얼마 남지 않은 것 같군! 그래서 네가 했던 모든 행동은 빙해로 가기 위한 거였나? 진기를 회복해서 외모를 지키고, 또 목숨을 부지하기 위해?"

축운궁주는 대답하지 않았다.

비연이 다시 물었다.

"네가 계강란을 거둔 것도 이 일과 관계있는 건가? 계강란이 대체 누구지?"

축운궁주는 비연의 시선을 피하며 오래도록 대답하지 않았다.

비연이 사납게 마음을 먹고 말했다.

"말하지 않겠다고? 좋아, 내가 꼭 고운원의 두 손을 자를 필요까지도 없겠지. 지금 당장 그를 여기로 끌고 오도록 할게. 그가 지금 네 모습을 보면 어떨까? 내 생각에 고운원은 너를 아예 알아보지도 못할 것 같군!"

축운궁주가 마침내 비연을 바라보았다. 그러나 그녀는 여전히 대답하지 않았다.

비연이 갑자기 날카로운 목소리로 외쳤다.

"여봐라, 고운원을 끌고 와라!"

이 말을 들은 주변 시위들이 모두 명한 표정을 지었다. 그도 그럴 것이, 고운원은 지금 그들의 손에 있지 않았으니까!

그러나 눈치 빠른 당정이 재빨리 나섰다.

"내가 다녀올게! 잠시만 기다려!"

상황을 보면 축운궁주는 분명 고운원을 짝사랑하고 있었다. 여자라면 누구나 제 마음을 울리는 사람과 행복하게 살고 싶은 법. 축운궁주는 분명 고운원에게 지금의 모습을 보여 주고 싶지 않을 것이다!

과연, 당정이 몸을 돌리는 순간 축운궁주가 외쳤다.

"그는 나를 알아보지 못할 거야! 내가 천 년 전의 외모를 그대로 지니고 있다 해도…… 그는 나를 알아보지 못해! 그는…… 아예…… 나의 존재조차 모르니까……."

축운궁주의 말에 점차 울먹임이 섞여 들었다. 그리고 그녀는 마침내 슬프게 흐느끼기 시작했다.

그녀가 구려족의 노비였을 때 고운원은 천하제일의 약사로 구려족의 귀빈이었다. 족장은 내심 그를 사윗감으로 여기고 있었고, 검녀는 그를 꿈속의 연인처럼 생각했다. 그러나 그녀에게는 그와 알고 지낼 자격은커녕 그에게 가까이 다가갈 자격조차 없었다. 그녀는 먼발치에서 그를 바라보며 몰래 마음을 쌓아 갈 수밖에 없었다.

그날, 그와 그녀는 도화림에 있었다. 사월의 도화는 화려하게 피어났고, 분분히 흩날리는 낙화는 아름다웠다. 그리고 그녀는 먹어서는 안 될 마음을 먹었다. 그에게 다가가 말을 걸려 한 것이다.

그러나 안타깝게도 그녀는 그의 이목을 끄는 데 실패했고, 대신 검녀의 눈에 뜨이게 되었다. 그날 이후 그녀는 외모를 잃고, 영원히 음양이 뒤섞인 괴이한 얼굴로 살아야만 하게 되었다.

지금은 아무도 아는 이 없지만, 인어족의 음양 화장 역시 그녀 때문에 생겨난 것이었다. 그리고 그녀가 검녀 때문에 얼마나 고통스러워했는지는 더더욱 아는 이가 없었다.

그날 이후로 그녀는 열심히 진기를 수련했다. 자유로워지기 위해, 그리고 언젠가 그를, 고운원을 다시 만나기 위해!

그러나 그 누가 알았을까? 그녀가 그의 모습을 본 순간 북해 안에서는 이미 최후의 장면이 펼쳐지고 있었다. 그녀는 어두운 곳에 몸을 숨긴 채 그가 검녀와 함께 왔다가 떠나는 것을 지켜보았다.

생각해 보면 우스운 일이었다. 당시 그녀의 실력이라면 그 앞에 나갈 수도, 검녀에게 복수할 수도 있었다. 그러나 그녀는 그저 눈을 뜬 채로 그가 검녀를 부축해 떠나는 것을 지켜보았다. 그리고 그가 떠난 후 미친 것처럼 여기저기 그의 흔적을 찾아다녔다. 그와 관계있는 모든 것을.

그녀는 정말로 상상조차 할 수 없었다. 그가 그녀처럼 계속 살아 있을 줄은.

축운궁주는 슬픔과 번뇌에 침잠해 있었고, 비연의 마음도 이유 없이 답답해졌다. 비연의 마음속에서 구려족 검녀에 대한 인식이 바뀌고, 축운궁주에게는 연민의 마음이 생겨났다.

가장 슬픈 일은…… 내 마음이 달을 향하는데 달이 다른 이를 비춰 주는 것도 아니고, 내가 그를 바라는데 그가 내 마음을 모르는 것도 아니었다. 가장 슬픈 일은 바로…… 내가 마음을 너에게 주었는데 너와 나는 낯선 사람인, 그런 상황이었다.

비연은 재빨리 마음을 추스르고 계속 물었다.

"구려족 검녀는 신농곡 밖 장파와는 무슨 관계지?"

축운궁주가 고개를 들더니 물었다.

"그건 무슨 뜻이지?"

비연이 물었다.

"설마…… 장파의 존재를 들어 본 적이 없는 건 아니겠지?"

축운궁주가 대답했다.

"장파는 그림에 능통하고, 또 화장술에 능통하지. 대대로 재능을 전하고. 그런데 그녀가 구려족 검녀와 무슨……."

여기까지 이야기한 축운궁주는 갑자기 뭔가 이상하다는 것을 깨달은 듯 서둘러 물었다.

"고비연, 그 말이 무슨 의미지? 설마 무슨 일이라도 있었던 건가?"

비연은 축운궁주가 장파의 음양 화장에 대해 알지 못할 거라고는 생각한 적이 없었다. 그러나 또 세밀히 따져 보면, 장파의 전설은 화장술이나 그림에만 국한되어 있지, 음양 화장에 관한 이야기는 없었다. 비연 일행도 실수로 장파 고묘에 들어가 진묵을 알게 되지 않았다면 음양 화장의 존재조차 몰랐을 것이다.

비연이 말했다.

"일단 말해 봐. 그때 구려족 검녀가 무엇 때문에 음양 화장을 선택한 거지? 네 얼굴에 직접 문신을 새겼나? 그녀는…… 어느 문파의 제자였지?"

축운궁주가 고개를 돌리더니, 굴욕적인 표정으로 답했다.

"검녀는 어린 시절부터 그림 그리기를 좋아했고, 당시 유명한 스승들 여럿에게서 그림을 배웠지. 음양 화장은 그녀가 스스로 만들어 낸 거야. 남자도 여자도 아닌, 음도 양도 아닌…… 나를 모욕하기 위해서!"

이 밀을 들은 비연은 생각에 잠긴 표정으로 군구신을 바라보았다…….

계강란의 신분

비연과 군구신은 백리명천의 소장품에서 인어족이 물을 희롱하는 그림을 본 적이 있었다. 그 인어족 여자는 바로 얼굴에 음양 화장을 하고 있었다.

진묵의 감정에 따르면 그 그림은 고씨 가문에 보관되어 있던 그림보다 빠른 시기의 것이라 했다. 그들은 당시 장파가 음양 화장의 창시자가 아니라, 장파 전에도 음양 화장이 존재했을 것으로 추측했었다. 지금 축운궁주의 이야기를 들으니 그들의 추측이 옳았었다!

그러나 구려족 검녀가 음양 화장을 창시했다면, 무엇 때문에 장파는 제 얼굴에 음양 화장을 했을까? 그리고 또 무엇 때문에 제자들에게도 음양 화장을 하라고 요구했을까?

게다가 장파는 고운원과 또 무슨 관계일까? 무엇 때문에 고씨 가문에 있던 그 그림을 고쳐 그린 것일까?

'금은 어느 밤에나 돌아올까, 마음은 외로운 구름과 멀어지고.'

'금은 어느 밤에나 돌아올까, 마음은 고운원과 함께.'

그 그림에 적혀 있던 시구는 얼핏 보기에는 산수며 한가로운 생활을 노래한 것 같았지만, 자세히 읽어 보면 그 안에 사람의 이름을 숨겨 애정을 표시하고 있었다. 장파는 분명 고운원을 사랑하고 있었다!

그런데 축운궁주의 반응을 보면 그녀는 장파를 알지 못하는 것 같았다.

비연이 계속 고민하는 가운데, 군구신이 물었다.

"네가 장파 일파를 알게 된 것이 언제부터지? 첫 번째 장파는 대체 어떤 사람이었지?"

축운궁주는 의혹 서린 얼굴로 물었다.

"대체 왜 그런 것을 묻는 거지?"

군구신이 냉랭하게 말했다.

"본 왕의 질문에 답한다면, 너에게 경천동지할 비밀을 알려주지!"

군구신은 분명 마음속으로 짚이는 것이 있는 표정이었다. 축운궁주는 계속 의심스러운 얼굴로 대답했다.

"장파 일맥도 천 년 전으로 거슬러 올라가지. 대략…… 구려족이 멸족한 후 10여 년 정도 지나……."

이 말을 들은 군구신이 서둘러 물었다.

"장파도 고운원을 사모했다. 그건 알고 있나?"

축운궁주가 의아한 표정을 지었다.

군구신이 다시 말했다.

"장파 고묘 안 장파의 초상이 음양 화장을 하고 있더군. 역대 장파는 모두 음양 화장을 할 것을 요구받았다. 너도 아는 사실인가?"

축운궁주가 경악하여 물었다.

"뭐라고?"

군구신이 다시 말했다.

"장파의 회화 실력이며 화장술은 절정이었지. 천 년 전에 이름이 나지 않았을 리 만무하다! 한번 다시 생각해 보는 것이 어때?"

축운궁주는 이해할 수 없다는 눈빛으로 외쳤다.

"그녀야! 분명 그녀야……!"

그때 비연이 축운궁주를 바라보며 물었다.

"검녀의 이름에 금琴이라는 글자가 들어가나?"

축운궁주가 다급하게 외쳤다.

"구려족은 려를 성으로 삼았지. 검녀의 이름은 려금黎琴, 아명은 금슬琴瑟이었어!"

비연이 탁한 숨을 토해 내며 말했다.

"검녀가 바로 장파야. 분명해!"

그러나 비연이 이해할 수 없는 것이 남아 있었다. 음양 화장은 당시 비천함을 상징했다. 그런데 장파는 무엇 때문에 제 얼굴에 음양 화장을 했을까? 그리고 왜 제자들에게도 음양 화장을 요구했을까?

그녀가 장파 일파를 세운 이유는 무엇일까? 천 년 전 대체 무슨 일이 있었던 거지?

모든 것을 명확하게 알기 위해서는 일단 천 년 전 북해안에서 대체 무슨 일이 있었는지 알아야만 하지 않을까?

축운궁주는 계속 고개를 저으며 중얼거리고 있었다.

"그녀였어! 그녀였구나……! 내가 어떻게 생각해 내지 못했을까!"

비연이 곧 그녀의 말을 자르고 질문했다.

"구려족과 몽족은 어떻게 멸족된 거지? 너희 인어족은 또 어떻게 살아남은 거고? 말해 봐!"

축운궁주가 잠시 비연을 바라본 후에 말했다.

"너에게 모든 진상을 말해 줄 테니, 한 가지만 들어줘."

비연은 잠시 머뭇거리다가 대답했다.

"너는 나에게 조건을 이야기할 자격이 없을 텐데!"

축운궁주가 다급하게 말했다.

"나는…… 그도 진기 수련의 최고 단계인 대완만의 경지에 이른 걸 몰랐어……. 그가 죽지 않고 살아 있을 줄은! 내 요구는 별것 아니야. 그저…… 나에게 한 번만 화장을 해 줘. 그리고 그를…… 한 번만 보게 해 줘. 그에게 말을 건네 보고 싶어. 나는……."

여기까지 들은 비연은 잔인하게 축운궁주의 말을 잘랐다.

"축운? 네가 쫓던 운이 바로 그였던 건가? 축운궁의 영패에 불이 그려져 있는 것도 그 때문이고? 어서 깨어나는 것이 좋아! 너도 알잖아. 고운원은 백리명천과 결탁해서 너를 속였어. 백리명천은 네 허수아비가 된 적도 없고, 그저 너를 이용했을 뿐이야!"

축운궁주가 얼이 빠진 표정을 지었다.

비연이 다시 말했다.

"천 년 전, 네가 그를 좋아했지만, 그는 너를 알지도 못했어! 천 년이 지났고, 그는 모든 것을 장악했지! 그는 이제 너를 알 뿐 아니라…… 네가 어떤 상태인지 명백하게 알고 있을 거야!"

인정하지 않을 수 없었다. 축운궁주는 고운원을 다시 본 그 순간부터 혼이 나가 버렸고, 이성도 전부 사라진 상태였다. 그녀는 심지어 백리명천이 자신을 배반했다는 사실조차 잊고 있었다!

비연의 말을 들은 축운궁주는 마치 한 대 맞은 것처럼 철저하게 모든 것을 깨닫기 시작했다.

"그가, 그가 안다고? 그가 이미 모든 것을 안다고?"

비연의 눈에 도저히 견딜 수 없다는 빛이 스쳐 갔다.

"그는 너와 백리명천을 이용해 어부지리를 얻으려 했지. 계속 생각해 봐도 좋아. 그가 대체 무엇을 원했던 것 같아?"

그러나 어쩔 수 없었다. 축운궁주는 모든 사실을 깨달은 후에도 여전히 고운원에게 마음을 주고 있었다.

"그가 영생을 지닌 몸이라면 분명 나와 같겠지. 남은 시간이 얼마 되지 않는 거야! 그는 분명…… 빙해의 수수께끼를 파해할 생각이었겠지!"

고운원은 영생의 몸이 아니라 기령이었다! 비연이 그것을 설명하려 했을 때 축운궁주가 다급하게 말했다.

"고비연, 너는 네 부모를 구하고 싶겠지? 나와 그는 그저 빙해의 수수께끼를 풀고 싶을 뿐이야! 그러니 그를 괴롭히지 말아 줘……. 내가 할 수 있는 한 너를 도와줄 테니!"

사실 그들의 목적은 전혀 충돌하지 않았다! 다만 축운궁주가 지금까지 비연과 협력할 생각이 없었을 뿐이었다.

그녀는 자신이 절대적인 우세를 점하고 있다고 생각했고, 대륙의 운명에 영향을 끼칠 건명력을 홀로 누릴 생각이었다. 그녀는 자신이 비연에게 이렇게 애걸하는 지경에 이르리라고는 생각한 적 없었다.

축운궁주는 긴장한 표정으로 비연을 바라보며 대답을 기다렸다.

이 순간 비연의 심정은 무척이나 복잡했다. 눈앞의 축운궁주가 몹시 가련하기도 했고, 또 가소롭게 느껴지기도 했다.

축운궁주가 지닌 고운원에 대한 집념이 가련했고, 축운궁주의 순진한 모습이 우스웠다.

이 가련하고 가소로운 여인은……. 그래서 그때 검녀에게 그렇게 업신여김을 당한 것이다!

비연이 차갑게 웃으며 말했다.

"좋아. 일단 나에게 천 년 전 북해안에서 대체 무슨 일이 있었는지부터 말해 줘야겠어!"

축운궁주는 천 년 전 재난의 시작과 끝을 모두 이야기하기 시작했다.

비연은 비록 마음의 준비를 하고 있었지만, 진상을 듣고 나니 탄식이 나오지 않을 수 없었다. 그들은 백리명천이 혈루를, 그렇게 무서운 힘을 장악했을 줄은 생각도 하지 못하고 있었다.

비연이 중얼거렸다.

"그렇다면 건명력이 천살을 북해에 가둔 셈이고, 혈제대진이 건명력을 북해에 가둔 것이군. 백리명천은 혈제대진을 파해하고 혈루를 얻었고! 건명력은 그로 인해 북해를 떠난 거야!"

비연은 계속 혈제대진이라는 말을 중얼거리다가 갑자기 전어멈과 운공대륙의 백리 일족을 떠올리고는 불안한 마음에 서둘러 물었다.

"계강란은 무엇에 쓸 생각이었지?"

축운궁주가 갑자기 군구신을 바라보며 말했다.

"계강란은 구려족의 후예야. 건명보검을 다룰 수 있고, 건명력을 장악할 수 있는 자는 구려족뿐이지!"

그녀는 영생을 바랐을 뿐 세상을 멸하고 싶은 것은 아니었다!

그녀가 다시 지살의 힘을 끌어내기 위해서는 건명력이 필요했다. 그래서 그녀는 계강란을 계속 곁에 남겨 둔 것이다. 모든 것이 구비된 후 계강란으로 하여금 건명력을 장악하게 할 생각으로.

군구신이 건명보검을 손에 넣은 후에도 그녀가 조급해하지 않았던 것은 그래서였다.

그녀는 꿈에도 생각하지 못했다. 군구신이 이미 건명력을 소환하여 능숙하게 다루고 있을 줄이야.

군구신이 지금 도달한 경지는 그때의 검녀와 막상막하였고, 혈루와도 대적할 수 있을 정도였다.

그렇다면 이미 건명검술의 최고 경지인 인검합일에 도달한 것 아닌가!

축운궁주가 군구신의 손에 들린 건명보검 쪽으로 시선을 돌리더니 말했다.

"너는 아마 군씨 가문의 적장자가 아닌 거겠지? 분명 구려족의 후예일 거야! 계강란의 발바닥에는 구려족 혈통을 증명하는 용의 무늬가 있다. 너에게도 분명 있겠지!"

또 일부러

용무늬가 구려족 혈통의 표시라고?

비연과 군구신은 모두의 예상과는 다르게 흘러가는 이야기에 깜짝 놀랐다.

군구신이 군씨 가문 적장자라는 것은 틀림없는 사실이었다. 그와 택의 발바닥에는 모두 용무늬가 있었고, 그 전에 천무 황제도 직접 말했었다. 이 용무늬는 그들의 모후에게서 전해진 것이고, 북강 설족 혈통이 특수하게 지닌 비밀 표식이라고.

축운궁주의 말이 사실이라면 이 용무늬 표식은…… 설족이 구려족에게서 계승한 것이다! 바꿔 말하자면, 당시 북해에서 구려족 전체가 멸족되지 않았다는 뜻이다. 다행히 살아남은 구려족은 아마 설족과 혼인 관계를 맺었을 것이다.

비연과 군구신은 이 가능성 외에는 다른 것이 떠오르지 않았다.

축운궁주의 반응을 보면 그녀는 설족의 비밀을 잘 알지 못하는 듯했다. 그렇다면 계강란은 설족이 아니라 구려족의 다른 방계일 것이다.

이 순간 군구신은 계강란의 구려족 혈통이 어디 출신인지까지는 생각할 겨를이 없었다. 그가 관심을 둔 것은 바로 건명검술이었다. 그는 축운궁주에게 대답하지 않고, 대신 진지하게 물었다.

"검녀가 인검합일의 경지에 이르렀는데, 무엇 때문에 건명력에 의해 주화입마에 빠졌지?"

축운궁주는 대답하지 않았다.

군구신이 다시 물었다.

"무엇 때문에 검녀가 주화입마에 빠지고, 건명력이 건명보검으로 되돌아간 거지?"

축운궁주도 이 비밀을 알고 싶었다. 그러나 안타깝게도 건명 검술과 관련한 비밀은 그녀와 같은 일개 노비가 깊이 알 수 있는 것이 아니었다.

축운궁주가 고개를 저으며 대답했다.

"나도 그때 북해안에서 고운원과 검녀가 대화하는 것을 엿듣고 알게 되었을 뿐이야. 나는 그저…… 흑삼림에 전해지는 전설이 진실이라는 것만 알고 있었지. 건명보검이 용의 뼈로 만들어진 것이라는 전설 말이야."

군구신이 이어 물었다.

"그렇다면 적령석은? 그건 어떤 물건이지?"

축운궁주가 대답했다.

"적령석은 예전부터 하늘이 내린 돌이라 불렸어. 아주 신비로운 힘을 지니고 있었지. 적령석이 대체 어떤 물건인지, 어디서 온 것인지는 아무도 알지 못해."

사실 군구신과 비연은 팔괘림의 용광로에서 적령석을 발견하며 이미 이 수수께끼를 풀었다. 하늘의 불이 용의 뼈를 태워 건명보검을 제련해 냈고, 건명력이 태어났다. 그리고 불에 탄 용의 뼈는 적령석으로 변했다.

어떤 의미에서 보면 적령석은 건명보검과 기원이 같았다. 적령석이 일종의 매개가 되어 건명보검을 봉인할 수 있었던 것도 이상한 일이 아니었다.

고운원이 지니고 있던 적령석은 분명 팔괘림의 용광로에서 가져온 것일 게다! 약왕정의 문양이 용광로의 문양과 일치하는 것도 분명 고운원이 용광로에 아주 익숙했기 때문일 것이다.

군구신이 적령석에 관해 물은 것은 다른 목적이 있어서였다. 그가 계속 물었다.

"팔괘림의 용광로에는 무엇이 숨겨져 있지?"

그의 말을 들은 축운궁주는 슬며시 웃기 시작했다.

"보아하니 너희들도 가 본 모양이군? 가 보았다면 더 물어볼 이유가 있나?"

군구신이 차갑게 말했다.

"사실대로 말하는 게 좋을 거다!"

축운궁주가 더욱 큰 소리로 웃기 시작했다. 그러나 그녀의 눈에 어린 것은 분명 원한이었다.

"그 용광로는 묘지나 마찬가지지! 건명보검을 제련해 낸 후, 구려족은 매년 그 용광로에 제사를 지냈어. 영수는 물론이고 우리 인어족도 그곳에서 산 채로 불태워졌지. 그 용광로에는 짐승들과 우리 인어족의 뼈와 재가 가득 차 있을 거다!"

이 말을 들은 비연과 군구신의 안색이 복잡해졌다. 그 용광로 안에 인어족의 유골까지 있었다니…….

그리고 그들이 더욱 생각하지 못했던 것은, 용광로 안에 적령골은 없고 유골들만 있었다는 사실이었다!

천 년이 지났다. 축운궁주는 분명 그 용광로 안에 든 것들을 제 손바닥 들여다보듯 알고 있을 것이다. 바꿔 말하자면, 그들이 그날 용광로 안에서 발견한 적령골은 사실 누군가가 일부러 넣어 두고 그들이 발견하게 한 것이 분명했다!

비연이 생각에 잠긴 채 다급하게 물었다.

"용의 시신은 이미 사라졌는데, 흑삼림의 영수들은 무엇 때문에 감히 팔괘림 안으로는 한 걸음도 들이지 않으려 하는 거지?"

축운궁주가 말했다.

"그건 구려족의 비밀이지. 나야말로 그 비밀이 무엇인지 알고 싶다!"

그녀는 잠시 말을 멈추더니 다시 덧붙였다.

"제사를 올릴 때면 묶여 있던 영수들이 덜덜 떨었지. 용광로에 가까이 다가갈수록 공포에 질려서……. 그 용광로에는 분명 뭔가가 있어. 역대 검사들 외에는 검녀만이 그 용광로에 가까이 갈 수 있었지. 당시 내가 북해에서 돌아왔을 때 살펴보았지만 용광로에서는 이상한 점을 아무것도 발견하지 못했어. 아마 그 안에 있던 어떤 물건을…… 검녀가 가져갔던 거겠지."

비연과 군구신이 서로를 바라보았다. 두 사람 모두 아무 말도 하지 않았지만, 서로의 생각을 읽을 수 있었다!

그들의 추측은 틀리지 않았다. 그들이 발견한 적령골은 분명 누군가가 일부러 넣어 둔 것이 분명했다! 그 사람은 십중팔구 고운원일 것이다!

비연이 서둘러 물었다.

"고운원은 검녀와 무슨 관계지? 고운원이 고씨 가문을 떠난 이유는 무엇이고? 그가 고씨 가문 족보에서 지워진 이유를 알고 있어?"

화제가 고운원으로 옮겨 가자 축운궁주의 눈빛이 밝아졌다. 그녀가 흥분하여 외쳤다.

"고운원은 검녀와 아무 관계가 없어!"

아무 관계가 없다고?

비연은 도저히 믿기지 않아 다시 캐물으려 했다. 그러나 축운궁주가 결국은 어쩔 수 없다는 듯 사실을 털어놓았다.

"그는 구려족이 청해 온 약사였고, 검녀의 오라비이자 구려족 제9대 주검사인 려서의 친한 친구였지. 구려족 사람들이라면 누구나 검녀가 그를 사모한다는 사실을 알고 있었고, 구려족 족장도 검녀를 그에게 시집보낼 마음이 있었어. 하지만 고운원은 단 한 번도 태도를 나타내지 않았지. 그때 그가 혼약 때문에 가문에서 축출당했다는 이야기도 있었고, 또 가주와 성격이 맞지 않아 스스로 나왔다는 이야기도 있었어. 나도 전부를 알지는 못해. 나는 고씨 가문에도 몇 번이나 가 보았지만, 고씨 가문 그 누구도 그에 관해서는 이야기하지 않으려 하더군."

비연은 계속 이야기를 들으며 생각에 잠겼다. 그때 축운궁주가 다급하게 말했다.

"고비연, 내가 아는 것은 전부 이야기했어! 제발…… 그를 괴롭히지 말아 줘! 나는 그저 목숨을 부지하고 싶었을 뿐이고, 그 역시 그랬던 것뿐이야!"

비연이 대답하지 않자, 축운궁주가 흥분하기 시작했다.

"대완만까지 수련하려면 얼마나 큰 대가를 치러야 하는지 알아? 우리는 그저 살고 싶었을 뿐이야. 그게 뭐가 잘못이라는 거지?"

비연이 잠겨 있던 생각에서 깨어나 천천히 고개를 들었다. 그녀는 비록 축운궁주에게 연민을 느끼고 있었으나, 마음속으로는 시비를 가리고 있었다.

비연이 냉랭하게 말했다.

"너희가 아무리 큰 대가를 치렀다 해도, 그게 위악의 핑계가 될 수는 없는 법! 더더군다나 무고한 이들을 해칠 이유가 되지도 못하지! 살고 싶었던 것이야 잘못이 아니지. 하지만 다른 이들의 시신을 밟은 채 살고자 한다면 그건 아주 커다란 죄야! 깨어나도록 해. 고운원은 예전에 도망갔어! 빙해의 수수께끼라면 우리가 반드시 풀어낼 거야. 그리고 자기 자신의 이익만을 탐하던 모든 이들은 징벌을 받게 될 것이다!"

축운궁주는 비연이 무슨 말을 하는지 제대로 이해하지 못했다. 그녀가 알아들은 것은 그저 '고운원은 예전에 도망갔어'라는 말뿐이었다.

축운궁주는 잠시 멍한 표정을 지었으나 곧 웃기 시작했다. 그녀는 비연에게 속았음에도 불구하고 분노하지 않았을 뿐 아니라, 그저 고운원을 위해 다행이라 생각하며 환희에 젖어 있었다.

그녀가 중얼거렸다.

"다행이야, 정말 다행이야!"

사랑은 사람을 우둔하게 만들 뿐 아니라, 사람을 미치게 만드는 것이다!

이 순간 비연의 눈에 축운궁주는 몹시도 가련해 보였지만, 동시에 미친 것처럼도 보였다!

비연은 잠시 망설이다가 전다다에게 말했다.

"일단 다들 먼저 나가 있어! 내가 축운궁주와 둘이서만 나눌 이야기가 있으니까!"

전다다는 호기심이 몹시 강한 성격이었지만, 비연의 진지한 모습을 보자 그 이상 물을 수가 없었다. 그녀는 그저 비연이 고운원과 관계된 이야기를 하려는 모양이라고 생각할 뿐이었다!

곧 전다다가 문밖으로 나갔고, 당정이 마지막으로 나가며 문을 닫았다.

군구신도 비연이 고운원에 대해 이야기하리라 생각했지만, 이게 웬일일까. 비연이 빠른 걸음으로 축운궁주에게 다가가더니 멱살을 잡았다.

"너, 목연에게 대체 무슨 짓을 했지?"

최후의 패

　비연의 질문을 들은 군구신은 놀랐지만, 안색 하나 바꾸지 않고 계속 곁에 서 있었다.

　축운궁주는 비연이 갑자기 이런 것을 물으리라고는 생각지 못한 모양이었다. 그녀는 비연을 바라보며 가볍게 코웃음을 치더니 고개를 돌렸다. 고운원이 비연의 손에 있지 않은 이상, 그녀가 두려워할 일이 무엇이겠는가?

　축운궁주가 달갑지 않은 듯 갑자기 고개를 돌리더니 냉랭한 목소리로 말했다.

　"망할 계집, 넌 이미 너무 많은 걸 알았다! 내 입에서 한마디라도 더 얻어 낼 생각은 꿈도 꾸지 마라! 능력이 있으면 고운원을 내 앞에 데려다 놓든지!"

　비연이 이 문제를 지금에서야 물어보는 데에는 당연히 이유가 있었다.

　비연은 사납게 축운궁주의 턱을 잡아 그녀가 꼼짝도 하지 못하게 만든 후에 말했다.

　"네가 그렇게 수많은 남첩을 거느리고 음탕한 짓을 해 댄 것은 외모를 유지하기 위해서였겠지. 너는 정말이지 이성을 잃고 날뛰는 미치광이에 불과해! 네가 그렇게 더러운데, 무슨 자격으로 '좋아한다'라는 말을 입에 올리는 거지? 역겹지 않아? 네가 좋아하는 사람도 분명 너를 역겹다고 생각할 거다!"

축운궁주는 말을 할 수 없는 상황이었지만 눈 속에 분노가 점차 커지고 있었다. 갑자기 그녀가 사납게 고개를 흔들어 비연의 손에서 벗어나더니 노한 목소리로 말했다.

"본존이 무엇을 했건 너와 무슨 상관이지? 너에게 무슨 자격이 있어 본존을 평가하는 거냐?"

자격?

목연은 그들의 일원이었고, 비연의 동생인 전다다가 좋아하는 사람이기도 했다. 비연은 그것만으로도 이 일을 명확히 알 자격이 충분하다고 생각했다!

물론 비연은 축운궁주에게 대답하지 않았다. 축운궁주에게 목연과 전다다의 약점을 알려 주고 싶지 않았기 때문이다.

비연은 일부러 자신만만하게 말했다.

"본 왕비 보기에 아주 역겨워서 그러는데, 무슨 문제라도?"

축운궁주가 냉소하기 시작했다.

"목연의 순결에 그리도 신경을 쓰다니, 하하! 왜, 그 녀석이 마음에 들기라도 한 모양이지? 아주 아까운 모양이야?"

이 말을 들은 군구신이 주먹을 쥐었다. 그가 손을 쓰려 했을 때, 비연이 한 걸음 먼저 나섰다. 그녀는 축운궁주의 질문에 정면으로 대답하지 않고 큰 소리로 웃으며 말했다.

"다음에 고운원을 만나면 반드시 이야기를 나눠 봐야겠어. 축운궁주가 키우던 남제자 백 명에 대해 아느냐고 말이야! 우리 내기해 볼까? 그가 역겨워할지 아닐지?"

이것은 분명 협박이었다!

축운궁주는 분노와 초조함이 서린 얼굴로 울부짖었다.

"고비연, 대체 어떻게 해야 나를 풀어 줄 거냐!"

비연은 작게 소리 내어 웃으며 말없이 몸을 돌렸다. 그러자 다급해진 축운궁주가 비명을 지르듯 외쳤다.

"거기 서! 본존이 말해 줄 테니! 전부 다 말해 줄 테니! 본존은 진정으로 목연을 건드린 적이 없어, 없다고! 믿지 못하겠다면 목연에게 직접 물어봐!"

사실 축운궁주는 몇 번이고 목연을 물들이려 했었다. 그러나 안타깝게도 목연의 고집이 너무 세서 그녀의 흥을 떨어뜨리는 것은 말할 것도 없고, 하마터면 그녀를 상처 입힐 뻔했다. 그 이후로 그녀는 목연을 찾지 않았다.

이 말을 들은 비연은 계속 허공에 걸려 있는 듯하던 심장이 겨우 내려앉는 느낌이었다. 그녀는 북해안에서 목연이 축운궁주의 것이었다는 말을 들은 후로 계속 초조해하고 있었다. 비연으로서는 전다다의 반응을 도무지 상상도 할 수 없었다.

비연은 비록 마음을 놓았지만, 겉으로는 제 기분을 전혀 드러내지 않았다. 남첩과 관련한 일은 그저 축운궁주를 위협하기 위한 패였을 뿐이었다. 지금 이 패가 어느 정도인지 확인했으니, 이제는 축운궁주와 정말 하고 싶은 이야기를 나누어 봐야 했다.

비연은 뒤로 몇 걸음 물러나 냉랭하게 말했다.

"축운궁주, 해야 할 말을 아직 다 끝내지 않은 상태겠지? 차

한 잔 마실 시간을 줄 테니, 해야 할 이야기를 모두 하도록 해. 아니라면…… 네가 목연을 건드리지 않았다 해도 고운원은 네가 얼마나 더러운지 분명하게 알게 될 거야!"

축운궁주가 비연을 바라보더니 곧 다시 시선을 피했다. 그녀의 눈에는 분명 황망한 빛이 스쳐 가고 있었다.

여기까지 온 이상 축운궁주는 인정하지 않을 수 없었다. 눈앞의 비연은 정말로 눈을 씻고 다시 평가해야 하는 상대였다!

축운궁주에게는 물론 아직 하지 않은 이야기가 있었다. 그녀는 구려족 최대의 비밀을 숨기고 있던 것이다!

그녀가 비연을 바라보며 머뭇거렸다.

비연은 축운궁주가 머뭇거리는 것은 아무렇지도 않았다. 그녀가 근심하는 것은 축운궁주가 자신의 제안을 거절하지나 않을까 하는 것이었다. 비연이 진지하게 말했다.

"우리 거래를 할까? 네가 그 물건을 내준다면 너를 놓아주겠어. 그리고 너에 대한 모든 것을 비밀에 부칠 테니, 너도 목연에 대한 모든 일을 비밀로 하도록 해. 자, 차 한 잔 마실 시간을 줄 테니 고려해 보도록."

말을 마친 비연은 팔짱을 끼고는 벽에 기댄 채 기다리기 시작했다.

군구신도 그녀 곁으로 다가갔다. 그의 입가가 소리 없이 보기 좋은 곡선을 그렸다.

군구신은 자신의 연아가 얼마나 영리한지 다시 한번 깨달았다. 먼저 자신이 지닌 패가 어느 정도인지 시험하고, 다시 위협한 후 거래를 제안하다니. 이리한다면 직접 거래에 들어가는 것보다 승산이 높을 것이다.

축운궁주는 비연을 한참 동안 바라본 후에 고개를 숙였다. 이 순간 그녀는 진정으로 냉정해지고 있었다. 비연이 원하는 것은 그녀의 마지막 패나 마찬가지였고, 최후의 희망이었다.

그녀의 몸은 급속도로 쇠약해지고 있었고, 무공도 비연 일행이 지닌 신력에 비하면 상대가 되지 못했다. 마지막 패를 잃고 나면…… 비연이 놓아준다 해도 축운궁주는 아무것도 할 수 없을 것이다.

하지만 비연의 제안을 승낙하지 않는다면 고운원은 그녀를 무어라 생각하게 될까?

고요한 가운데 시간이 소리 없이 흘러갔다. 차 한 잔 마실 시간이 마치 순간인 듯 빠르게 지나갔다.

비연이 몸을 세웠다. 그리고 입을 열려 했을 때 축운궁주가 말했다.

"좋아! 본존이 승낙하겠다! 하지만, 약속해야 해. 오늘 이곳에 있던 모든 이들은……. 본존의 비밀을 드러내서는 안 된다! 절대로 고운원이 알게 해서는 안 돼……. 본존이 그를 천 년 동안 사랑해 왔다는 사실을!"

비연이 말한 대로라면 그는 모든 것을 장악하고 있을 테고, 아마 조만간 그녀의 모든 것을 알게 될 것이다. 그러니 그녀 마음속에 숨어 있는, 그 누구에게도 드러낸 적 없는 연모의 마음은…… 그도 결코 통찰해 낼 수 없을 것이다!

아마도 이 사랑이야말로 최후의 패일 것이고, 마지막 물러날 길일 것이다. 그리고 그녀의 마지막 존엄일 것이다. 그녀는 이렇게 해야만 안전해질 수 있었다!

비연은 비록 축운궁주에게 연민보다는 분노를 좀 더 느끼고 있었지만, 이 순간 그녀의 마음도 살짝 약해졌다.

비연은 어린 시절 소칠 의부에게서 '나날은 두 사람이 함께 지내는 것이지만, 감정은 한 사람만의 일'이라는 말을 들은 적이 있었다. 축운궁주가 고운원에게 가진 이 감정은, 아마도 축운궁주 한 사람만의 일일 것이다.

비연이 진지한 표정으로 말했다.

"좋아, 약속하겠어!"

축운궁주가 길게 한숨을 내쉬며 말했다.

"《운현수경》이 너희 고씨 저택 연못 아래에 숨겨져 있다. 무척이나 은밀한 곳에 숨겨져 있어 찾기 어려울 테니, 나를 데려가도록 해라. 찾아 줄 테니!"

비연이 원한 것이 바로 《운현수경》이었다. 비연은 목연을 통해 이 책의 존재를 알게 되었다. 그러나 목연 역시 《운현수경》에 대해 아는 바는 아주 적었다. 대부분 몰래 엿들어 알게 된 정보였기 때문이다.

운현수경은 인어족의 보물이었으나, 인어족의 주인이었던 구려족이 계속 소유하고 보관하고 있었다. 《운현수경》에는 운공대륙과 현공대륙 지하의 모든 물길은 물론이고, 사람들이 알지 못하는 비밀 수역이나 통로도 기록되어 있었다. 구려족이 북해와 빙해의 천살과 지살을 이해하고 있었던 것도 바로 이 책이 있었기 때문이었다.

비연이 《운현수경》을 노리는 이유는, 첫째, 운공대륙 백리 인어족이 어주도에서 사라진 비밀을 풀기 위해서였고, 둘째, 빙해의 이변 후 현공대륙의 진기가 사라진 원인이며 빙해의 모든 비밀을 알아내기 위해서였다.

군구신이 인검합일의 경지에 이르렀다 하나, 비연은 무작정 빙해의 얼음을 깨트리는 모험을 할 수는 없었다!

빙해와 북해는 모두 수역이다. 이 두 신비한 지역에는 분명 아직 알려지지 않은 비밀이 더 많이 존재할 것이다!

비연이 고개를 끄덕이며 말했다.

"일단 말해 줘. 빙해와 현공대륙의 진기 수련이 무슨 관계가 있지?"

축운궁주가 어쩔 수 없다는 듯 고개를 저었다.

"나도 알고 싶은 바야. 아니라면 내가 이 10여 년 동안 이렇게 야단법석을 벌일 이유가 없잖아? 《운현수경》은 모든 이들이 이해할 수 있는 물건이 아니야!"

비연이 깜짝 놀라 물었다.

"그건 무슨 뜻이지?"

전설의 진상

비연은 원래, 축운궁주가 진기를 회복하기를 바라고 있으니 분명 《운현수경》을 통해 이미 빙해의 비밀을 알아냈으리라 생각했다. 그런데 이게 웬일인가. 축운궁주는 아예 《운현수경》을 이해하지도 못했다는 것 아닌가!

축운궁주가 말했다.

"《운현수경》의 내용은 대부분 그림이고, 문자는 아주 적지. 그걸 보고 내용을 얼마나 파악할 수 있을지는…… 너희 능력에 달린 문제지!"

구려족이 멸족한 후 그녀가 구려족에 가서 가장 처음으로 한 일은 바로 《운현수경》을 찾는 것이었다. 그러나 책을 찾아낸 후 적지 않은 시간을 들여 연구했지만 별다른 내용을 알아내지 못했다.

축운궁주는 《운현수경》을 위해 회화를 공부하기도 했다. 그러나 그녀가 회화에 정통해진 후에도 여전히 《운현수경》을 이해할 수는 없었다. 그녀는 결국 포기했고, 그 무렵 자주 고씨 저택에 잠입하고 있었기 때문에 《운현수경》을 고씨 저택 연못 속에 숨겨 두었다.

그녀가 《운현수경》의 내용을 파해하고 싶다고 간절하게 생각하게 된 것은 바로 빙해의 이변 이후 몸이 늙기 시작했을 때였다. 그러나 안타깝게도, 그녀로서는 아무리 고민해도 그 뜻을 알 수 없었다. 그래서 그녀는 대신 봉황력과 건명력 쪽으로 관심을 돌렸다.

"그림?"

비연이 중얼거렸다. 머릿속에 저도 모르게 진묵의 담담한 눈동자가 떠올랐다. 진묵이 과연 희망이 되어 줄 수 있을지 비연으로서는 알 수 없었지만, 어쨌든 시험할 가치는 있을 것 같았다.

비연이 고개를 끄덕이며 말했다.

"좋아, 그럼 그렇게 하도록 하고. 내일 당장 출발하겠어!"

비연은 《운현수경》을 찾을 생각에 마음이 급했을 뿐 아니라, 진민과 두 아이의 상황도 걱정하고 있었다.

진묵이 마침 전날 서신을 보내온 참이었다. 비밀리에 고씨 저택을 수색했으나 전 어멈의 흔적은 찾지 못했다고 한다. 그러나 고씨 저택에는 연못뿐 아니라 깊은 우물도 많으니, 전 어멈 일행이 물속에 숨어 있거나 물길을 통해 도망쳤을 가능성도 배제할 수는 없었다. 진묵은 지금 고씨 저택을 지키며 명령을 기다리고 있었다.

비연은 고 태부가 빙해를 건너오고 있으리라 생각했다. 아무리 빨리 온다 해도 아직 시일이 더 필요할 것이다. 전 어멈이 스스로 비연을 찾아오지 않는다면…… 비연은 이 일의 주도권을 고 태부에게 넘길 생각이었다.

전 어멈이 그리도 오래 정체를 숨기고 있었던 것으로 보아,

결코 좋은 의도로 그랬던 것은 아닐 것이다. 축운궁주, 이 사랑에 미친 여자처럼 상대하기 쉽지도 않을 것이다. 민 이모와 두 아이의 상황은……. 생각하면 생각할수록 걱정이 되지 않을 수 없었다!

비연이 얼음집을 나가려 했을 때였다. 계속 조용히 있던 군구신이 갑자기 축운궁주에게 물었다.

"천 년 전, 신농곡에 화재가 일어났다고 하더군. 신비로운 백의 약사가 상고 시대부터 내려오는 검은 동을 사용해 오행의 정수를 모아 신농정을 주조하고, 스스로 그 안에 뛰어들어 제 몸을 불살랐다고 하던데. 스스로를 희생해 세상 사람들을 질곡에서 구하겠다고 말이야. 이 일이 사실인가?"

진양성으로 출발하고 싶은 마음이라면 군구신이 비연보다 더했다. 그러나 이 순간 그는 냉정하게 축운궁주가 방금 했던 모든 이야기를 되새기고 있었다.

비연은 군구신의 질문을 듣는 순간 살짝 멈칫했다. 자신이 무척이나 중요한 것을 놓치고 있었다는 사실을 깨달은 것이다. 바로 그녀의 약왕정을!

축운궁주는 잠시 당황하는 듯하더니 곧 웃기 시작했다. 백리명천 역시 그녀에게 같은 질문을 던진 적이 있었다.

"그건 천 년 전의 일이 아니야. 천 년 전에도 나는 그 전설을 들었거든! 그 일이 만약 사실이라면 분명 수천 년 전에 일어난 일이겠지! 천 년 전 신농곡 뒤 골짜기에 거대한 화재가 발생했어. 전설에 따르면, 약사 하나가 도적을 끌어들였다지. 나중에 그 숲은 완전히 황폐해졌다고 들었어."

그녀가 잠시 생각하다가 덧붙였다.

"신농정은 또 약왕정이라고도 하지. 고운원이 평생 원하던 물건이야. 수많은 이들이 그게 전설일 뿐이라고 말했지만, 그는 그 이야기를 굳게 믿고 있었어. 나는 그가 북해를 떠난 후 신농곡으로 갔으리라 생각했지만…… 안타깝게도, 그곳에서 수년을 지냈지만 그를 한 번도 보지 못했지."

이 말을 들은 비연과 군구신은 비할 데 없이 놀라 서로를 바라보았다!

그들 두 사람은 재빨리 얼음집을 나왔다. 그들은 문밖에 나와서도 여전히 놀란 표정을 짓고 있었다.

비연이 허리춤에 매달린 약왕정을 꽉 쥐고 속삭였다.

"보아하니, 축운궁주는 그 일에 대해서는 아는 바가 전혀 없는 것 같아!"

군구신이 말했다.

"우리가 예전에 했던 추측이 옳은 거야. 신농곡의 곡지가 거짓이 아니라면, 어째서 그렇게 적혀 있었던 거지?"

수개월 전, 그들은 신농곡 뒷산에서 적령석을 발견했다. 그곳에서 풍기는 약초 내음이 빙해영경의 것과 같았다. 그들은 신농곡 뒷산이 과거의 약왕곡은 아니었을지, 빙해영경의 원형은 아니었을지 추측했었다.

신농정의 전설은 천 년 전에도 있었고, 고운원이 약왕곡에서 약왕정을 제련한 것은 전설에 맞춘 것에 지나지 않았다.

후에 그들은 신농곡의 곡지를 읽을 기회가 있었다. 곡지에 적힌 내용은 축운궁주가 이야기한 것과 똑같았다. 그 화재는 사람이 낸 방화였을 뿐이었다.

"설마, 우리 추측이 틀린 걸까? 그 곡지가 진실이고?"

비연이 약왕정을 손에 꼭 쥔 채 자신 없는 말투로 이야기했다.

군구신은 고개를 저었다. 그러나 그가 대답하기도 전에 비연은 자신의 말을 부정했다.

"아니야! 그럴 리 없어!"

군구신이 생각에 잠겼고, 비연도 생각에 잠겼다. 두 사람은 눈보라를 맞으며 미간을 찌푸린 채 서성거렸다.

얼마 지나지 않아 두 사람이 동시에 고개를 들었다. 군구신이 비연에게 먼저 양보했다.

"연아, 먼저 말해 봐!"

그러자 비연이 입을 열었다.

"우리의 추측이 옳았어! 신농곡 곡지가 가짜고! 그 곡지는 그저 우리를 속이기 위해 작성된 것이 아니라 온 천하 사람들을 속이기 위해 작성된 거야. 축운궁주조차 속은 거지……."

군구신이 연신 고개를 끄덕였다. 그의 추측도 비연과 일치했다.

천 년 전, 고운원은 신농곡 뒤 산골짜기에서 하늘의 불을 끌어들여 약왕정을 제련해 냈다. 그는 거짓된 전설을 만들어 그 불이 사람의 방화로 인한 것이라 사람들이 믿게 하고, 심지어 곡지에도 그렇게 기록했다. 그리고 원래 존재하던 신농정의 전설은 계속 지금까지 내려왔고, 오해를 만들게 된 것이다. 지금 세상 사람들은 신농정이 천 년 전에 주조된 것이라 믿고 있었다!

바꿔 말하자면, 고운원은 신농정의 전설을 진짜로 만들어 세상 사람들을 속인 것이다!

군구신이 중얼거렸다.

"어쩌면…… 그가 바로 신농곡 곡주일지도 모르겠다!"

신농곡에서 모든 이를 속일 수 있는 사람은…… 곡주가 아니라면 그 누구일까?

비연이 약왕정을 꺼냈다. 고운원이 지금 약왕정 안에 있는지 없는지 확신할 수 없었다. 그녀는 약왕정을 꼭 쥔 채 중얼거렸다.

"그는 일부러 적령석을…… 그 적령골을 우리에게 보여 준 거야. 내가 9품 신화를 수련하게 하려고. 그는 대체 무엇을 바랐던 걸까?"

군구신이 대답했다.

"적령석이 제련에 필요한 재료가 아니라면, 하늘의 불을 끌어오는 재료였을 수도 있어! 이 약왕정과 건명보검은 무슨 관계가 있는 걸까?"

비연은 군구신이 무슨 말을 하는지 제대로 듣지 못했다. 갑자기 뭔가 이상하다는 생각이 들었기 때문이었다!

그녀는 다급하게 군구신의 팔을 잡고 말했다.

"일부러야! 그가 일부러 그런 거야! 그가 정말 내 생명을 취하려 했던 거라면, 약왕정의 신화를 어떻게 9품까지 수련할 수 있었겠어? 내가 죽으면 이 약왕정은 주인을 잃고 말아!"

"죽을 지경에 처해야만 살아난다……. 하지만……."

군구신은 이해할 수 없었다. 고운원이 일부러 그들을 핍박한 것이라면 무슨 결과라도 생겼어야 옳았다! 그러나 그와 비연은 상처가 나은 것 외에는, 무공 면에서는 그다지 큰 돌파구를 찾지 못한 상태였다.

비연도 납득할 만한 이유를 찾을 수 없으니 어쩐지 점점 더 화가 났다.

"그는 대체 뭘 하고 싶은 거야?"

그녀는 약왕정을 높이 들어 올렸다. 당장이라도 이것을 우그러뜨려, 고운원도 같이 우그러지는지 보고 싶을 지경이었다!

군구신은 아직 냉정한 상태였다. 그는 재빨리 비연의 손을 잡고 말했다.

"연아, 그가 뭘 하고 싶어 하건 상관하지 말자. 우리는 이 이상 그에게 끌려다닐 수 없어! 일단 《운현수경》을 파해하면 모든 진상이 밝혀질 거야. 그 누구도 우리의 운명을 주재할 수 없게 되겠지."

비연이 탁한 숨을 내쉬며 고개를 끄덕였다.

"알았어!"

내일 출발하기로 한 이상 준비할 일이 많았다. 군구신은 그 일들을 처리하러 가고, 비연은 전다다와 목연을 만나러 가기로 했다. 부상이 있는 목연은 아무래도 며칠 더 요양한 다음에 출발해야 할 것 같았다.

각자 자기 일을 하러 가기 전에 비연이 일부러 한마디 덧붙였다.

"목연의 일은, 당신도 모르는 거야!"

군구신은 이미 대강의 내용을 짐작하고 있었기에 고개를 끄덕였다.

"안심해. 무슨 뜻인지 알고 있어."

비연은 기분을 다잡고 목연의 방문을 두드렸다.

그런데 이게 웬일일까. 비연에게 문을 열어 준 사람은 바로 전다다였다…….

또 만날 날이 있겠지요

전다다와 목연 사이에 미묘한 분위기가 흐르고 있다는 사실은 알고 있었지만, 전다다가 문을 열어 주니 비연은 놀랄 수밖에 없었다. 어쨌든 지금은 꽤 늦은 밤인 것이다.

전다다는 비연을 보고 조금 민망한 기색을 보였으나, 곧 평소처럼 생글거리며 농담을 건넸다.

"연아 언니, 이렇게 늦게 목연을 만나러 오다니. 남신 오라버니가 화를 내면 어쩌려고 그래?"

비연은 그녀를 흘깃 보고는 물었다.

"재미있니?"

전다다는 화가 난 듯 입술을 비죽이며 비연을 방 안으로 들였다. 비연은 방으로 들어가며 말했다.

"그렇게 재미없는 농담을 할 정도라니, 아무래도 찔리는 게 많은 모양이지?"

말을 마친 비연이 목연에게로 다가갔다. 전다다는 화도 나고 부끄럽기도 해서 그 자리에 그대로 서 있었다.

목연은 침상에 반쯤 누워 있었다. 입술조차 창백한 것이 몹시 약해진 것으로 보였다.

비연이 다가오는 것을 본 그의 눈에 경계의 빛이 떠올랐다. 전다다가 그에게 축운궁주의 상황을 이야기해 준 듯했다. 지금

312

그는 비연이 그의 비밀을 들었을까 두려워하고 있는 것이 분명했다.

비연은 목연이 긴장한 것을 알아채고 전다다에게 문을 닫게 했다. 그리고 그 틈에 목연에게 다가가 속삭였다.

"진실도 아닌 것을 무엇 때문에 마음에 품고 있어? 그 비밀은 영원히 비밀로 남아 있을 거야. 너도 과거는 이 이상 생각하지 말고, 장래를 두려워하지 말도록 해."

목연이 살짝 놀란 듯 비연에게 묻는 듯한 시선을 던졌다. 그러나 비연은 길게 이야기하지 않고 그의 곁에 앉았다.

이때 전다다가 다가왔고, 목연은 재빨리 시선을 옮겼다.

비연은 아무 일도 없었던 것처럼, 목연에게 놀리듯 물었다.

"전다다에게 금을 얼마나 주기로 한 거야? 전다다처럼 귀하게 자란 아가씨가 한밤중에 잠도 자지 않고 여기서 네 시중을 들고 있다니?"

목연은 여전히 비연이 했던 말을 생각하고 있어 반응이 느렸다. 그가 대답하기도 전에 전다다가 먼저 말했다.

"목연은 우리 아버지를 구하려다가 상처를 입은 거잖아. 당연히 내가 돌봐 주면서 감사한 마음을 표시해야지! 나는 재물을 탐하지만, 그래도 도리라는 게 뭔지 아는 사람이라고!"

전다다는 비연이 다시 자신을 야유하기라도 할까 무서운지 재빨리 화제를 돌렸다.

"언니야말로 이렇게 늦은 시간에 무슨 일로 온 거야?"

비연은 대답하지 않고 다시 말했다.

"네 감사의 방식은 너무 가볍지 않니? 목연은 하마터면 목숨을 잃을 뻔했는데!"

"나, 나는……."

계속 말주변이 좋던 전다다도 우물거리기 시작했다.

"나, 나는 또……."

비연이 의미심장하게 전다다를 바라보며 물었다.

"또 어떻게 감사를 표시할 작정이야?"

목연은 계속 정신을 팔고 있다가 비연의 말을 듣고 돌아보았다. 전다다 역시 그를 한참 바라보다가 긴장한 목소리로 말했다.

"목연도 꼭 우리 아버지만을 위해 그런 건 아니잖아. 목연도 축운궁주에게 복수할 마음이 있었단 말이야. 안 그래? 나는 아버지도 내버려 두고 직접 그를 돌봐 주고 있는데…… 목연도 충분하다는 것을 알 거야!"

이렇게 되니 비연도 대화를 어떻게 이끌어 나가야 할지 알수 없게 되어 버렸다.

목연은 조금 실망한 듯 냉랭하게 말했다.

"나는 만족을 모르는 사람이 아니야. 시간이 늦었으니 너도 이제 쉬러 가 봐."

사실 전다다도 이제 막 와서 겨우 그에게 물 한 잔 따라 준 참이었다.

목연의 말을 듣자 전다다도 도무지 대화를 어떻게 이어 가야 할지 알 수 없었다. 그녀는 고개를 홱 돌렸다. 세 사람 모두 침묵을 지켰고, 분위기는 어색하게 가라앉았다.

비연은 전다다가 정말로 가 버리지나 않을까 싶어 재빨리 화제를 돌렸다.

"됐다, 됐어. 이제 농담은 그만하고 중요한 일을 이야기하자."

그녀는 자신이 축운궁주를 놓아주기로 약속한 이야기를 한 후, 목연에게 말했다.

"물론 이건 내가 축운궁주와 약속한 것뿐이고, 목씨 가문이 멸문된 일은 네가 복수해야 할 일이겠지. 나는 그녀를 놓아줄 거고, 네가 복수하는 것을 막지 않을 거야."

목연은 상당히 냉정한 표정이었다.

축운궁주의 신분을 정확히 알게 되고, 또 그녀가 날로 늙어가고 있다는 사실을 알게 된 이상 그는 예전처럼 그렇게 그녀가 두렵지 않았다.

비록 그에게는 어떤 신력도 없고, 무공도 축운궁주에 비하면 한참 모자라지만, 최소한 그에게는 복수할 용기가 있었고 희망이 있었다! 이것은 그가 처음에 비연과 협력하기로 한 목적이기도 했다.

목연이 진지하게 말했다.

"감사합니다!"

비연 역시 진지했다.

"우리는 내일 출발할 거야. 너는 설족의 땅에 남아 상처를 치료하도록 해. 우리의 일원이 되고 싶다면 언제라도 환영이야! 흑삼림으로 돌아가고 싶다면, 아마 능 가주가 언제라도 너를 맞아 줄 거야!"

이 말을 들은 전다다는 그제야 비연이 깊은 밤에 찾아온 목적을 깨달았다. 그녀는 갑자기 목연이 복수하기 위해 그들에게로 왔다는 것을 생각해 냈다. 그리고 자신이 언제부터인지 모르게 그를 가족처럼 여기고 있었다는 사실도.

목연은 한순간도 자신의 목적을 잊어 본 적이 없었다. 그는 고개를 끄덕였지만, 자신의 계획을 이야기하지는 않았다.

비연은 전다다를 흘깃 바라보고는 재빨리 몸을 일으켰다.

"시간이 꽤 늦었으니 그만 방해하고 가 보도록 할게. 우리, 또 만날 날이 있겠지!"

목연은 침상 아래로 내려올 수 없는 상황이었다. 그러나 그는 진지하게 두 손 모아 읍하며 말했다.

"또 뵐 수 있기를 바랍니다!"

비연이 스스로 문을 열고 떠난 후, 전다다는 겨우 정신을 차리고 무의식적으로 몸을 일으켰다. 목연은 그녀가 떠나려 한다 생각하고 말했다.

"문 닫는 것을 잊지 마."

전다다는 떠날 생각이 없었기에, 미간을 찌푸린 채 말없이 움직이지 않았다.

목연이 다시 말했다.

"우리도 또 만날 날이 있겠지."

전다다는 어쩐지 화가 나서, 재빨리 몸을 돌려 목연을 바라보았다. 한바탕 퍼부으려던 그녀는 또 무엇이 생각난 것인지 갑자기 멈추고 말았다.

목연은 한참을 기다려도 전다다가 아무 말도 하지 않자 눈썹을 치켜세우고 말했다.

"아직 남은 일이라도?"

전다다가 대답했다.

"아니, 난 그저 생각하고 있었을 뿐이야. 연아 언니 말대로, 내가 감사의 인사를 좀 가볍게 하는 것 아닌가 싶어서. 그러니까 어쨌든…… 여기 남아서 너를 돌봐 주어야 할 것 같아. 그러니까 네가 완전히 나을 때까지 말이야. 사실 아버지는 어머니가 돌봐 주고 계실 테니까, 그쪽은 아무 걱정 할 것 없거든."

목연은 조금 놀란 듯 무슨 말인가 하려 했으나 곧 멈추고 말았다. 그는 결국 그저 코만 비비고 아무 말도 하지 않았다.

그러나 이게 웬일일까, 전다다가 재빨리 화제를 돌렸다.

"하지만 진묵이 진양성에서 그렇게 오래 기다렸으니까…… 또 지금 상황이 어떻게 되는지 모르니까 마음이 놓이지 않아! 그러니까……."

전다다가 여기까지 말했을 때, 목연의 표정은 이미 굳어 있었다. 전다다는 살짝 말을 멈춘 후, 정중하게 허리 굽혀 인사한 뒤 다시 말했다.

"그러니까 양해해 주면 좋겠어! 우리도 언젠가 또 만나게 되겠지!"

여기까지 들은 목연의 안색이 변해 있었다.

전다다는 그를 몰래 훔쳐보며 속으로 키득거렸다. 그리고 재빨리 몸을 돌려 성큼성큼 문밖으로 걸어 나왔다.

문을 닫은 후, 전다다는 결국 참지 못하고 피식 웃고 말았다. 비록 얼음집의 문이 아주 두껍지만, 목연이 들을까 걱정된 나머지 제 입을 가리고 몰래 킥킥 웃었다.

그녀가 어떻게 잊을 수 있을까? 저 녀석은 사실 그녀를 아주 신경 쓰고 있었고, 그녀는 예전에 이미 그 사실을 탐색해 냈다! 다행히도 그녀가 제때 반응하여 그와 떠들썩해지는 일이 없었다.

그녀는 계속 이곳에 남아 그를 돌봐 주고 싶었지만, 지금 생각이 바뀌었다.

그녀는 내일 아침 연아 언니와 함께 떠날 것이다.

그녀는 꼭 지켜봐야만 했다. 목연이 상처가 나은 후 그녀를 쫓아올지, 쫓아오지 않을지!

전다다는 생각하면 생각할수록 의기양양한 기분이 되어 중얼거렸다.

"본 소저를 좋아한다고 말하면 뭐 죽기라도 하나! 아닌 척하면서, 대체 뭐 하려는 거야!"

이렇게 전다다는 기분이 좋아져 제 방으로 돌아갔다. 그리고 목연은 침상에 앉은 채 잘생긴 미간을 찌푸리고 미동도 하지 않고 있었다.

이 밤, 그는 잠을 이루지 못했다. 절반은 비연이 했던 말 때문에, 그리고 절반은 전다다 때문에……

어째서 이렇게 된 거지

밤이 깊어 고요해졌다.

얼음집으로 돌아온 비연이 문을 열려는데 웬 그림자가 그녀 곁을 스쳐 갔다. 재빨리 쫓아간 그녀는 빙려서로 변한 대설이 눈 속에 고개를 파묻고, 조그만 엉덩이를 하늘 높이 쳐들고 있는 것을 발견했다. 심지어 짧은 꼬리마저 쫑긋 세우고!

비연이 참지 못하고 큰 소리로 웃으며, 눈을 한 움큼 뭉쳐 대설의 엉덩이를 맞혔다. 대설은 바로 꼬리를 수그리며 엉덩이도 낮췄다. 비연은 그 모습이 귀여워 도저히 웃음을 멈출 수가 없었다.

"됐다, 숨기는 왜 숨어? 내가 널 잡아먹기라도 할까 봐? 큰 공을 세웠으니 너에게 큰 상을 내리는 것이 옳지! 흑삼림의 일은 이제 더 놀리지 않을게!"

비연이 대설에게로 다가갔다. 어쩐지 대설이 오늘 보여 주는 행동은 그녀가 예전에 알던 모습과는 완전히 달라 보였다.

그녀는 대설을 안아 들고 잘 살펴보았다. 그리고 별다른 상처가 없다는 것을 확인하고는 손바닥 위에 올린 채 물었다.

"방금 문 앞에 숨어 뭘 하고 있었던 거야? 내가 돌아오기를 기다린 거야? 나를 그렇게 걱정했어?"

대설은 비연과 마음이 통했기에, 그녀의 말을 이해하지는 못해도 대강의 뜻은 알 수 있었다. 대설은 두 발로 얼굴을 가린 채 비연의 손바닥에 얼굴을 묻었다. 그 작은 엉덩이가 또 점점 위로 올라오고 있었다.

비연은 우습기도 하고 짜증도 나서 대설의 엉덩이를 때려 줄까 생각했다! 물론 그녀로서는 대설을 아프게 하고 싶지 않았기에, 결국 손가락으로 대설의 등을 살짝 어루만지며 말했다.

"난 괜찮아, 그러니까 안심해! 네가 용감하게 굴었으니까, 이제 네가 아무리 겁을 먹더라도 내 체면이 깎인다 생각하지 않을 거야!"

그녀는 한참 생각하다가 다시 덧붙였다.

"하지만, 만약 계속 용감하게 굴 수 있다면 내가…… 네가 소설을 아내로 맞이하게 도와줄 수도 있을 텐데. 소설이 누군지 알아? 빙해에서 보았던 그 독짐승 말이야, 꼬맹이. 기억하고 있니?"

비연의 이 말을 듣자 대설은 바로 고개를 들고 공포에 질린 눈빛을 보였다. 그리고 비연이 뭐라 말하기도 전에 갑자기 힘차게 머리를 흔들더니, 땅으로 뛰어내려 재빨리 사라졌다!

"내가 뭐 잘못 말했나?"

비연은 영문을 알 수 없어 몇 걸음 쫓아가 보았지만, 대설의 흔적은 보이지 않았다. 비연은 결국 포기하는 수밖에 없었다.

대설은 사실 멀리 도망치지 않고 눈더미 속에 숨어 있었다. 그는 제 주인이 그렇게 무서운 생각을 하고 있다는 사실을 처음 알았다. 그는 속으로, 앞으로 다시는 능력을 보이지 않겠다고 결심했다! 겁 많은 늑대로 사는 것이 사실은 가장 좋은 것이다!

대설의 그런 생각을 알았다면 비연은 아마 화가 나서, 대설을 빙해로 보내 꼬맹이에게 교훈을 남겨 주라고 했을 것이다!

비연이 얼음집 안으로 들어갔다. 군구신은 방 안에 없었다. 그녀는 군구신이 검을 연습하고 있으리라 생각하고 찾으러 나가지 않았다.

그녀는 현한보검을 꺼내 조심스럽게 닦기 시작했다. 보면 볼수록 현한보검을 손에서 떼어 놓고 싶지 않았다. 10여 년 만에 마침내 손에 쥐게 된 검이었으니까. 부황과 모후도 이 사실을 안다면 분명 기뻐해 주실 것이다.

검날을 잘 닦은 다음, 비연은 손 가는 대로 검을 휘둘러 보았다. 그때 군구신이 돌아왔다. 비연이 검으로 그를 가리키며 놀리듯 물었다.

"얼마나 연습하고 왔어? 아직 나랑 몇 초식 겨뤄 볼 힘이 남아 있어?"

군구신이 미간을 찌푸리며 말했다.

"시간이 이르지 않은데, 아직 자지 않은 거야?"

비연이 대답하려는데 갑자기 격렬한 현기증이 밀려왔다. 손에서 힘이 풀리며 검이 바닥에 떨어졌다. 그녀는 다급하게 곁에 있던 탁자를 붙잡았다.

군구신이 빠르게 다가와 그녀를 부축하며 물었다.

"괜찮아?"

비연은 하늘도 땅도 빙글빙글 도는 것 같았다. 그리고 어느 새 자신도 함께 돌고 있는 것 같았다. 그녀는 군구신의 질문에 대답하지 못하고 무의식적으로 제 머리를 감쌌다.

"또 현기증이?"

군구신이 재빨리 그녀를 안아 침상 위에 눕혔다. 비연은 겨우 힘을 짜내 대답했다.

"응, 지난번보다……."

그녀는 말을 끝마치지 못하고 갑자기 멈추더니, 표정을 굳힌 채 피를 토하기 시작했다. 동시에 봉황력이 그녀의 체내에서 빠져나오더니, 허공에 모여 봉황허영의 모습을 이루기 시작했다.

어찌 된 일인가?

군구신은 예상치 못한 일이라, 미동도 하지 않는 비연을 보며 심장마저 멈추는 듯했다.

"연아, 연아……."

비연이 군구신을 바라보는 순간, 눈앞이 어두컴컴해지는가 싶더니 그대로 정신을 잃었다.

군구신이 다급하게 외쳤다.

"연아, 깨어나 봐! 대체 왜 이러는 거야?"

갑자기, 봉황허영이 봉황력을 품은 채 지극히 빠른 속도로 그들에게 날아왔다. 그 기세를 보면 절대로 비연에게 돌아가려는 것이 아니었다.

군구신은 비연의 안전을 걸고 모험을 할 수 없어, 바로 비연을 감싸며 건명력을 소환해 봉황력에 맞서게 했다!

봉황력이 다시 모이더니 뜻밖에도 그들에게로 날아왔다. 이번에는 그저 기세가 흉흉한 정도가 아니라, 명백하게 공격의 의도를 품고 있었다!

역시 신력을 장악한 사람으로서 군구신의 느낌이 틀리지 않았다. 그는 봉황력이 비연에게 돌아가려는 것이 아니라 다른 목적이 있다고 확신했다! 그는 또다시, 건녕력으로 봉황력을 막아 냈다.

다시 한번 저지당한 봉황력이 바로 힘을 모아 날아오려 했다. 군구신도 다시 한번 막아 낼 준비를 했다. 바로 이 순간, 비연의 허리에 묶여 있던 약왕정이 갑자기 줄에서 벗어나 허공으로 날아올랐다.

설마 고운원일까?

군구신은 점점 더 경계하기 시작했다. 그러나 정말 생각지도 못하게, 약왕정이 허공에 멈추는 순간 봉황력이 재빠르게 그 안으로 빨려 들어가기 시작했다.

군구신은 봉황허영이 한 줄기 빛으로 변해 약왕정으로 들어가는 것을 보며, 이해할 수 없다는 표정을 지었다.

이, 이건…… 어찌 된 일인가?

곧 약왕정 안에서 타오르는 듯한 불빛이 보였다. 그 안에서 화염이 타오르고 있는 것 같기도 하고, 그저 환상인 것 같기도 했다. 겉으로만 보아서는 도저히 분간할 수 없을 정도였다.

군구신은 대체 어찌 된 일인지 알 수 없었지만, 이 일이 고운원과 관계있다는 것만은 확신할 수 있었다! 그는 재빨리 비연을 살펴보았다. 마치 잠이 든 것처럼 지극히 고요해 보였다.

비연은 자는 것도 아니고 정신을 잃은 것도 아니었다. 그녀의 의식은 이미 약왕정 안에 들어가 있었다.

이 순간 그녀는 끝없이 너른 약초밭에 서 있었다. 그녀 스스로도 어찌 된 일인지 깨닫기 전에, 봉황허영이 눈앞을 스쳐 갔다.

"이건……."

비연은 경악하여 봉황력을 불러 보았다. 그러나 몇 번이고 시도해도 모두 실패하고 말았다. 봉황허영은 여전히 그녀 앞을 날아다녔다.

이건 대체 어찌 된 일인가?

그녀는 어째서 갑자기 약왕정 안으로 들어오게 된 걸까? 봉황력은 어떻게 이 안으로 들어온 거지? 봉황력은 어디로 가려는 것일까?

비연은 점점 더 의심스러웠다. 심지어 이게 한바탕 꿈은 아닐까 생각하기도 했다. 그러나 그녀는 그 이상 깊이 생각하지 않고 봉황허영을 쫓기 시작했다.

이렇게 비연은 봉황허영을 쫓아 넓은 약초밭을 가로질러 달렸다. 그녀가 약초밭의 끝을 보게 될 때까지.

약초밭은 영원히 낮인 세계였다. 약초밭의 끝은 검은 하늘과 땅으로 이루어진 세계였고, 아무것도 보이지 않을 뿐 아니라, 그 어둠 속으로 갈 수도 없었다. 그러나 봉황허영은 뜻밖에도 그 어둠 속으로 날아 들어가더니 사라져 보이지 않게 되었다.

비연은 이해할 수 없어 고개를 흔들다가 곧 봉황허영을 쫓아 갔다. 그러나 그녀가 어둠 속으로 가려 할 때마다 그랬듯이, 마치 앞에 거대한 힘이 막고 있는 것처럼 튕겨 나와 바닥에 쓰러지고 말았다.

비연은 이 상황을 받아들일 수 없어 몇 번이고 시도해 보았지만, 그때마다 벽에 부닥친 것처럼 튕겨 나왔다. 그녀는 몇 번이고 봉황력을 소환해 보았지만 역시 모두 실패하고 말았다.

마침내 그녀도 그 이상 움직이지 않고, 끝없는 어둠을 바라보며 중얼거렸다.

"분명 당신이겠지……. 사부!"

누가 열반에 들고 있는가

사부?

마음속에 원한이 가득하긴 했지만 결국 입에서 나오는 말은 10년 동안 익숙하게 불러 온 '사부'였지 '고운원'이라는 낯선 이름이 아니었다.

비연은 눈앞의 끝없는 어둠을 바라보다가 마침내 그녀와 군구신이 고운원을 너무 낮게 평가했음을 깨달았다.

지금 와서 고운원이 대체 무엇을 하고 싶은지 생각하는 것은 아무 의미가 없을 것 같았다. 그녀는 여전히 그에게 끌려가는 상황이니, 답을 찾는 것은 근본적으로 불가능한 일이었다!

그녀는 이제 어떻게 해야 할까? 어떻게 해야 주도권을 다시 빼앗아 올 수 있을까?

비연이 몸을 일으켜 한 걸음 한 걸음 어둠을 향해 걸어갔다. 그녀는 전처럼 억지로 들어가려 하지 않고, 밝은 낮과 영원한 밤의 경계에서 발걸음을 멈춘 다음 조심스럽게 손을 뻗어 어둠을 더듬어 보았다.

그녀의 손이 가볍게 눈앞의 어둠을 어루만지자, 정체 모를 힘이 그녀의 손길을 거부하며 튕겨 내려 하는 것이 느껴졌다.

이곳은 약왕정 안 공간에서 열리지 않은 마지막 부분이었다. 그녀가 승급하여 9품 신화를 수련하면 이 어둠의 영역은 열릴 것이다.

이 안은 그녀가 근심 없이 10년 동안 생활했던 빙해영경일 수도 있고, 고운원이 몸을 숨기고 있는 곳일 수도 있다. 약왕정의 주인인 그녀도 이 안의 모든 것을 느낄 수는 없었다.

그녀는 진상을 확실하게 알게 되기 전에는 결코 적령석을 사용해 약왕정을 승급시키지 않겠노라고 결심했었다. 그러나 이 순간, 그녀는 머뭇거리고 있었다.

고운원이 일부러 그들에게 적령석을 준 것은 바로 그녀가 약왕정을 승급시키기를 바라서였을 것이다. 그녀가 계속 피해 왔던 것도 결국은 피동적인 위치에 있는 것이 아니었을까? 어쩌면 약왕정을 승급시키는 편이 나을지도 모르는데.

그녀는 생각에 잠긴 채 계속 손을 떼지 않고 있었다. 난입해 들어가려는 것도 아니고 봉황력을 소환하려는 것도 아니었다. 그저 봉황력을 느끼고 있었다. 봉황력이 제어를 잃고 이 어둠 속으로 간 것이 대체 무엇 때문인지 알고 싶었다.

그녀는 일단 심호흡을 한 후에, 예전에 수없이 수련할 때 그랬던 것처럼 마음을 가라앉혔다. 신력과 주인의 관계는 영수와 주인의 관계와 닮아 있었다. 설사 멀리 떨어져 있다 해도 서로의 존재를 느끼기에는 충분했다.

그렇게 비연은 고요한 상태가 되었다.

고운원은 끝없는 어둠 속에 몸을 숨긴 채 그녀 앞에 서 있었다. 비연은 그를 볼 수 없었지만, 그는 비연을 볼 수 있었다.

지금 그는 비연을 머리끝에서 발끝까지 세심하게 살펴보는 중이었다. 마치 그녀의 모든 것을 꿰뚫어 보고 싶은 듯, 그녀의 몸에 어떤 변화라도 있는 것은 아닌지 알고 싶은 것처럼.

마지막으로 그도 손을 뻗었다. 비연의 손바닥에 제 손바닥을 대려는 것처럼. 그러나 그의 손바닥이 비연의 손바닥 가까이 다가갔을 때 결국은 움직임을 멈췄다.

두 손바닥 사이에는 아주 약간의 틈만이 존재하고 있었다. 그리고 그 틈은 동시에 영원한 낮과 밤을 가르고 있었다. 마치 영원히 뛰어넘을 수 없는 경계선처럼, 서로 합쳐질 수 없는 두 세계처럼…… 두 운명처럼. 그리고 생과 사와도 같이.

비연이 뭔가 깨달은 듯 재빠르게 손바닥을 부딪쳐 왔다. 그러나 고운원 역시 재빨리 제 손을 거둬들였다.

비연의 손은 다시 한번 튕겨 나갔고, 고운원은 고개를 숙인 채 몸을 돌렸다. 그는 입가에 잔잔한 미소를 띤 채 어둠 속으로 걸어 들어갔다.

그가 점점 더 깊이 들어가자, 끝없는 어둠 속에 뜻밖에도 불씨가 보였다. 그가 고개를 들자 화염의 빛이 그의 윤곽을 비춰주었다. 그는 잠시 발걸음을 멈추었다가 다시 앞을 향해 걷기 시작했다.

앞으로 걸어갈수록 불빛은 더욱 밝아졌다. 마치 눈을 찌를 듯이.

이제 그는 보이지 않았다. 그 눈을 찌를 듯한 빛 속에 매몰되어 버린 것인지, 아니면 그 빛 속으로 걸어 들어간 것인지는 알 수 없었지만.

사실 지극히 밝다는 것은 지극히 어두운 것과 같다. 그 안에서는 그 무엇도 볼 수 없는 것이다.

얼마나 지났을까. 가장 밝은 빛 속에서 봉황허영이 날아올랐다. 그와 동시에 빛은 점점 약해졌다. 온통 희게 빛나던 빛은 점차 붉은 화염으로 변했다.

봉황허영도 타오르고 있었다. 봉황허영이 닿는 곳이면 모두 타오르는 것 같기도 했다.

고운원의 모습이 다시 나타났다. 그는 불 속에 선 채 허공을 맴돌고 있는 봉황허영을 바라보았다. 그는 불 속에 그대로 잠겨 있었다. 지금 열반에 들고 있는 것은 봉황일까, 아니면 그일까?

비연이 몸을 일으켰다. 그녀의 손은 여전히 눈앞의 어둠에 닿아 있었다. 그녀는 봉황력을 느낄 수 있을 뿐 아니라 봉황력이 요동치고 있는 것도 알 수 있었다. 마치 어떤 금제에서 벗어나고자 하는 것처럼.

그녀는 감히 봉황력을 소환할 수도 없어 그저 조용히 그 존재를 느끼며 기다리고 있을 수밖에 없었다.

어둠의 중심에서 불빛이 다시 약하게 변했고, 고운원의 모습이 점차 투명해졌다. 봉황허영이 날개를 접고 천천히 바닥으로 떨어지기 시작하더니, 결국은 불 속에서 사라져 보이지 않게 되었다.

비연은 봉황력이 요동치지 않는다는 것을 깨닫고 그것을 소환해 보았다. 그러나 그 전과 마찬가지로, 아무리 소환해도 봉황력은 그녀에게 돌아오지 않았다!

그녀가 세 번째로 시험해 보았을 때였다. 갑자기 경악하며 깨어났고, 의식 역시 약왕정 안 공간에서 벗어났다. 비연은 매서운 기세로 침상에서 몸을 일으켰다.

그녀가 깨어났다!

그녀를 밤새도록 지키던 군구신이 다급하게 그녀의 손을 잡고 물었다.

"연아, 괜찮아? 약왕정은 어떻게 된 거야?"

비연이 군구신을 바라보다가 다시 그의 손에 들린 약왕정을 바라보았다. 그녀는 미간을 찌푸리고, 겨우 정신을 차린 듯 말했다.

"보아하니 꿈이 아니었나 보군!"

"꿈이 아니었지!"

군구신은 전날 밤 봉황력이 보인 이상한 모습을 비연에게 설명해 주었다.

그의 이야기를 들은 비연은 불안한 마음이 들어, 군구신의 손을 놓고 재빨리 몸을 일으켜 봉황력을 소환해 보았다. 그러나 이게 웬일일까. 그녀가 연속 세 번 소환해도 봉황력을 소환할 수 없었다!

군구신이 뭔가 눈치챈 듯 물었다.

"그가…… 봉황력을 빼앗아 간 건가?"

비연은 대답 없이, 제 마음을 억지로 가라앉히고 눈을 감았다. 그러나 그녀는 봉황력의 존재조차 느낄 수 없었다.

그녀는 결코 받아들이고 싶지 않은 사실을 받아들일 수밖에 없었다. 그녀는 봉황력을 잃었다!

군구신이 이해할 수 없다는 듯 말했다.

"사람이 있으면 힘도 있고, 사람이 없으면 힘도 흩어진다고 했는데…… 어떻게……."

비연은 침상에 앉은 다음, 약왕정을 쥐고 제 의식을 그 안 공간으로 들여보냈다. 그리고 어둠 앞에 도착했을 때, 비연은 봉황력이 여전히 그 어둠 속에 숨었음을 느낄 수 있었다.

그랬다.

그녀는 봉황력을 잃은 것이 아니었다. 봉황력은 약왕정 안 공간에 갇혀 있었다.

고운원은 이런 방식으로 봉황력을 빼앗으려 하는 걸까……. 아니면 이런 방식으로 어떻게든 그녀가 약왕정을 승급시키게 핍박하려 하는 걸까?

비연은 약왕정 안 공간에서 나와 군구신을 바라보고 또 바라보다가, 갑자기 그의 품으로 뛰어들었다.

"봉황력이 약왕정 안에 갇혀 있어……. 너무 괴로워……. 대체 어떻게 해야 하지?"

무엇을 하건, 또 얼마나 노력을 하건, 그녀의 모든 것은 그의 손에서 벗어날 수 없는 것 같았다. 봉황력을 소환할 수 없으니 그녀는 아무 힘도 없던 예선으로 되돌아간 것이나 마찬가지였다. 좌절감이 비연의 마음속을 가득 채웠다.

고운원이 스스로를 위해 한 행동이건, 아니면 남모를 고충이 있건, 그에게는 이렇게 행동할 권리가 없었다! 그는 대체 무슨 권리로 그녀의 모든 것을 결정하려 하는 것일까?

"연아……."

군구신이 입을 연 순간, 비연이 속삭이듯 물었다.

"봉황력이 없으면 어떻게 빙해의 얼음을 깨트리지? 나는 아무것도 도울 수 없는 거야! 자신의 것조차 제대로 지키지 못하다니, 나, 나는…… 정말 너무 쓸모없는 존재야! 나는…… 부황과 모후를 구할 수 없을 거야!"

군구신이 가볍게 그녀를 밀어내더니, 진지한 눈빛으로 그녀를 바라보며 말했다.

"연아, 너는 그분들을 구하고 있어! 너는 이미 그분들을 구하고 있다고! 너와 내가 서로 만나지 못했다면 모든 일이 지금보다 더 엉망이었겠지! 너는 이미 그분들을 구하고 있어!"

비연이 미간을 찌푸린 채 고개를 들어 군구신을 바라보았다.

군구신이 다시 말했다.

"쉽게 포기하는 것은 너답지 않아……."

그의 말이 끝나기도 전에 비연이 화를 내며 말했다.

"나는 포기한다고 말하지 않았어! 나, 나는…… 난 그저 괴로울 뿐이야! 나는 모든 것을 느낄 수 있어. 심지어 내가 결정을 한 번 내릴 때마다, 아니 한 걸음 내디딜 때마다 그에게 끌려가고 있다는 것을! 그에게서 벗어나고 싶어! 저 약왕정에게서 벗어나고 싶어!"

그녀의 결심

괴롭다!

군구신이라고 그 느낌을 모를 수는 없었다. 건명력을 제한당한다면 그 역시 냉정할 수 없을 것이다. 그러나 지금 비연이 냉정하지 못한 이상 그라도 냉정해야 했다.

군구신이 달래듯 말했다.

"연아, 조금 더 참아 봐.《운현수경》을 얻고 나면, 아마 모든 진상이 밝혀질 거야!"

비연은 군구신을 바라보며 오래도록 아무 말도 하지 않았다. 그녀의 눈에 단호한 빛이 스쳐 갔다. 비연은 몰래 결정을 내렸다!

그에게서 벗어날 수 없다면, 이렇게 시간을 끄느니 결말을 앞당기도록 하자! 고운원의 뜻에 따라 일단 그가 목적을 이루게 해 준 후 본모습을 드러내게 하는 거다. 그다음에 다시 그와 겨루면 되고.

이런 방식은 그녀에게는 결국 또 다른…… 죽음의 위기에 처해 살길을 찾아내는 것 아니겠는가.

그녀는 약왕정 안 공간에서 이미 흔들렸고, 지금은 결심을 내렸다. 적령석이 모두 진양성에 있으니, 이번에 진양성에 돌아가면 도박을 해 볼 수 있었다. 결사적으로 싸우게 되는 한이 있더라도, 지금처럼 끌려다니는 것보다는 훨씬 나을 것이다!

원래 그녀의 것이 아니었어야 할 거라면 그녀도 욕심내지 않았다. 그러나 원래 그녀의 것이라면, 그녀는 어떻게든 다시 되돌려 받을 것이다!

약왕정은 되돌려줄 수 있었다. 그러나 봉황력은 언제나 그녀의 소환에 응해야 했다!

군구신이 비연이 평소와 다르다는 것을 눈치채고 물었다.

"무슨 생각을 하고 있어?"

"그에게서 어떻게 벗어나면 좋을지 생각하고 있었어. 우리 출발하자. 《운현수경》을 얻으면, 분명 방법이 있겠지!"

군구신은 묻고 싶은 것이 많았으나, 그 순간 방문 두드리는 소리가 들렸다. 전다다였다.

전다다는 이미 준비를 마치고 비연과 군구신을 기다리고 있었다. 그러나 한참을 기다려도 그들이 보이지 않자 기다리지 못하고 찾으러 온 것이었다.

군구신은 원래 전다다를 기다리게 할 생각이었지만 비연이 빠르게 걸어 나가 문을 열었다.

전다다는 무슨 일이 있었는지 알지 못해 일부러 애매한 미소를 흘리며 말했다.

"언니랑 형부가 어젯밤에 너무 피곤해서 오늘 늦잠을 자는 줄 알았지 뭐야? 일어나 있으면서 어째서 계속 안에 있었어?"

비연과 군구신은 농담을 주고받을 기분이 아니었다. 군구신이 말했다.

"전아, 너희 먼저 출발하도록 해. 우리가 뒤따라갈 테니."

그러나 비연이 말했다.

"그럴 필요 없어. 모두에게 잠시만 기다리라고 해. 우리 물건만 챙겨서 바로 가면 되니까."

전다다는 군구신에게 웃으며 말했다.

"난 형부 말 안 듣지! 우리 연아 언니 말만 들을 거야!"

전다다가 떠난 후, 비연이 군구신에게 진지한 표정으로 말했다.

"안심해도 좋아. 나는 그렇게 약하지 않은걸! 봉황력에 대한 일은, 진양성으로 가는 길에 상황을 봐서 모두에게 말해 두는 편이 좋을 것 같아."

말을 마친 그녀는 짐에서 암기들을 꺼내 몸 여기저기에 숨기고, 날카로운 비수도 하나 꺼내 다리에 묶었다. 그리고 현한보검을 들더니, 마치 어린 시절로 돌아간 것처럼 말했다.

"영 오라버니, 본 공주가 봉황력을 되찾아 오기 전에는 오라버니가 본 공주를 잘 지켜 주어야 해!"

군구신은 원래 걱정하고 있었지만, 그녀의 갑작스러운 농담에 웃음을 참을 수 없었다. 그는 사랑스럽다는 듯 그녀의 코를 문지르며 말했다.

"예. 영자, 명을 따르겠습니다."

두 사람은 더 시간을 지체하지 않고 바로 문을 나가 전다다 일행과 합류했다.

그들은 마차 여러 대에 나눠 탔다. 축운궁주 역시 마차 안에

간혀 있게 되었다. 비연은 바로 출발하지 않고 커다란 짐 하나를 들고 축운궁주의 마차로 올라탔다. 군구신이 따라오더니 마차 옆에서 기다렸다.

마차 안, 축운궁주가 포박당한 채 고개를 숙이고 있었다. 그녀는 비연이 마차에 오른 것을 알고도 상대하지 않았다.

비연은 커다란 짐을 풀어 헤쳤다. 그 안에 든 것은 약품과 연지, 지분 같은 화장품들이었다. 그 물건들을 흘깃 본 축운궁주는 바로 눈을 들어 의아한 눈빛으로 비연을 바라보았다.

비연은 그녀의 놀란 모습은 신경 쓰지 않고, 일단 정신을 집중해 연고 몇 종류를 섞었다. 그리고 연고가 완성된 다음에야 축운궁주를 바라보며 말했다.

"일단 상처를 처리해 준 다음, 화장해 줄게."

축운궁주는 살짝 당황하는 듯했으나 곧 냉소했다.

"네가 이런다고 내가 감사해할 것 같아?"

비연 역시 냉소했다.

"네 감사 따위, 나에게는 아무 가치도 없지. 나는 그저 네 비밀을 지켜 주겠다는 약속을 지키려는 것뿐이야. 겸사겸사 귀찮은 일도 줄이고 말이지! 네가 그 얼굴 그대로 다니다가 실수로 다른 이들에게 들키기라도 하면 아주 귀찮아지잖아!"

축운궁주의 안색이 더욱 차가워지더니, 아무 말도 하지 않았다.

비연은 그녀의 상처를 치료한 다음 화장을 해 주기 시작했다. 하지만 무어라 해야 할까…… 축운궁주는 너무 늙었고, 비연의 화장 솜씨는 그다지 좋지 못했다.

비연은 겨우 축운궁주의 음양이 뒤섞인 얼굴을 감출 수 있었을 뿐, 그녀의 늙은 얼굴을 젊게 변화시킬 수는 없었다.

"지금은 이 정도로 만족하도록 해. 진양성에 도착하면 아주 대단한 화장사를 불러 줄 테니까."

비연의 말에 축운궁주는 고개를 돌리고 그녀를 보려 하지 않았다.

비연은 그녀와 쓸데없는 말을 하고 싶지 않아 바로 마차에서 내렸다. 그때 소 부인이 하고 싶은 말이 있는 표정으로 다가왔다.

비연은 소 부인이 무엇을 원하는지 알아차리고 말했다.

"언니, 묻고 싶은 것이 있으면 들어가 물어봐요. 우리가 기다릴 테니까."

소 부인이 허리 굽혀 절했다.

"감사합니다, 공주님."

소 부인이 묻고 싶은 것은 물론 결계에 대한 것이었다. 그녀는 마차에 오르자마자 본론으로 들어갔다.

"몽족 죽음의 결계에 대해 들어 본 적 있나?"

축운궁주는 소 부인을 흘깃 보고는 대답하지 않았다.

그러나 소 부인은 비연처럼 인내심 있는 성격이 아니었다. 그녀는 축운궁주의 멱살을 잡고 차갑게 외쳤다.

"죄수로 전락한 주제에, 감히 그런 얼굴을 누구에게 보이는 거야? 우리 주인님께서 너를 놓아주겠다 약속하셨지만, 나는……."

소 부인의 말이 끝나기도 전에 축운궁주가 차갑게 말을 끊었다.

"죽음의 결계와 영생 결계 모두 몽족 최정상급의 결계술이지. 죽음의 결계는 풀 수 없고, 영생 결계는 사람의 피를 매개로하니 사람의 피로 풀 수 있어. 사람이 죽는다면 영생 결계도 영원히 파해할 수 없고 말이야! 내가 아는 것은 이 정도다! 그리고나는 결계술을 펼칠 줄 몰라!"

소 부인은 실망감에 축운궁주의 옷깃을 더욱 꽉 잡았다가 한참 후에야 놓아주었다. 소 부인이 마차에서 내리려 할 때, 축운궁주가 음산하게 한마디 덧붙였다.

"네가 나보다 더 가련하구나. 내가 기다리는 사람은 살아 있지만, 네가 기다리는 사람은…… 하하, 예전에 죽었을 거다!"

소 부인이 갑자기 멈추더니, 슬며시 주먹을 쥐었다. 그녀는축운궁주에게 손을 쓸 생각이었지만 결국은 그만두고, 대신 자신도 차갑게 웃으며 말했다.

"네가 기다리는 사람이 살아 있은들 또 그게 뭐라고. 영원히너를 좋아하지 않을 텐데! 하지만 내가 기다리는 사람은…….그의 마음속에는 내가 있지."

축운궁주가 갑자기 큰 소리로 웃기 시작했다.

"그의 마음속에 네가 있다고? 한 종주, 그 나이에도 누군가를 좋아할 수 있었다니……."

축운궁주의 말이 끝나기도 전에 소 부인이 그녀의 입을 틀어막았다.

마침내 소 부인이 마차에서 내렸을 때, 그녀의 얼굴은 여전히 고요하고 담담했다. 그 자리의 그 누구도 그녀의 마음속에 일고 있는 파란을 엿볼 수 없었다.

비연과 군구신은 마차 곁에 서 있었기 때문에 안에서 오간 대화를 다 들은 상태였다. 그러나 두 사람은 아무 말도 하지 않았다.

소 부인의 사정이 어떠한지는 그들도 마음에 짚이는 바가 있었다. 게다가 지금 그들은 소 부인에게 신경 쓸 마음의 여유가 없었다. 축운궁주가 방금 했던 말은…… 그들에게 거대한 비밀을 하나 알려 준 셈이었기 때문이다.

영생 결계가 사람의 피를 매개로 쓴다면…… 그렇다면, 몽하 선배가 갇혀 있는 그 영생 결계는 분명 천 년 전 누군가의 피를 매개로 설치된 것일 터였다. 천 년이 지난 지금 그 결계가 어떻게 열렸던 것일까? 설마…….

군구신이 속삭였다.

"고운원, 또 그자야……."

비연이 말없이 마차에 올라탔다. 그녀는 이제 아무 말도 하고 싶지 않았다. 그저 진양성으로 돌아가고 싶을 뿐이었다!

행렬은 빠르게 출발했다. 그들은 설족의 땅을 지나 보명고성을 통과했다.

그들이 막 보명고성의 남쪽 성문으로 나올 때쯤, 마차 한 대가 그들 앞을 가로막고 있었다. 그리고 잠시 후, 목연이 검을 지팡이 삼아 마차 옆에서 천천히 걸어 나왔다…….

군구신의 의심

비연 일행은 누가 감히 그들의 길을 막나 의아해하고 있던 참이었다. 그러다 목연을 발견한 그들은 더욱 당황스러운 표정을 지었다.

일단 상처를 치료하자고 이야기하지 않았던가?

비연이 의심 어린 목소리로 물었다.

"설마 우리를 배웅하러 온 건가?"

모두 그렇게 생각했다. 그러나 곁에 있던 전다다만은 속으로 즐거워하고 있었다. 그녀는 목연이 자신을 찾아왔다는 사실을 알고 있었다.

목연은 부축해 줄 사람이 없으니 제 보검을 지팡이 삼아 한 걸음 한 걸음 천천히 걸어 나왔다. 모두 지켜보기만 할 뿐, 아무도 목연을 부축하겠다고 나서는 사람은 없었다. 의심할 바 없이, 모두 이 기회를 전다다에게 양보할 생각인 것이다.

전다다가 한참 동안 움직이지 않자 당정이 참지 못하고 재촉했다.

"전아, 가서 부축하지 않고 뭐 하는 거야? 저러다 넘어지기라도 하면 네가 평생 돌봐 줘야 할걸!"

전다다는 그 순간 목연이 제 쪽으로 오고 있는 것을 보면서도 꾹 참았다. 어쨌든 그녀가 목연 쪽으로 갈 수는 없었다. 만약 그렇게 한다면 그녀의 연기는 헛수고가 되어 버릴 테니까!

전다다가 불쾌한 듯 반박했다.

"홍두 언니, 말에는 책임이 따르는 거야! 함부로 말하지 말아요!"

그러자 당정이 진지하게 일깨워 주었다.

"목연은 네 아버지를 구하다가 부상 당했는데, 지금 네 태도가 너무 양심 없다는 생각은 들지 않고?"

전다다는 바로 어젯밤 비연에게 반박했던 말을 다시 한번 했고, 그때부터 두 자매는 입씨름을 벌이기 시작했다. 그리고 두 사람이 다투고 있는 동안, 목연은 이미 가까이 다가왔다.

목연의 상처는 가볍지 않아, 이렇게 짧은 거리를 걸어오는 데도 온 힘을 다해야 했다. 모두 앞에서 발걸음을 멈췄을 때, 그는 호흡마저 조금 가쁘게 내쉬고 있었다.

군구신은 비연의 마음속에 어떤 셈이 있는지 잘 알고 있었지만, 힘들어하는 목연을 눈앞에서 보게 되니 상관하지 않을 수가 없었다.

군구신이 눈짓하자 망중이 다가가 목연을 부축하려 했다. 그러나 이게 웬일일까. 목연이 망중을 거절하고 호흡을 고른 다음 말했다.

"정왕 전하, 왕비마마, 저는 이미 고민을 끝냈습니다. 전하와 마마를 따라 진양성으로 가고 싶습니다."

이 말에 모두 깜짝 놀랐다. 물론 전다다를 포함해서.

군구신이 진지하게 말했다.

"네 상처는 요양이 필요하다. 침상 아래로 내려오는 것도 좋지 않은데, 장거리 이동은 더 말할 것도 없겠지."

목연 역시 진지했다. 그는 얼어붙은 땅에 검을 꽂고 두 손으로 읍하며 말했다.

"제 상처는 제가 잘 알고 있습니다. 동행하는 동안 제가 전하의 일정에 폐를 끼치는 일은 결코 없을 것이고, 또한 축운궁주를 찾아가 귀찮게 하는 일도 없을 것입니다! 저는 왕비마마께서 축운궁주를 놓아준 다음 다시 사적인 원한을 갚기로 했습니다! 전하께서도 마음 놓으시기 바랍니다."

군구신은 목연을 이해할 수 있었다. 그는 목연 때문에 일정이 늦춰질까 봐 걱정하는 것도, 목연이 그들의 계획을 망치지나 않을까 걱정하는 것도 아니었다. 그저 목연의 몸 상태를 염려하는 것뿐.

그는 목연의 언사에 어딘가 이상한 부분이 있다는 것을 느꼈으나, 또 어디가 이상한지 명백하게 알 수 없었다. 어쨌든 목연이 이렇게 말하는 이상 군구신도 거절하기는 어려웠다.

군구신이 비연을 흘깃 보더니, 그녀가 아무 말 없는 것을 보고 목연에게 말했다.

"버틸 자신이 있다면 같이 가도록 하지!"

목연이 기뻐하며 외쳤다.

"감사합니다, 전하!"

축운궁주는 마차 안에서 목연의 말을 전부 듣고 있었다. 그녀의 입가에 경멸 어린 미소가 떠올랐다. 그러나 그녀는 목연을 마음에 담아 두지는 않았다.

모두 잇달아 마차에 올라탔고, 목연 역시 자신의 마차로 되돌아갔다. 마차에 오르기 전에 그가 전다다를 바라보았고, 하필이면 전다다도 그 순간 그를 보고 있었다.

물론 두 사람의 시선이 마주친 것은 순간에 지나지 않았다. 두 사람 모두 아무 일도 없었던 것처럼 시선을 돌렸으니까.

망중이 앞에서 길을 안내했고, 군구신과 비연의 마차가 앞서 갔으며, 전다다와 소 부인이 그 뒤를 따랐다. 그다음은 갇혀 있는 축운궁주의 마차였고, 그 뒤가 정역비와 당정의 마차였다.

목연은 계속 기다리다가, 정역비와 당정의 마차가 출발한 후에야 마부에게 따라가라고 명했다.

일행은 계속 남쪽을 향해 가고 있었다. 정역비는 어쩐지 안심이 되지 않는 듯 당정에게 말했다.

"목연의 상처가 이만저만한 것이 아닌데, 저렇게 함부로 나다니다가 무슨 일이라도 생기면……."

그러나 그의 말이 끝나기도 전에 당정이 냉큼 말을 잘랐다.

"황제는 급하지 않은데 태감이 급하게 군다더니!"

정역비가 눈을 흘기며 웃었다.

"그 말은 그렇게 사용하는 것이 아닐 텐데?"

당정이 말했다.

"어쨌든 뭐 대충 비슷한 의미니까! 전다다가 급하게 굴지 않는데, 네가 급하게 군들 뭐 할 거야? 정말이지 답답해 죽겠어. 말해 봐. 전다다가 남지 않으니까 결국 목연이 저렇게 쫓아온 거잖아? 저 두 사람은 무슨 갈등이 있을 것도 없는데, 목연은 왜 고육계를 쓰는 거지?"

정역비는 턱을 쓰다듬으며 생각에 잠겼다.

당정이 재빨리 물었다.

"그렇게 생각하지 않는 거야?"

정역비가 살짝 미간을 모으더니 여전히 대답하지 않았다.

당정이 다시 물었다.

"설마, 내 추측이 틀렸다는 거야?"

정역비가 손을 내리고 말했다.

"본 장군은 그저 당 대소저가 언제부터 이렇게 남의 연애사를 좋아했나 고민하고 있었을 뿐이야."

당정은 멈칫했으나, 곧 정역비가 놀리고 있다는 사실을 깨닫고 주먹을 날렸다. 정역비도 피하지 않고 그녀가 제 가슴을 때리게 내버려 두다가, 곧 그녀의 손을 잡아당겨 맥을 짚었다.

이 동작은, 당정에게 있어 이미 너무나 익숙한 것이었다.

당씨 가문과 정씨 가문을 위해 아이들을 많이 낳기로 한 후, 정역비는 특별히 맥 짚는 법을 배웠다.

그는 시시때때로 당정의 맥을 짚으며, 희맥[3]을 짚게 되는 그날을 기다리고 있었다.

정역비의 진지한 표정을 보고 당정도 긴장한 표정으로 기다렸다. 그러나 안타깝게도, 정역비가 그녀의 손을 놓아주더니

---

3   임신의 징후가 있는 맥박.

344

탄식했다.

"아, 보아하니 본 장군이 좀 더 힘을 써야겠는걸!"

당정도 일단 실망했으나, 곧 고개를 끄덕였다.

"응, 힘을 좀 더 써 봐!"

정역비가 그녀를 바라보았다. 그는 원래 참을 생각이었지만, 도저히 참을 수 없어 큰 소리로 웃기 시작했다. 그제야 당정은 자신이 무슨 말을 했는지 깨닫고, 얼굴을 붉히며 정역비에게 주먹을 몇 번 날렸다.

이렇게 당정은 전다다와 목연의 일을 머리 저편으로 밀어 버리고 말았다.

그리고 이 순간, 비연 역시 전다다와 목연 사이에 대체 무슨 일이 있었는지 궁금해하고 있었다. 비연이 말했다.

"고육계 같지 않은데. 전아가 어젯밤에는 잘 돌봐 주는 것 같더니, 오늘은 태도가 어찌 저리 달라졌지?"

군구신은 마차에 오를 때 이미 망중에게, 목연을 유심히 살피라고 명령한 상태였다. 그는 눈을 감은 채 건명력에 대해 고민하고 있었다.

그는 지금도 검녀가 주화입마에 빠진 후 고운원과 몽동이 무엇 때문에 건명보검을 봉인하여 건명력이 건명보검으로 돌아가는 것을 막으려 했는지 이해할 수 없었다. 검녀가 인검합일의 경지에 이르렀다면, 그들은 건명력을 검녀에게 돌려보내야 옳았다.

지금 그는 이미 '무아유검'의 경지에 도달해 있었고, 건명력을 장악한 상태였다. 건명력은 그와 건명보검 사이를 자유롭게 오갔다. 하지만 그는 건명력을 제 몸 안에 붙들어 두는 것을 더욱 좋아했다.

'인검합일'의 경지에 다다르면 설마 건명력을 건명보검에 남겨 두어야 하는 걸까?

군구신은 그 잘생긴 미간을 점점 더 찌푸리며 고민에 빠져들었다.

비연은 군구신이 대답하지 않자 돌아보았다. 그가 두 눈을 감은 채 미간을 찌푸리고 있는 것을 본 비연은 그가 생각에 빠져 있다는 것을 알고 방해하지 않았다.

전다다가 올라탄 마차 안, 소 부인은 전다다에게 한마디도 건네지 않았다. 소 부인은 축운궁주의 마차에서 내린 후 지금까지 침묵을 지키고 있었고, 전다다 역시 아주 조용했다. 전다다는 무슨 생각을 하는지, 물기 가득한 커다란 눈을 굴리며 창밖을 바라보고 있었다.

일행은 보명고성을 떠나 초원을 지나더니 곧 숲으로 접어들었다.

마차 행렬이 숲속으로 사라질 때쯤, 백리명천이 걸어 나왔다. 인어족 병사 몇 명도 그의 뒤를 따르고 있었다.

백리명천의 부상은 심각한 상태였다. 안색이 창백할 뿐 아니라 입술조차 죽어 있었다.

언제나 구속받지 않는 듯한 모습과 달리 지금 그는 유달리 고요한 상태였다. 그는 넋을 잃은 듯 마차가 사라져 간 방향을 바라보며 계속 미동도 하지 않았다.

한참을 기다리던 인어족 병사가 결국 참지 못하고 말을 걸었다.

"삼전하, 저들은 진양성 방향으로 가고 있습니다."

진 것을 인정했어야 했는데

인어족 병사가 일깨워 주어도 백리명천은 여전히 반응을 보이지 않았다.

인어족 병사들은 서로의 얼굴을 바라볼 뿐이었다. 말을 걸었던 인어족 병사가 결국 또 참지 못하고 앞으로 나서서 말했다.

"삼전하, 고비연을 죽일 가장 좋은 때를 놓치셨습니다. 대체 무얼 하실 생각입니까?"

백리명천은 그제야 정신이 들었다. 그는 인어족 병사를 흘깃 보고는 몸을 돌렸다.

"수로를 통해 진양성으로 간다!"

인어족 병사가 쫓아오며 물었다.

"삼전하, 복수하기 위해서입니까? 아니면…… 단지 보고 싶기 때문입니까?"

백리명천이 바로 발걸음을 멈추고 돌아보았다. 사람을 매혹하는 백리명천의 눈이 놀라울 정도로 차갑게 빛나고 있었다.

인어족 병사는 바로 무릎을 꿇었고, 그 뒤의 병사들도 모두 무릎을 꿇었다. 이제 함부로 입을 여는 자는 없었다.

백리명천은 그들을 차갑게 바라본 후 깊게 호흡했다. 그의 마음속 분노가 언제라도 터져 나올 것만 같았다. 그러나 그는 결국 하고 싶은 말을 삼키고, 그저 손을 내저어 병사에게 물러

가라고 했다.

인어족 병사는 공포에 질려 있었지만, 그 자리를 떠나지 않고 여전히 무릎을 꿇고 있었다.

백리명천의 호흡이 더욱 무거워졌다. 그 자신조차 이 분노가 하극상을 일으킨 수하 때문인지, 아니면 자기 자신 때문인지 분간할 수 없는 상황이었다. 그는 사납게 소매를 떨치고 몸을 돌려 빠르게 걷기 시작했다.

"삼전하! 기다려 주십시오!"

"삼전하, 진양성으로 가실 수는 없습니다! 열흘밖에는 시간이 없습니다! 어서 고운원을 찾으셔야 합니다!"

인어족 병사들이 조급하게 쫓아왔다. 그러나 백리명천의 움직임은 지극히 빨랐다. 그는 깊은 호수 속으로 뛰어들었고, 인어족 병사들도 그의 뒤를 따르려 했다.

그러나 인어족 병사들이 물에 뛰어들려는 그 순간, 호수의 물이 갑자기 하늘을 향해 솟구치더니 거대한 물의 장벽을 세웠다. 백리명천이 물속에서 제 분노를 풀고 있는 것이 분명했다.

인어족 병사들은 서로를 바라보다가 결국은 아무도 앞으로 나가지 못하고, 계속 기다릴 수밖에 없었다.

얼마 지나지 않아 물의 장벽이 무너져 내렸다. 마치 대야를 엎어 놓은 듯한 폭우가 물속으로 쏟아지는 듯하더니, 잠시 후 호수의 수면은 평온함을 회복했다. 그러나 주변은 그야말로 엉망진창이었다.

그리고 이 순간 백리명천의 기분도 주변의 모든 것들처럼 엉망진창이었다.

그는 호수 아래 웅크린 채 앉아 있었다. 마치 아이와 같은 모습으로, 조용하고 또 외롭게.

'가서 무엇 하려고? 비연이 걱정되나?'

'본 황자를 제외하면 그 누구도 우리 연아를 건드릴 수 없다! 절대로!'

'삼전하, 복수하시기 위해서입니까? 아니면…… 단지 보고 싶기 때문입니까?'

고운원의 목소리, 그 자신의 목소리, 그리고 인어족 병사의 목소리가 한 번, 또 한 번 그의 귓가를 스쳐 갔다. 끊임없이 반복되는 그 목소리들은 마치 파도처럼 한 번, 또 한 번 그를 집어삼키고 있었다.

그는 이제 견딜 수 없었다!

"아냐, 아니다!"

그는 제 두 귀를 틀어막았다. 그러나 그 목소리들은 계속 반복되었다. 이번에는 그의 귓가에서가 아니라 그의 머릿속에서. 떨치려 한다고 떨칠 수 있는 것이 아니었다.

그는 무엇 때문에 그녀를 구한 것일까?

그는 어째서 고운원을 배반한 것일까?

그는 왜 그녀 앞에서는 어찌할 바를 모르는 것일까?

왜? 무엇 때문에?

어째서 그는 그녀가 그에게 아무 빚도 없다는 것을 알면서도 고집스럽게 그녀가 자신에게 빚을 졌다고 생각하려 했을까?

그, 백리명천은 한순간도 타인에게 생트집을 잡는 사람이 아니었고, 더더군다나 질 줄 모르는 사람도 아니었다! 그러나 도요곡, 음양독…… 그는 진 것을 인정했어야 했는데…….

어째서?!

백리명천이 천천히 두 손을 늘어뜨렸다.

그는 그렇게 넋이 나간 표정으로 한참을 앉아 있었다.

꼬박 하룻밤과 하루 낮을.

그렇게 오랫동안 물속에 앉아 있던 백리명천이 마침내 뭔가를 깨달은 듯, 뭔가를 받아들인 듯 고개를 들었다. 그리고 아무 일도 없었던 것 같은 평온한 얼굴로 뭍으로 올라갔다.

백리명천이 인어족 병사에게 말했다.

"진양성으로 가자."

인어족 병사는 마음을 놓을 수 없어 다시 일깨워 주었다.

"삼전하, 혈루는……."

백리명천이 차갑게 웃으며 말했다.

"고운원이 나를 살리고 싶다면 알아서 찾아올 것이다. 고운원이 나를 죽일 생각이라면, 찾아간들 헛수고일 테고! 가자!"

북해의 일전이 그의 추측을 증명해 주었다.

고운원이 그와 협력한 깃은 축운궁주 때문이 아니라 비연과 군구신 때문이었다.

고운원은 진정한 능력을 전부 펼쳐 보이지도 않았다. 그러나 그는 알 수 있었다. 고운원은 사실 그가 상상했던 것처럼 두려운 존재가 아니었다.

게다가 축운궁주가 고운원을 알고 있다는 것은……. 여기에는 분명 뭔가가 있었다!

혈루는 건명력에 대항할 수 있는 유일한 힘이니, 고운원은 백리명천을 그리 쉽게 죽도록 내버려 두지는 못할 것이다. 그는 진양성에서 고운원과 다시 만날 일을 기대하고 있었다.

비연 일행이 진양성으로 가는 이상, 백리명천도 진양성으로 가야 했다.

진양성은 겉으로 보기에는 평온해 보였지만, 성 안팎으로 어두운 파도가 용솟음치고 있었다. 군구신은 거의 모든 세력을 이용하여 진묵의 수색 작업을 돕게 했다.

진묵은 이미 진양성 안팎을 세 번이나 뒤졌고, 지금은 각 수로를 조사하는 중이었다. 비연 일행이 고씨 저택을 의심했기에 진묵은 고씨 저택도 여러 번 수색했다. 아무 수확도 없었지만 진묵은 사람을 시켜 저택 안 호수며 연못 등을 지키게 하되, 다시 수색 작업을 벌이지는 않았다.

사실 전 어멈 일행은 수로로 몸을 피하거나 도망치지 않았다. 그들은 계속 고씨 저택 장경루의 밀실 안에 숨어 있었다. 전 어멈은 고씨 가주인 고 이야보다 이 장경루에 대해 더 잘 알고 있었다. 그녀가 진묵의 수색을 피하는 것은 손바닥 뒤집는 것보다 쉬운 일이었다.

어두운 밀실 안, 진민은 벽에 기대앉아 한 손으로는 염진을, 다른 한 손으로는 택을 끌어안고 있었다.

진민은 속옷만 입고 있었다. 벗을 수 있는 옷은 전부 벗어 염진과 택에게 입힌 것이다.

설달의 끝, 얼어붙을 듯 추운 날에 이런 음침한 밀실 안은 견딜 수 없을 만큼 추웠다. 게다가 전 어멈은 그들에게 하루에 한 끼만을 주었고, 그나마도 차가운 음식이었다. 그들은 그야말로 추위에 떨며 굶주리고 있었다.

전 어멈은 진민의 꾀에 당한 후 그들에게 별다른 고문은 가하지 않았지만 이런 방식으로 그들을 괴롭히고 있었다. 따뜻함과 배부름은 인간이 가장 기본적으로 바라는 것이니, 전 어멈의 이 행동은 고문보다 더 잔인하다 할 수 있었다!

진민은 원래 두 아이에게 침을 놓아 한기를 몰아내 줄 생각이었다. 그러나 안타깝게도 그녀가 지니고 있던 비수를 발각당한 후, 그녀가 머리에 꽂고 있던 것부터 몸에 지니고 있던 것까지 침을 전부 빼앗겼다.

지금 그녀는 염진과 택에게 운공대륙의 의성 이야기를 해 주는 중이었다. 고북월이 의성 성주의 자리를 차지하게 된, 의성 사상 가장 격렬했던 행림 의술 대회 이야기를! 그녀는 입술도 떼지 못할 만큼 추웠지만, 강하게 버텨 내며 생생하게 이야기하고 있었다.

염진과 택은 열심히 듣고 있었다. 때때로 긴장하기도 하고, 또 박수와 함께 환호성을 지르기도 했다. 두 아이는 추위와 배고픔마저 잊은 것 같았다. 유달리 흥분되는 장면을 이야기할 때면 진민 자신도 모든 고통을 잊을 수 있었다.

그러나 진민은 이렇게 버티는 것이 좋은 방법이 아니라는 사실을 알고 있었다. 언젠가는 버틸 수 없는 날이 올 것이다. 그녀는 계강란의 일을 이용해 내보낼 수 있는 정보는 모두 내보냈다. 남은 것은 그저 기다리는 일뿐이었다.

그들은 이렇게 하루하루 간신히 버텨 내고 있었다. 섣달이 끝나고 새해가 지나갔다. 곧 대보름이었다.

이날, 진민이 막 이야기를 끝냈을 때 밀실의 문이 열렸다. 들어온 사람은 매일 그들에게 밥을 날라 주던 인어족이 아니라, 오랫동안 보지 못한 전 어멈이었다.

최근 진민은 계속 전 어멈이 그들을 납치한 까닭을 고민하고 있었다.

어째서 전 어멈은 그저 계강란의 행방을 물을 뿐 다른 것은 아무것도 묻지 않는 걸까? 설마 전 어멈이 그들에 대한 모든 것을 다 알고 있는 것일까?

그렇다면 전 어멈이 그들을 납치한 목적은 단 하나밖에 남지 않는다. 바로 연아와 남신을 위협하는 것!

전 어멈이 직접 왔다는 것은 바로 그들을 이용할 때가 되었다는 이야기였다. 어쩌면 그들은 곧 연아와 남신을 만나게 될지도 모른다!

진민은 재빨리 두 아이를 제 몸 뒤로 숨긴 채 조금은 불안하게, 또 조금은 기쁘게 기다렸다.

전 어멈은 아무 말 없이 벽에 걸린 기름등잔에 불을 밝혔다. 방 안이 갑자기 밝아졌다. 진민은 아무 내색도 하지 않고 전 어멈을 지켜보았다.

그런데 이게 웬일일까. 전 어멈이 갑자기 금침 하나와 안료가 담긴 상자를 꺼냈다…….

그녀는 무엇을 하려는 것일까?

뜻밖에도 문신을 할 생각

전 어멈이 탁자 위에 금침이며 안료를 늘어놓는 것을 보고도 택과 염진은 그 이유를 몰랐다. 그러나 진민은 경악했다. 전 어멈이 가져온 저 물건들은 문신에 필요한 것들이었다!

대체 무엇을 하려는 거지?

진민이 더 참지 못하고 물었다.

"대체 뭐 하려는 거지?"

전 어멈은 침착하게 금침을 하나하나 늘어놓고, 각기 다른 색상의 안료도 차례대로 늘어놓았다. 그런 다음 진민을 바라보며 흥미롭다는 듯 웃었다.

"내가 뭘 하려는 거냐고? 내가 뭘 하려는 건지 눈치채지 못한 건가?"

진민이 외쳤다.

"만약 기호나 표식 같은 걸 새길 생각이라면, 전부 나 한 사람에게만 해 줘! 아이들을 괴롭힐 필요는 없잖아! 아이들은 죄가 없어!"

진민은 전 어멈과 같은 자에게 '아이들은 죄가 없다'와 같은 말을 하는 것이 헛수고라는 사실을 잘 알고 있었다.

그러나 그녀에게는 다른 선택권이 없었다.

전 어멈이 준비해 온 금침이며 안료들의 양을 보면, 전 어멈은 아이들이라고 해서 놓아줄 생각은 없는 것 같았다.

전 어멈은 기분이 꽤 괜찮은 듯 희미하게 웃더니, 계속 안료들을 늘어놓으며 말했다.

"안심해도 좋아. 이 늙은이는 무슨 기호 같은 걸 새길 생각 없으니까. 나는 그저 그쪽 세 모자에게 화장을 좀 해 줄 생각이야. 하하! 네가 이 늙은이가 장파라는 사실을 눈치챘는데, 어떻게 내 화장술을 보여 주지 않을 수 있겠어?"

화장을 해 주겠다고?

화장하는데 금침과 안료는 왜 필요한 거지?

진민은 갑자기 무엇인가 깨달은 듯, 차가운 숨을 내쉬며 분노한 목소리로 외쳤다.

"전 어멈! 우리 사이에는 아무 원한도 없고, 우리가 그저 인질이 된 것뿐이잖아. 굳이 그렇게까지 우리를 괴롭혀야겠어? 내 남편과 아들이 분노하면 너에게도 좋은 일은 없을 텐데!"

전 어멈이 어디 그들에게 화장만 할 생각이겠는가. 그녀는 그들의 얼굴에 문신을 새기려 하고 있었다!

이 늙은 여자는 그야말로 미쳤다!

전 어멈은 여전히 웃고 있었다. 그 늙은 얼굴은 얼핏 보기에는 자상하고 다정해 보였다.

그러나 그 웃음소리는 점점 더 음험하게 변했다. 듣는 것만으로도 모골이 송연해질 정도였다.

대체 전 어멈의 화장한 얼굴 아래에는 어떤 무서운 얼굴이 숨어 있는 것일까?

전 어멈은 말없이, 막 안으로 들어온 금인어족 둘에게 눈짓했다. 두 금인어가 바로 앞으로 나오더니 진민과 아이들을 꽁꽁 묶기 시작했다.

진민과 두 아이 모두 헛수고일 것이 분명한 반항은 하지 않았다. 사실 추위와 굶주림에 시달리던 그들로서는 반항할 힘도 남아 있지 않았다.

택과 염진은 문신하는 법을 아예 알지 못했기에, 대체 전 어멈이 무엇을 하려는 것인지도 모르고 있었다.

그러나 어머니가 분노하는 것을 보고 두 아이 모두 불안해하기 시작했다.

전 어멈이 가까이 다가와 진민 등 세 사람을 훑어보더니, 마지막으로 진민의 얼굴을 바라보았다. 그녀는 진지하게 한참을 바라보더니 갑자기 감탄한 듯 외쳤다.

"이 눈을 보라지! 이 코는 또 어떻고. 게다가 이 통통한 입술까지. 정말이지 아름답군!"

전 어멈이 손가락으로 가볍게 진민의 볼을 쓸어내리며 다시 말했다.

"너도 나이를 꽤 먹었는데, 어째서 주름 하나 보이지 않는 거지? 정말 부럽구나!"

전 어멈은 진민을 쓰다듬고 또 쓰다듬다가 갑자기 그녀의 입술을 만지작거리기 시작했다.

진민은 온몸에 소름이 끼쳤지만 강하게 참아 냈다. 그녀는 분노했고 역겨웠으며 무서웠다. 그러나 동시에 냉정한 상태였다.

진민은 강인했고, 상황을 살필 줄 알았으며, 상황에 따라 몸을 굽힐 줄도 알았다. 그녀는 지금 전 어멈의 목적을 고민 중이었다. 전 어멈을 제지하기 위해서는 일단 그녀의 목적부터 알아내야 했다.

만약 쉽게 도망치기 위해서라면 이렇게까지 공을 들일 필요는 없을 것이다. 어쨌든 전 어멈은 수로를 통해 쉽게 도망칠 수 있으니까.

비록 금인어족 관련한 일이 드러났지만, 연아와 남신이 인어족의 도움을 받는 것은 아니니, 인어족이 수로를 통해 도망친다면 막을 길이 없을 것이다.

게다가 전 어멈은 지금 전혀 도망치려는 사람 같지 않아 보였다. 그보다는 뭔가를 기다리고 있는 것 같았다.

대체 무엇을 기다리는 걸까?

그녀가 기다리는 것이 지금 진민과 아이들의 얼굴에 문신하려는 것과 관련이 있을까?

그녀는 첫 번째 장파였고, 천 년을 살아온 사람이었다. 그녀는 천 년 전에 진기를 대완만 단계까지 완성했을 것이다.

그녀가 무엇을 기다리건, 결국 그녀의 목표는 빙해일 수밖에 없었다. 빙해의 수수께끼를 풀어 현공대륙의 진기를 회복하지 못한다면, 결국은 늙어 죽을 수밖에 없을 테니까!

진민은 문득 전 어멈의 목표가 모두와 같다는 사실을 깨달았다. 최소한, 빙해의 수수께끼 관련한 면에서는.

이때 전 어멈은 진민의 얼굴을 다 살펴보았다고 생각했는지, 흥분한 표정으로 탁자로 돌아가 붓에 먹을 묻혔다. 그리고 재빨리 진민 앞으로 돌아와 그녀의 얼굴에 그림을 그리기 시작했다.

그 모습을 본 택과 염진이 분노를 숨길 수 없어, 거의 동시에 외쳤다.

택이 외쳤다.

"미친 노파 같으니라고! 차라리 나에게 덤비라고!"

염진도 분노하여 외쳤다.

"미친 노인네! 못난이! 괴물! 지금 그 얼굴만 해도 이미 충분히 추악한데, 진짜 얼굴은 분명 더 무시무시하겠지! 대자대비하신 부처님이라 해도 너는 싫어하실 거다! 젊을 때도 분명 아무에게서도 사랑받지 못했겠지? 내가 너였다면, 화장을 아무리 한다 해도 사람들이 놀랄까 무서워 밖에도 못 나왔을 거야!"

갑자기 전 어멈이 붓을 멈추더니 염진을 바라보았다.

염진이 이렇게 욕하는 것은 전 어멈의 분노를 제게로 끌어들이기 위해서였다. 전 어멈이 자신을 바라보자, 염진은 더더욱 있는 힘을 다해 외쳤다.

"미친 노파! 못난이! 괴물! 미친 노파, 못난이······."

그러나 염진은 지금까지 거의 욕을 해 보지 않았기 때문에, 아무리 애를 쓴들 이 정도 욕밖에는 나오지 않았다.

진민은 곧 염진의 뜻을 눈치채고 바로 제지했다.

"명신, 그만!"

염진은 진민의 말을 듣지 않았다. 오히려 곁에 있던 택마저 염진의 뜻을 알아채고 같이 욕하기 시작했다.

"추한 요괴 같으니라고. 평생 감히 세수도 해 본 적 없겠지? 너무 추해서 스스로 얼굴을 볼 엄두도 안 났을 테니 말이야. 밖에 나와서 사람들을 역겹게나 만들고. 네가 우리 어머니에게 무슨 짓을 하건 별것 아니겠지. 너에게 진짜 능력이 있었다면 왜 본인을 예쁘게 만들지 않았겠어? 너는……."

마침내 전 어멈이 참지 못하고 직접 택과 염진의 입을 막았다.

그녀는 며칠 전 빙해에서 돌아온 밀정에게서 '고운원'이라는 이름을 들은 후로 계속 기분이 좋은 상태였다. 그러나 이 순간, 그 좋던 기분은 이 망할 꼬마 녀석들 때문에 산산이 부서져 버리고 말았다!

전 어멈이 냉정하게 아이들을 바라보며 말했다.

"기다려라. 이 늙은이가 너희 얼굴에 소머리나 말의 얼굴을 문신해 줄 수도 있으니까. 그래, 너희에게 진정으로 추하다는 것이 무엇인지 꼭 알려 주마!"

문신이라고?

택과 염진은 그제야 금침과 안료의 용도를 깨달았다. 전 어멈은 얼굴에 그림을 그린 후 그대로 문신을 하려는 것이었다!

두 아이는 눈을 휘둥그렇게 뜬 채 진민을 바라보았다. 진민은 아이들에게 안심하라고 눈짓했다. 사실 그 외에는 잠시라도 아이들을 위로할 방법이 없었다.

그녀는 전 어멈을 바라보며 성심껏 말하기 시작했다.

"이봐요, 당신이 바라는 것도 빙해 아닌가요. 차라리……."

그러나 그녀가 권하는 말을 하기도 전에 전 어멈이 갑자기 그녀의 턱을 잡더니 차갑게 외쳤다.

"입 닥쳐! 계속 짜증 나게 굴면 내가 무슨 짓을 할지 몰라!"

진민은 계속 하고 싶은 말이 있었지만, 전 어멈이 그녀의 입술에 그림을 그리기 시작했다. 진민은 화를 가라앉히며 잠시 기다리기로 했다.

고요한 방 안, 전 어멈은 집중하여 그림을 그리고 있었고 진민은 담담하게 기다리고 있었다.

진민의 얼굴이 음양이 뒤섞인 기괴한 모습이 되어 감에 따라 택과 염진의 눈도 점점 젖어 들기 시작했다. 그러나 그들 중 누구도 알지 못했다. 고북월이 지금 장경루 아래에 와 있다는 것을.

고북월은 어제 진양성에 도착했다.

그는 진묵을 귀찮게 하지 않고, 또 다른 곳으로도 가지 않았다. 그는 진양성에 들어오자마자 바로 고씨 저택으로 달려왔다. 그리고 비연이 머물던 거처에서 깊은 생각에 잠긴 채 하루를 보냈다.

그런 후 오늘 아침 일찍부터 고씨 저택을 구석구석, 세세하게 찾아보았다. 그리고 지금, 이제 남은 곳은 장경루뿐이었다……

그녀는 뜻밖에도 알고 있었다

진묵은 이미 몇 번이나 고씨 저택을 수색했지만, 장경루는 용의선상에서 배제하고 연못가에만 시위들을 배치해 두었다. 그러나 고북월은 여전히 뭔가 의심스럽다고 여기고 있었다.

아무리 생각해도 이해할 수 없었다. 전 어멈이 진민과 아이들을 납치해 대체 무엇을 하려는 걸까?

연아를 위협하기 위해서라면, 전 어멈이 지금까지 아무 연락도 하지 않은 게 말이 되지 않았다. 북해의 전투도 이미 결판이 난 상태니, 전 어멈이 어부지리를 얻으려면 벌써 모습을 드러냈어야 했다. 그러나 전 어멈은 진민과 아이들을 납치한 후 지금까지 아무 소식도 없었다.

전 어멈이 사람들을 납치해서 무엇을 하려는 건지는 일단 제쳐 놓더라도, 지금까지 아무 연락이 없다는 것은 아직도 뭔가를 기다리고 있다는 의미였다. 바꿔 말하자면 그녀는 앞으로도 한동안 숨어 있을 예정일 터였다.

그렇다면 전 어멈에게 남은 길은 둘밖에 없었다. 한참 전에 수로를 통해 진양성에서 흔적 없이 도망쳤거나, 아니면 지금도 도망치지 않고 그 자리에 머무르는 것.

연아가 추측한 바에 따르면, 전 어멈이 가장 익숙한 곳은 바로 고씨 저택이었다. 그녀가 만약 진양성에서 도망치지 않았다면 분명 고씨 저택에 숨어 있을 것이다!

고북월이 장경루를 바라보았다. 그의 잘생긴 미간에 의심스러운 빛이 떠올랐다.

아내와 아들이 위급한 상황에서도 그는 여전히 침착하고 신중했다. 그렇게 긴 세월이 흘러갔지만, 그는 여전히 그랬다. 하늘이 무너지는 한이 있더라도 그의 눈에 파란이 이는 일은 없을 것이다. 이 세상 그 어떤 일도, 그 누구도, 그가 이성을 잃고 충동적으로 행동하게 할 수는 없을 것 같았다.

고북월은 장경루 주변을 한 바퀴 돌며 모든 방향에서 관찰한 다음 안으로 들어갔다.

그는 진묵이 일을 대충 처리했다고는 생각하지 않았다. 고북월은 지금 밀실을 찾고 있었다. 그는 이미 다른 곳에서도, 고이야가 진묵에게 알려 주지 않은 밀실을 몇 곳 찾아냈다. 그리고 이제 이 장경루만이 남은 것이다.

고북월은 거의 확신하고 있었다. 전 어멈이 진양성에 남아 있다면 분명 장경루 안 밀실에 숨어 있을 것이다.

조심스럽게 문을 열고 들어간 그는 바로 수색에 들어가지 않고, 1층과 2층을 몇 번이고 오가며 대비해 보았다. 그다음 다시 3층으로, 4층으로…… 그렇게 한 층, 한 층 올라갔다.

고북월은 여전히 고요한 자태로 꼭대기까지 올라갔다. 그가 마지막 계단을 밟고 꼭대기 층에 올라간 순간, 마침내 침착하던 그의 눈에 놀란 기색이 떠올랐다.

그는 일단 장경루의 외관을 관찰한 후, 각 층의 면적을 계산해 냈다. 그 후 한 층, 한 층 올라올 때마다 각 층의 면적이며 높이, 배치 등을 관찰했다.

그는 각 층의 면적이 그가 밖에서 계산한 면적과 차이가 없다는 사실을 깨달았고, 각 층의 높이와 배치도 기본적으로 같다는 것을 알았다. 그렇다면 이 건물에는 밀실이 존재할 수 없는 것이다. 만약 있다 해도, 기껏해야 벽 사이의 틈 정도일 테니 사람을 숨기는 것은 어림도 없었다.

그러나 꼭대기 층의 높이와 배치는 아래층과 달랐다!

이 꼭대기 층에는 분명 뭔가가 있다!

고북월은 신중하게 한 바퀴 돌아본 후, 보이는 공간의 면적이 다른 층보다 상당히 좁다는 것을 발견했다.

외관의 모습을 생각하면, 줄어든 면적은 바로 밀실일 것이다! 그렇다면 분명 밀실로 들어가는 기관이 있을 것이다!

고북월은 바로 찾아다니지 않고 일단 벽에 기대고 선 다음, 이 층에 있는 물건들을 살펴보았다. 그는 쉽게 손을 쓰지 않고 꼭 필요한 동작만을 하고 있었다.

이 순간 밀실 안에서는 전 어멈이 진민의 얼굴에 음양 화장을 다 그려 가고 있었다. 전 어멈은 한 손으로 남자 쪽 얼굴을 가리고, 다른 한 손으로 거울을 들어 진민에게 보여 주었다.

"어때, 원래 모습보다 훨씬 아름답지 않아?"

거울에 비친 절반뿐인 여자 얼굴은 무척이나 아름다웠다. 그러나 그 얼굴은 진민의 얼굴이 아니라 다른 여자의 얼굴이었다. 스스로 비춰 보고 있는 것이 아니라면 진민은 거울 속 모습이

다른 여자라고 생각했을 것이다.

진민은 처음에는 거울 속의 여자가 낯설다고 생각했지만, 자세히 들여다보니 어디선가 본 듯하다는 느낌이 들었다.

진민이 자세히 들여다보려 했을 때, 전 어멈이 갑자기 남자 얼굴 쪽에서 손을 떼더니 이번에는 여자 쪽을 가렸다.

"잘생겼지?"

전 어멈의 목소리는 어딘가 다르게 들렸다. 최소한, 아까처럼 차갑지는 않았다.

이 남자의 얼굴은 겨우 절반이었지만 놀랄 정도로 잘생겼다. 그야말로 세상에 이리 잘생긴 사람이 또 있을까!

진민은 갑자기 비연과 군구신이 그녀에게 보여 준 그림을 기억해 냈다. 거울 속 이 남자의 얼굴은 바로 고씨 가문의 선조 고운원의 얼굴이었다! 그리고 아까 그 여자의 얼굴은 바로 장파 자신의 얼굴이었다!

정말이지 미쳤어! 미친 여자다!

진민은 당장이라도 거울을 밀어내고 싶은 것을 간신히 참으며 물었다.

"고운원을 좋아하는 모양이지? 고운원이 아직 살아 있다는 것을 알고 있나?"

전 어멈이 멈칫하는 듯하더니 곧 웃기 시작했다.

"그건 네가 알아야 하는 일이 아닐 텐데. 그러니 착하게 입을 다물고, 난동을 부릴 생각은 하지 말도록 해. 혹시 알아? 내가 힘을 덜 주어서 고통을 조금이라도 덜어 줄지 말이야!"

말을 마친 그녀가 몸을 돌리더니 금침에 안료를 묻혔다.

그 모습을 본 택과 염진의 눈에서 마침내 눈물이 흘러내리기 시작했다. 일단 흐르기 시작한 눈물은 멈추지 않았다. 그들은 단 한 마디도 입 밖으로 내지 못하고 그저 힘주어 고개만 흔들 뿐이었다.

그러나 전 어멈은 아이들에게는 눈길 한번 주지 않고, 안료를 묻힌 금침을 진민의 얼굴에 가져다 댔다.

"내 얼굴에 침을 한 번이라도 찌른다면, 너는 영원히 진기를 회복하지 못할 것이다. 너는 늙어 죽을 수밖에 없을 거야!"

진민의 두 눈은 여전히 담담하고 단호했다. 그녀는 아주 잘 알고 있었다. 일단 문신이 새겨지면 이 얼굴은 영원히 망가지는 것이다. 그러니 그녀는 이 마지막 기회를 붙잡아야만 했다!

진민이 다시 말했다.

"빙해의 수수께끼를 풀고 싶지? 나 역시 마찬가지야! 너는 진기를 회복하고 싶을 테고, 우리는 사람을 구하고 싶지! 만약 나를 상처 입힌다면 내 남편이나 아들이 결코 가만히 있지 않을 것이다! 스스로에게 귀찮은 일을 만드느니 우리와 협력하는 것이 낫지 않아? 너에게는 우리라는 인질까지 있는데, 얼마든지 너에게 유리하게 협상할 수 있잖아? 너는 천 년을 살아온 몸이니, 내가 이 이상 쓸데없는 말을 할 필요가 없겠지. 적을 하나 늘리는 것보다는 동료를 늘리는 것이 나을 텐데!"

전 어멈이 그 말을 들었는지 아닌지는 알 수 없었다. 그녀는 진민에게 대답하지 않고, 두 손가락으로 금침을 잡고 가볍게 돌리기 시작했다. 아무래도 진민의 얼굴을 보며 어디부터 시작할지 고민하는 것 같았다.

택과 염진은 이제 고개를 흔들고 있지 않았다. 두 형제는 금침을 뚫어지게 바라보았다. 그러나 눈물이 점차 시야를 가리고 있었다.

진민의 심장이 덜컥 내려앉았으나, 그녀는 아직 포기하지 않았다.

"네 목표는 빙해만이 아니라…… 고운원이군!"

이 말을 들은 순간, 전 어멈의 손이 갑자기 멈췄다.

그 모습을 본 진민이 안도의 한숨을 내쉬었다. 자신의 추측이 옳았음을 깨달았기 때문이다.

그녀는 계속 전 어멈의 목적을 제대로 파악하지 못하고 있었다. 자신의 얼굴에 그려진 남자의 얼굴을 보기 전까지는.

그녀가 고운원이 아직 살아 있다는 이야기를 했을 때도 전 어멈은 아무 반응도 보이지 않았다. 진민은 전 어멈이 그 사실을 이미 알고 있음을 깨달았다.

전 어멈이 이리도 그를 좋아하건만……. 전 어멈이 할 수 있는 것은 몰래 그의 초상화를 고쳐 그리거나, 몰래 그의 얼굴처럼 화장하거나 하는 것뿐이었다. 전 어멈은 보답받지 못할 사랑을 하고 있음이 틀림없었다!

심지어 전 어멈은 그가 살아 있다는 것을 알면서도 그의 얼굴 한번 보지 못하고 있었다!

진민은 멈추지 않고 계속 말했다.

"너는 그를 좋아하지, 아주. 하지만 알고 있는지…….”

갑자기 전 어멈이 날카로운 목소리로 외쳤다.

"닥쳐!”

그러나 이렇게 중요한 순간, 진민이 그대로 입을 다물 수는 없었다.

"고운원이 좋아하는 사람이 누구인지 알고 있어?”

이 말을 들은 순간, 전 어멈의 눈에 경악의 빛이 떠올랐다. 그녀는 긴장하고, 초조해하고, 또 불안해하고 있었다. 그야말로 사람 전체가 잘못되어 가고 있는 것 같았다.

전 어멈이 다급하게 물었다.

"누구냐! 대체 누구냐고!”

공포스러운 적막

고운원의 마음에 있는 이가 누구냐고?

진민은 고운원에 대해 거의 알지 못했다. 그러니 그가 대체 누구를 좋아하는지 알 리 만무했다. 그저 아무 방법이 없으니 이리 말해 보았을 뿐.

어쨌든 전 어멈이 긴장하는 모습을 보고 진민은 속으로 얼마간 확신을 가질 수 있었다.

진민은 바로 조건을 이야기했다.

"그에 대해 모두 말해 줄 수 있어. 그리고 나를 놓아 달라고 하지도 않겠어. 하지만 아이들은 놓아줘!"

전 어멈은 그녀가 무슨 말을 하는지 아예 들리지도 않는 모양이었다. 바로 진민의 멱살을 잡더니 큰 소리로 외쳤다.

"누구야? 누구냐고! 말해! 어서 말하란 말이야!"

진민은 조금 긴장했지만 고집스럽게 말했다.

"일단 아이들을 놓아줘. 그럼 그 여자에 관해 뭐든 다 말해 줄 테니까!"

전 어멈은 여전히 아무것도 들리지 않는 듯, 진민의 멱살을 더욱 단단히 움켜잡고 울부짖듯 외쳤다.

"누구야! 대체 누구냐고! 누구야……."

진민은 전 어멈이 흥분하리라고는 짐작했지만, 이렇게까지 강렬한 반응을 보일 줄은 몰랐다. 전 어멈의 눈이 마치 미친 것처럼 붉어져 있었다.

그녀는 대체 고운원을 얼마나 좋아하는 걸까?

진민도 전 어멈이 이렇게까지 미쳐 있는 줄은 몰랐다. 그녀는 마음을 단단히 먹고 마지막 일격을 날리기로 했다.

진민은 더더욱 평온한 어조로, 그러나 그 누구도 무시할 수 없을 만큼 고집스럽게 말했다.

"내 아이들을 놓아줘. 그럼 말해 줄 테니까!"

이렇게 전 어멈은 울부짖고, 진민은 평온하게 요구하는 식으로 말이 오가며 대치 상태가 되었다.

밀실 밖에서는 고북월이 텅 빈 탁자 앞에 서서 벽에 걸린 나무 걸이를 응시하고 있었다. 그 나무 걸이는 원래 고운원의 그림이 걸려 있던 것이었다.

고북월은 이미 방 안 전체를 살펴본 다음이었는데, 아무래도 이 걸이가 가장 수상했다.

그는 몸을 굽혀 나무 걸이를 살짝 만져 보았다. 바로 그 순간, 등 뒤에서 발걸음 소리가 들려왔다. 그는 바로 동작을 멈추고 아래를 내려다보았다.

고북월의 고요한 얼굴에는 어떤 감정도 엿보이지 않았다. 마치 마음속에 어떤 파란도 일지 않는 것처럼, 아무 위기감도 느끼지 못하는 것처럼. 그러나 그는 이미 뒤를 흘깃 바라보며 손을 쓸 준비를 하고 있었다.

이 모든 일은 한순간에 발생했다! 고북월이 손을 쓰려는 순간, 등 뒤의 사람이 말했다.

"고 태부, 뭐라도 발견했어?"

진묵의 목소리였다!

고북월이 돌아보니 정말로 진묵이었다. 고북월이 나지막하게 물었다.

"여기는 어떻게 온 거지?"

"갑자기 깨달았어, 여기가 의심스럽다는 걸. 그래서 바로 왔어."

진묵은 담담하게 말한 후 고북월이 언제 왔는지, 어째서 자신에게 연락하지 않았는지 묻지 않았다. 그는 벽에 걸린 나무 걸이를 바라보며 말했다.

"내가 할게."

그 말을 들은 고북월은 그 이상 설명할 필요 없다는 사실을 알아차렸다. 그는 한옆으로 물러서서 혹시라도 나타날지 모르는 함정에 대비했다.

진묵이 가볍게 나무 걸이를 눌러 보았지만 아무 일도 발생하지 않았다. 그는 고북월을 흘깃 보더니, 곧 나무 걸이를 뽑기 시작했다.

그가 몇 번 힘을 주어도 나무 걸이는 뽑히지 않았다. 대신 양옆의 책장이 천천히 움직여 열리더니 비밀 통로가 나타났다!

안전을 확인한 후, 고북월의 몸이 환영처럼 통로 안으로 사라져 갔다. 진묵은 잠시 당황했으나 곧 평소의 담담한 표정으로 돌아와 고북월을 쫓아가기 시작했다.

어쨌든, 고북월의 속도는 너무 빨랐다! 전 어멈과 인어족이 인기척을 알아챘을 때는 이미 반응하기에도 늦은 다음이었다.

고북월이 그들의 등 뒤에 나타나 있었다!

"내 아이들을 놓아줘, 그러면……."

그리고 마침내 고개를 든 진민은 말문이 막히고 말았다.

눈앞의 이 사람은……. 눈보다도 흰옷을 입은, 옥처럼 온화한, 그리고 절차탁마 학문과 덕행을 쌓은 이 사람은…… 그녀에게 있어 그 누구보다도 익숙한, 그리고 동시에 너무나도 낯선 그녀의 남편이 아닌가?

정말로 예상치 못했던 일이었다. 진민의 온몸이 굳는가 싶더니 곧 눈시울이 붉어지기 시작했다.

그녀는 그렇게나 강한 사람이었다. 그러나 또한 이렇게나 연약한 사람이었다.

분명 그를 보고 싶지 않았다. 영원히 그의 곁으로 돌아가지 않을 거라 했었다. 그러나 이 순간, 그녀는 그간의 모든 고집을 집어던지고 그의 따뜻한 품으로 뛰어들고 싶었다.

고북월…….

눈앞에 서 있는 고북월의 모습뿐만이 아니었다. 그의 이름을 되뇌어 보는 것만으로도 진민의 마음 깊은 곳이 흔들리고 있었다!

진민은 그렇게 고북월을 바라보았다. 눈물로 시야가 흐릿해지도록 한마디도 하지 못하면서.

그리고 그녀 곁에서, 안 그래도 눈물을 흘리고 있던 염진은 너무나 흥분한 나머지 이제 둑이 터지기라도 한 듯 펑펑 울고 있었다. 물론 입이 막힌 상태였기에, 운다 해도 흐느낌만이 겨우 새어 나올 뿐이었다.

택은 멍한 표정이었다. 아니, 황형과 염진의 아버지가…… 설마 하늘에서 내려온 신선인 건 아니겠지?

고북월의 시선이 탁자 위 금침과 안료를 훑더니, 다시 두 아이를 살핀 후, 마침내 진민의 얼굴에 그려진 음양 화장에 멎었다. 진민의 마른 몸이며 옷을 제대로 걸치지 못하고 있는 것만 보아도 지금의 상황이 어떠한지 바로 알아챌 수 있었다.

고북월의 눈빛은 여전히 평온했고, 표정도 고요했다. 그러나 소매에 반쯤 가려진 손은 소리 없이 주먹을 쥐고 있었다.

전 어멈은 고북월이 움직이는 속도만 보고도 그의 신분을 알아챈 모양이었다. 그녀가 몸을 비끼는가 싶더니 진민을 잡고, 다른 한 손으로 비수를 들어 진민 목에 가져다 댔다.

"한 걸음만 더 앞으로 오면, 이 여자에게 죽음을 맛보여 주지!"

그와 동시에 인어족 두 사람이 택과 염진을 붙잡았다.

고북월은 움직이지도 말을 하지도 않았다. 그저 물처럼 고요한 눈길로 전 어멈을 물끄러미 바라볼 뿐이었다.

그 고요한 눈길을 맞이하는 순간, 전 어멈은 어쩐지 오싹 소름이 끼쳐 왔다. 천 년을 살아온 그녀도 고북월의 저 담담한 모습 뒤에 무엇이 숨어 있는지 도무지 알 수 없었다.

지금 드는 생각은 단 하나뿐이었다. 가능한 한 빨리 이곳을 떠나야 한다!

그녀의 손에 들린 비수가 진민의 피부를 살짝 찌르며 급소를 위협했다. 동시에 전 어멈이 외쳤다.

"물러나! 우리가 내려가게 해 줘!"

전 어멈은 대완만을 이루어 불로의 몸을 얻은 사람이었다. 그런 그녀가 누구를 두려워할 이유가 있을까?

그러나 안타깝게도 현공대륙에서 진기가 사라진 후 그녀는 겨우 진민 정도의 고수만을 상대할 수 있는 처지가 되었다. 영술까지 익힌 고북월은 상대할 수 없었던 것이다. 그러니 그녀는 도망쳐야만 했다. 그것도 수로로!

고북월의 시선이 진민의 목으로 향하는가 싶더니 한마디 말도 없이 바로 물러났다. 막 밀실에 도착한 진묵도 고북월과 함께 물러날 수밖에 없었다.

이렇게 전 어멈은 인질을 잡고 조심스럽게 앞으로 나아갔고, 고북월과 진묵은 한 걸음 한 걸음 물러나 밀실 밖, 계단 앞까지 도착했다.

고북월은 전 어멈이 요구하기도 전에 알아서 계단을 내려가기 시작했다.

전 어멈은 원래 두 인어 뒤에서 걷고 있었다. 하지만 계단 앞에 이르자 염진을 데리고 있는 인어족을 뒤로 가게 한 후, 자신은 진민과 중간에서 걷기 시작했다.

전 어멈은 바로 계단 아래로 내려오지 않고, 고북월 일행이 몇 걸음 내려간 후에야 겨우 따라 내려오기 시작했다.

이렇게 두 무리는 일정한 거리를 유지하면서 계단을 내려갔다. 고북월과 진묵이 한 계단 내려가면 전 어멈도 한 계단 내려왔다. 전 어멈조차 신중하게 굴고 있으니, 두 인어족은 말할 것도 없었다.

두 아이는 울지 않고 진민과 마찬가지로 긴장하고 있었다. 진묵은 평소처럼 무표정한 얼굴이었고, 고북월은 더욱 고요해 보였다. 이렇게 한쪽은 물러나고 한쪽은 가까이 다가서며 계단을 내려갔다.

이윽고 고북월과 진묵이 층계참에 이르러 그 공간의 모퉁이를 돌 때였다. 진묵의 날카로운 눈이, 고북월이 발끝을 세워 땅을 밟는 것을 발견했다!

고북월은 무엇을 하려는 걸까?

〈제왕연〉 17권에서 계속